몇 번째의 자세姿勢

창조문예
산 문 선
0 0 6

박정순 소설집

몇 번째의 자세姿勢

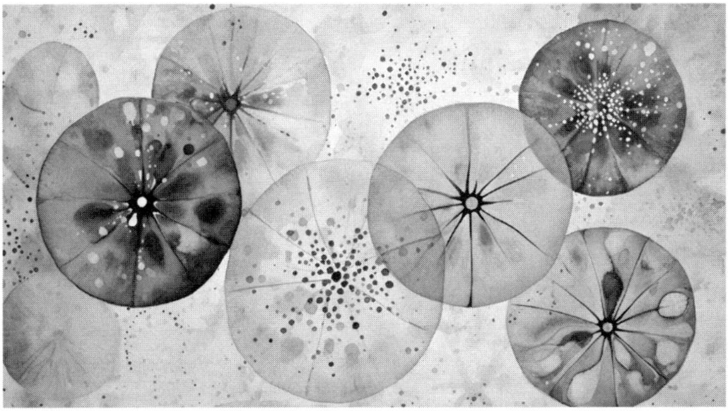

창조문예사

차례

그녀의 선물

유진은 버스정류장에 무심히 서 있다가 버스가 당도하자 가장 소중한 물건을 잡듯이 황급히 올라탔다. 친구들은 항상 느리다고 놀려대기 일쑤였지만 일반 버스를 잡아타는 데는 가장 빠른 선수였다. 12년간 기차 통학한 숨은 실력도 있었겠지만 이유는 그보다 좀 색다른 데 있었다. 빨리 올라타야만 자리를 잡고 앉아 창밖의 하늘을 바라볼 수 있기 때문이다. 앉지 않아도 창 옆에서 하늘만 바라볼 수 있으면 좋았다. 지나가는 차창 밖으로 높고 푸른 하늘을 바라보면 모든 것을 잊고 만다. 가정도 실패의 괴로움도 미래의 꿈도 성취 욕구도 모두 잊고 마는 것이다. 비로소 넓고 자유로운 순수한 곳에 안착한 것 같은 안도감과 평화로움에 잠기기 때문이다.

버스 타기에 습관이 된 유진은 오늘도 일반 버스에 훌쩍 올라타고 나서야 "아차!" 했다. 하얏트호텔이면 택시로 가야 편한데 싶었던 것이다. 그녀는 좀 불편해도 그냥 버스로 가기로 했다. 언제나 택시 탈 만한 여유도 부족했지만 택시는 너무 빨라서 그녀만의 행복한 순간에 흠뻑 빠져들 수 없는 것이다. 또 뒷자리를 백미러로 음흉스럽게 흘끔거리는 기사의 눈초리를 받는 것이 싫었다. 그녀만의 행복한 시간을 훔쳐 가는 것만 같았다.

다행히 버스는 여유로웠다. 유진은 빈자리에 앉으며 시계를 보았다. 약속 시간 1시간 전이었다. 하얏트호텔까지 가기에는 좀 부족한 시간 같지만 꼭 약속 시간을 지켜야 할 모임도 아니었다. 기다려주겠지. 마음을 느긋이 잡은 그녀는 차창 밖으로 시선을 돌렸다. 오후의 겨울 햇빛이 유리창 밖에서 화사한 웃음을 보내온다. 햇살이 날렵한 손가락으로 묘약의 암호를 그리며 사랑의 신호를 보내기 시작한다. 장난기 가득한 아이들의 웃음소리처럼 행복한 선율이 그녀의 가슴을 파고든다. 그녀의 눈이 빛나고 입가에 미소가 함초롬히 떠오른다. 늘 피곤한 그녀는 행복한 미소를 머금은 채 노루잠이 들어버리고 말았다. 펄쩍 눈을 뜨고 보니 버스 안은 텅! 비어 있었다. 아침엔 짐짝처럼 잔뜩 실었을 사람들을 썩은 생선의 창자처럼 쏟아버린 버스의 배가 흔들거린다. 창 옆 기리던 의자들도 텅 비었다. 몇 안 되는 손님들이 눈을 꼭 감고 입을 헤벌린 채 고개를 끄떡이고 앉아 있다. 곡마단의 줄타기같이 아슬아슬하게 노선을 타는 버스 운전기사의 뒷등도 나른히 졸고 있다. 삶에 지친 사람들의 피곤한 모습이 자신의 모습과 같아 보인다.

유진은 일하면서 걸으면서 얘기하면서도 늘 졸음에 잠겨 있었다. 오랜만에 만난 친구들의 신나는 떠들썩한 얘기를 들으면서도 그 모양이었다. 버스에서 내려 친구들이 모이는 장소로 찾아 들어가면 언제나 꼴찌였다. 대개 한창 식사 중이었다.

"얘! 이리 와."

먼저 유진을 발견한 영란이 손을 흔들며 소리쳤다.

"너는 왜 그렇게 맨날 늦니? 에이, 겔름뱅이 기다리다 우리 먼저 먹고 있다. 어서 이리 앉아서 먹어. 또 버스 타고 왔니? 이런 덴 자가용은 아니더라도 택시를 타고 와야지."

영란이 핀잔 반 애정 반이 섞인 소리로 말을 한다.

유진은 늘 듣는 애정의 소리로 받아들이고 오랜만에 맛있는 호텔 음식을 정신없이 먹었다.

"이거 먹어봐, 맛있어."

영란이 앞접시에 멀리 있는 참돔찜을 집어 놔준다.

"응! 고마워."

"넌 왜 그렇게 말랐니. 많이 먹어. 이 육전도 맛있더라."

영란은 유진이 측은한 듯이 바라보며 앞접시에 육전을 듬뿍 놔주었다.

"됐어! 고만해. 내가 갖다 먹을게. 마르긴 내가 뭐 말랐다고 그래. 노상 그렇지 뭐. 이거 정말 맛있다."

유진은 친절한 영란을 의식해 앞접시에 있는 참돔찜을 입에 넣고 진하게 감탄해 보였다.

"여기 음식 맛없는 게 어디 있니? 맛있으니 비싼 돈 내고 일부러 찾아오는 거지."

거들먹쟁이 경희가 딱하다는 듯이 쏘았다.

"응! 그래, 그렇지."

유진의 목소리에 힘이 풀려간다. 배불리 잔뜩 먹고 나니 온몸이 노곤해지고 눈이 자꾸 감겨왔다. 유진은 친구들의 세상살이에는 아무 관심도 흥미도 없었다.

“얘! 아무개 남편이 차관이 됐대.”

“그래? 잘됐구나.”

“얘! 아무개가 자가용 사서 나도 함께 설악 갔다 왔다.”

“좋겠다. 너도 운전 배워서 하나 사렴.”

“얘! 아무개 아들이 서울대 수석이래.”

“참 장하네! 크게 성공하겠다.”

친구들은 모이기만 하면 성공과 부를 자랑하고 질투해댄다. 뒷담화 하기를 즐겼으나 유진은 늘 담담하게 대꾸했다. 얘기하는 쪽이나 자랑하고픈 쪽에서도 도무지 신이 나지 않아 유진을 상대하지 않았다. 무엇 때문에 친구를 찾아왔는지 모를 일이었다. 유진은 그저 간간이 창밖의 하늘과 구름을 바라볼 뿐이다. 창이 막힌 곳이면 그 벽 너머에 있을 하늘을 바라보다 졸기 일쑤였다. 신나게 떠들던 친구들이 어떤 방해물에 걸린 듯 잠시 얘기를 끊고 그녀를 빤히 바라본다.

“너 졸립니?”

경희가 커다랗게 소리쳤다. 화기애애한 속에 석상처럼 앉아 있는 그녀가 이상하고 낯설었던 것이다. 자고 있는지 눈을 뜨고 있는지 도무지 분별하기 힘든 상태였다. 그 모습은 수족관 속의 열대어나 금붕어들처럼 한가롭고 무심하게 보이기도 했다. 그녀들과는 전혀 다른 세상의 물체 같았다. 신기하고 참으로 묘한 물체, 방해물같이만 보였다.

“너 어제 잠 못 잤니?”

늘 온화한 은정이 조용히 재우쳐 물었다.

"아냐! 근데 난 왜 이렇게 자꾸 졸리지?"

유진은 눈을 뜨려고 애쓰며 피식 웃을 뿐이었다. 저능아 같아 보이기도 하고 살짝 간 여자 같기도 했다. 친구들은 어이없다는 듯 웃었다.

"그러게 너는 왜 항상 졸린 사람 같으냐? 네 눈은 늘 흐리멍덩하고 몸도 힘 하나 없이 흐늘흐늘하고 왜 그래? 눈 좀 반짝반짝 빛내고 날다람쥐처럼 좀 팔짝팔짝 뛰어 봐라. 이 스피드 시대에 에이! 하하하."

영란은 안타깝고 화가 난다는 듯 얼굴이 벌겋게 열을 내다 곱상하게 예의를 차렸다. 거기엔 친구가 활발하게 일어나주길 바라는 우정이 담겨 있다는 것을 유진은 잘 알고 있었다. 그러나 그 말속엔 또 넌 아무짝에 쓸모없는 애다, 넌 이제 틀렸다 하는 뜻도 섞여 있었다. 사실 영란이 솔직하게 털어놓은 적이 한 번 있었다.

"경희가 너더러 바보 같다고 하더라. 그 학벌 그 재주 가지고 왜 그러고 있냐고?"

틀림없이 둘이 서로 주고받고 맞장구쳤을 것이다.

그럴 때마다 유진은 좀 슬픈 웃음을 힘없이 지으며 혼자 속으로 생각했다. 덫에 걸린 날다람쥐가 마구 날뛰다가는 상처만 깊어지고 곧 죽고 말 것이야. 나는 지금 죽은 듯 엎드려서 때를 기다리는 중이야. 나는 반드시 너희들보다 더 높은 곳으로 날아오를 것이야. 앵무새같이 흉내 내는 이야기 떠들썩한 삶이 아니라 진짜 삶을 살 것이야. 세상의 물결을 타지 않고 침묵 속에 깊이 담겨 있는 참 의미를 잡을 것이다. 내 졸리고 흐릿하고 멍청해 보이는 모든 것은 아픔을 잠재우고 씻어내려는 것이야. 인내하는 것이야. 때를 기다리며 올라가려는 것이야. 이런 생각을 친구들은 아무도 전혀 헤아리지 못하고 있었다.

오직 유진의 무관심하고 미온적인 태도가 남편의 끊임없는 사업 실패와 무능에서 비롯된 것이라 판단했다.

그런데 사실 유진의 남편도 그들의 생각과는 전혀 달랐다. 그는 누구에게도 어느 회사에도 의존하지 않고 온전히 독립된 회사 운영을 하려 했다. 특히 사업 윤리에 어긋나지 않는 회사를 운영하고 싶어 했다. 오직 사회에 도움이 되고 사회에 이바지할 수 있는 창조적인 생산을 하려 했다. 그런 말을 해 보았지만 친구들은 비웃기만 했다.

"다른 사람들은 뭐 다 바보냐? 그렇게 안 하고 못 하는 데는 다 이유가 있는 것이지. 아무도 못 하고 안 하는 일을 어떻게 혼자 하려고 하니? 그렇게 현실적이지 못하니 실패는 당연한 일이지."

모두 그렇게 말했다. 오만하고 어리석은 짓이라고 생각하는 것 같았다. 그다음부터 유진은 완전히 침묵을 지키고 말았다. 그리고 얼마 지나지 않아 그 일은 모두의 마음속에서 까맣게 잊히고 말았다.

그러한 생각들이 사회를 전반적으로 지배하고 있는 만큼 창조적인 생산자는 실패할 수밖에 없고 희생자가 되고 마는 것이다. 그런 사실을 미처 깨닫지 못한 것이 가슴 아프다. 알고 있었다 해도 어쩔 수 없는 일이다. 올바른 일에 신념을 갖고 지켜나간다는 것은 하루하루 죽음 같은 상처를 참아 받아야 하는 것이었다. 이 10여 년간 남편은 참으로 오뚝이처럼 새로운 아이디어를 끊임없이 창출해 냈고 판로販路를 개척했었다. 그러나 바로 성공의 순간에 대기업 재벌에 먹혀버리고 마는 것이었다. 특허를 내도 허사였다. 그의 아이디어에는 특허特許감들이 정말 상당히 많았다. 그러나 그 특허품보다 조금 다르고 낫게 모방한 물건들을 다량으로 싸게 시장에 풀어버리는 재벌들 때문이다. 유사한 상품으로, 대대적인 광고로 먹어버렸다. 결정적으로 그를 파산

시킨 가장 큰 원인은 클레임이었다. 조합에 합류한 몇 회사의 물건이 부실해서 정품인 그의 물건까지 클레임에 걸렸던 것이다.

남편은 국력의 쇠약으로 당한 일이라고 분노했지만 분노는 분노하는 자만 상하게 할 뿐이었다. 남편은 억울하게도 부동산을 전부 팔아 지불했다. 손해를 끼친 자들에게 오히려 손해배상을 해줘야 하는 구멍 난 법을 지켜야 했다. 이 일만 아니었더라도 지금쯤 부동산 재벌쯤 됐을 것이다. 현재 우리나라 사업은 아이디어와 자본의 대결이다. 아니 아이디어보다 자본의 힘이 더 큰 사업이다. 아무리 좋은 아이디어라도 빈털터리는 호랑이의 밥이 될 수밖에 없다. 이러나저러나 밥이었다. 그래도 남편은 실망하지 않고 죽어라 기를 썼다.

밟고 일어서는 기업에서도 경쟁은 머리 아프고 피나는 일일 것이다. 그의 창조력과 아이디어, 강인함과 정직한 성품을 잘 아는 친구이자 재벌 회사에서 사장 자리를 놓고 흥정을 해왔다. 그러나 남편은 별생각이 없다고 했다.

"이 나라 제일 재벌에서 당신의 능력을 인정해서 사장 자리를 주겠다는데 얼른 네! 해야지 뭘 망설거려요? 나는 대환영이에요."

유진은 참으로 힘든 때에 이보다 더 좋은 일은 없다 싶어 남편에게 강하게 말했다.

"재벌이고 사장이고 간에 나는 남의 밑에서 일하기 싫어. 내 맘대로 하고 싶은 것 할 수 없잖아?"

남편은 화가 잔뜩 난 얼굴로 소리 질렀다.

"아니, 사장인데 어째서 남의 밑이에요? 월급도 최상급이고 편안히 잘살 수 있을 텐데, 지금 우리 형편에 이보다 더 좋은 기회는 없어요. 네? 허락해요."

유진은 윽박질러서는 안 될 것 같아 사정사정했다.

"사장이면 그 회사가 내 회사란 말이야? 그 월급 갖곤 우리 빚도 못 갚아. 또 편할지 더 힘들지 어떻게 알아?"

남편은 꿈적도 안 했다.

"아무렴 지금보다야 낫겠지. 자존심만 세 가지고. 남들은 그런 자리 없어서 못 가는데 미쳤다고 콧방귀 치겠다."

유진도 더 이상은 참기 어려웠다. 막 가볼 심산으로 해댔다.

"차라리 날 죽으라고 해. 죽으라고 그래. 난 죽어도 못 해."

남편은 고래고래 소리를 질렀다. 그 정도일 줄은 몰랐다. 죽으라는 말 한마디가 그녀의 가슴을 쿡! 찔렀다. 죽음은 끝이다. 아무리 근사해 보이는 사장 자리라도 그에겐 지금보다 더 못한 죽음 같은 곳이 될 수도 있다는 생각이 들었다. 자기가 하고 싶은 일을 잃은 사람은 정말 송장같이 될지도 모른다. 유진은 자신이 지고 포기하는 수밖에 없다고 생각했다.

이 말을 들은 영란은 펄펄 뛰었다.

"야! 이 바보야! 그 새끼 소시지를 뚝 잘라 버려라. 가족 하나 제대로 거느리지 못하는 주제에 자존심만 내세우면 다야? 몇십 년 머리를 싸매고 덤벼들어도 못 얻을 자린데 쓰레기 버리듯 내던져버려? 그래, 차라리 죽으려면 죽으라고 어디 너 죽고 나 죽자고 목덜미 잡고 뒹굴 노릇이지. 남편 하나 조종하지 못하고 죽는다는 말이 그렇게 무서워 깜박 넘어가니? 넌 어쩜 그렇게도 얼간이니? 당장 이혼해라. 싹이 아주 노오랗다."

영란은 당사자보다 더 분을 삭이지 못해 펄펄 뛰었다.

유진은 결국 자신에게 돌아온 무례한 화살에 온몸이 경직되었지만 사무치는 친구의 정에 눈물이 한없이 흘러내렸다.

"애들은 어떻게 하고?"

유진은 눈물을 닦으며 한숨을 내쉬었다.

"그런 남자는 아이들 혼자 길러봐야 해."

영란은 단호했다. 유진은 아무 말도 하지 않았다. 아이들을 버릴 수는 없다. 상상할 수도 없는 일이다.

"걱정하지 마. 갈 데 없으면 우리 집으로 와. 방 한 칸 내어줄게."

영란은 사뭇 진지한 표정을 했다.

"말도 안 되는 소리. 며칠만 있어도 네 남편 눈치 보고 언제 가나 끙끙 앓을걸."

유진은 어처구니없다는 웃음을 씁쓸히 흘렸다. 영란이 순간 동정의 감정이 발동한 것이란 것을 잘 알고 있었다.

"하하하! 그렇긴 해."

영란은 멋쩍은 웃음을 쏟아냈다.

그 후 영란은 사흘 들이로 전화를 해댔다.

"너 아직도 그 집 시커먼 부엌에 쭈그리고 있니?"

"너 네 남편 정말 사랑하냐?"

사랑이란 말이 상당히 메스껍다는 투로 영란은 잉잉거렸다.

"사랑이고 뭐고 다 필요 없어, 야! 너는 중매결혼 한 거 아냐? 근데 뭘 그렇게 목매.

빨리 헤어져. 알았지? 빨리 나와."

유진은 수화기를 붙잡고 불쾌한 석상이 되어버리고 말았다. 13년간 수녀 생활을 해오던 친구를 인간 해방 시키겠다고 빼낸 실력이 있는 영란이 이번엔 유진을 여성 해방 시키겠다고 선전포고하고 나선 것이다.

나이 삼십이 되도록 연애 한 번 제대로 해 보지 못하고 결혼을 했다. 몇 번 선을 보고 더 버틸 수 없는 상황에 몰려 이번엔 다리병신이라도 결혼해야겠다고 생각했다. 그렇게 결단을 한 후에 만난 사람이 남편이었다. 사랑은 퀘스천 마크였다. 다행히 예술적 취미가 있었고 재산과 풍부한 경험도 갖추고 있었다. 상당히 믿을 만하다고 생각했다. 유진의 꿈을 실현하는 데도 도움이 될 것 같았다. 그러나 지혜로운 생각이나 판단도 한계가 있는 법 모두를 볼 수는 없는 일이다. 신이 아닌 이상.

사랑의 새 둥지 같다는 신혼 초에도 유진은 사랑의 솜사탕 맛을 조금도 느끼지 못했다. 사랑의 거울을 닦고 아무리 들여다보아도 사랑의 그림자조차 보이지 않았다. 그는 냉혹했고 보수적이며 일밖에 모르는 남자였다. 그는 교회에서 훌륭한 지휘자였다. 놀랄 만큼 섬세한 예술적 감각을 연출하는 사람이었지만 이상하리만큼 사랑은 할 줄 모르는 남자였다. 아니 그녀처럼 사랑하지도 않고 뭐에 떠밀려 한 결혼인지 모른다. 거기에 더해진 성격의 차이였다. 다정하고 솔직한 유진은 그의 단단하고 찬 마음에 부딪칠 때마다 어두운 암벽 앞에 서 있는 듯 가슴이 답답했다. 아무리 두드려도 그의 마음을 열고 안으로 들어갈 수는 없을 것 같았다. 불을 끄고 한 베개를 베고 누워서 유진은 소리 없이 눈물을 흘리곤 했다.

그러한 가운데 온 파산을 수습하는 과정인데 남편은 아내나 가족을 위해서 조금도 배려하지 않는 것이다. 이혼하자면 가장 좋은 기회일 수도 있었다. 그러나 사랑은 아니더라도 인간관계상 그럴 수는 없는 것이라고 생각됐다. 인간이라면 가장 고통스러운 상황에 있는 사람을 버리고 가서는 안 되는 것이다. 그 생각은 한없이 어둡고 무거운 짐이었지만 돌이킬 수 없는 집요한 것이었다. 그것은 믿음처럼 확고했다. 차라리 그가 전처럼 부유하다면 아무 미련 없이 버릴 수도 있고 이미 편하게 떠났을지도 모른다.

신기하고 다행스럽게도 고통을 함께 겪어가는 사이 이름 모를 사랑의 얼굴이 그려지고 있었다. 영원히 닫혀있을 것 같은 그의 가슴이 열리고 있었다. 자신이 옳은 것 같았다. 유진은 끝까지 참아가며 살아내야 한다는 생각으로 빈 마음으로 가꾸며 하늘로 날아올랐다.

날이 갈수록 빚쟁이들은 계속 더 몰려들었다. 유진은 더 이상 모욕과 수치, 비굴, 가난을 견뎌내지 못하고 쓰러질 것만 같았다. 그렇다고 유익한 사회를 위하여 이바지하려고 의미와 윤리를 내세우던 사람이 양심을 버리고 도망칠 수도 없는 일이었다. 친구들에게 빌린 돈도 있었다. 남은 것을 처리해 친구들 것부터 갚기로 했다. 원금만이라도 돌려주려 노력했다. 친구들의 우정이 그 정도는 이해해 주리라 믿었다. 고맙다고 말하는 친구도 있었지만 그렇지 않은 친구도 있었다.

"흥! 원금만 주면 뭐 하냐? 밀린 이자가 얼만데? 너는 친구들한테 돈을 빌려서는 안 되는 거였어. 돈 때문에 정말 우정까지 잃지 않니?"

"너는 좀 상황 판단을 분명히 해야 할 것 같다. 무엇보다 사람은 신용이 있어야 해. 너는 원금만 주면 되겠지 하겠지만 은행에선 이자도 원금과 똑같은 위치야. 은행에선 1원도 손해 보는 일이 없어. 못 갚으면 그대로 경매 들어가. 야!"

인상을 잔뜩 쓰고 하는 경희의 차고 매서운 말은 이제 하나 남은 집도 팔아서 이자를 달라는 것처럼 들렸다. 시아버지 이름으로 된 그 집은 목에 칼이 들어와도 내놓을 수 없다고 버티어서 남아 있을 뿐이었다. 유진은 패물이란 패물은 물론 쓸 만한 가재도구까지 다 팔아 내주었다.

"그래! 네 말이 맞아. 모든 게 다 내 잘못이다. 미안해. 내가 나중에라도 돈 벌면 이자도 다 갚아줄게."

유진은 사과하고 또 사과하고 비굴하도록 빌었다.

"그러라는 게 아니라 그렇다는 말이지 뭐."

경희는 사뭇 불쾌한 표정을 지었다. 유진은 경희 같은 법과 계산기는 되지 말아야겠다고 결심했다. 경희는 마치 1원짜리 주화를 쓰러지지 않게 묘하게 치켜쌓아 15층짜리 아파트를 짓고 있는 것 같았다.

아무리 빌고 사과했어도 친구들은 이자 받지 못하고 오래 속 썩인데 대한 복수를 은근히 복리 이자로 두고두고 해댔다. 신용 없는 얼간이로 빨간 딱지를 붙여 완전히 따돌렸다. 차츰 그녀는 친구가 아니라 생활의 침해자요 훼방꾼이 되어버렸다. 함께 쇼핑할 수도 없고 함께 식도락과 여흥을 즐길 수도 없다. 황금을 자랑할 수 없으면 친구도 아니다. 유진은 지나가는 행인의 소매를 잡고 한 푼 안 준다고 졸라대는 귀찮고 더러운 거지꼴이 되었다. 이 복수의 침은 반응 없는 그녀의 가슴에 무작위로 박히었다. 마음을 비우고 자존심을 다 내려놓았다 싶었는데도 어딘가 편치가 않았다. 유진은 아무도 모르게 혼자 숨어서 하늘만을 바라보았다. 하늘은 평화로웠다. 매일 하늘로 날아오르려 했다. 가장 가까운 사람에게서 받은 상처와 미움 실망은 더 크게 마련이다. 친구들보다 부모에게서 받은 상처는 더 컸다. 부모 자식 사이가 마치 원수 같았다. 감춰 둔 돈 내놔라. 이 사기꾼 도둑놈아! 소리가 항상 천정에 둥둥 떴다.

"감춰 논 돈이 어디 있다고 그러세요?"

답답한 유진이 대꾸라도 하면,

"이년아! 너는 입이 열두 광주리라도 말 못 한다. 네년 들어오고 나서 집안이 폭삭 망했는데 뭐 잘 했다고 대들어 대들긴!"
하고 어처구니없는 말로 유진의 입을 틀어막았다.

유진은 벙어리가 되어 그것도 보상해야 했다. 남들은 아파트에 가정부다 해서 온갖 문화시설을 누리며 자기 생활을 할 때 그녀 혼자만 조선왕조의 여자로 살아야 했다. 아궁이에 장작불을 때서 조청 고고 엿 만들고 맷돌질해서 두부 만들고 도토리묵 메밀묵 청포묵 쑤고 다듬이질해서 이불 꿰매고 살았다. 사면에서 쏘아대는 화살의 화살받이가 되어 묵묵히 일만 하고 살았다. 마치 일하는 것만이 사는 길인 것처럼 애를 업고 서른 명이 넘는 공장 직원들 밥을 해 먹였고 아이를 안고 직원들이 짤 실을 감아댔다. 팔다리에 경련이 일어도 시어머니는 모른 척하고 동서네 아이를 봐주다 때 없이 돌아와서 밥상을 차리라 했다. 시어머니가 도와주지 않아도 어차피 나 혼자 다 해낼 일이지만 점심이라도 혼자 차려 먹든가 동서네서 먹고 오시면 좋을 텐데 하는 섭섭한 생각은 지울 길이 없었다. 해도 아무 말 하지 않고 다 해드렸다. 다 저물어가는 저녁때 공장 식구들에게 해 먹일 쌀이 없어 발을 구르던 때, 남편이 올 길을 바라보다 지쳐서 아픈 눈을 들어 하늘을 보다 다시 발을 구르던 때, 외상 쌀도 더는 구하지 못해 울며 풍뎅이처럼 동네를 맴돌다 돌아오던 때, 시부모님들은 환한 전등 밑에서 세 받은 돈 한 뭉치를 세고 있었다. 옆에는 시장에서 사 온 옷 보따리도 한 뭉치 보였다. 유진은 가슴속에서 검은 선지 같은 피 한 덩어리가 울컥 넘어오는 것을 후우! 심호흡을 하고 꿀꺽 삼켜버렸다.

'우린 재산을 모두 날려버린 죄인인걸. 누굴 어떻게 원망해. 모두

우리 잘못이야.'

유진은 그렇게 생각했다. 무엇보다 괴로운 것은 그녀가 썩은 웅덩이 같은 몰락의 구덩이에 완전히 잠겨 있을 때에 해친 쪽과 세상은 눈부시게 번창하고 있었다는 점이다. 서울 거리는 하루가 무섭게 높은 빌딩으로 꽉꽉 들어차고 사람들은 모두 활기에 차 흥청대고 있었다. 오직 자신의 집만이 퇴락해 가는데 좌절하지 않을 수 없었다. 사람들은 자신도 모르게 이웃과 비교한다. 이웃과의 경쟁에서 이기는 데 목적이 있고 삶의 큰 의미가 있는 것처럼 생각한다. 성공과 행복의 수치도 비교로 좌우된다. 경쟁이 삶의 의욕을 불사르기도 하지만 실패할 경우엔 몹시 좌절하게도 된다.

유진은 패배감으로 언제나 자고 싶어 했다. 영적으로 식물인간과 다름없었다. 움직이고 일하는 것은 습관이었고 사는 것은 본능이라기보다 아편중독성 같았다. 아무 의미도 생각도 없었다. 하얀 백지와 같은 시간, 감정도 생각도 언어도 백지였다.

남편은 산속으로 들어가 수도하듯 또 하나의 일을 만들고 있었다.

유진은 끊임없이 몰려오는 빚쟁이들을 도맡아 무릎을 꿇고 잘못했다고 빌어야 했다. 하루도 빠짐없이 잘못했다고 비는 것이 그녀의 일과가 됐다. 다른 일은 하나도 할 수 없을 정도였다. 그녀의 가슴은 완전히 텅! 비어버렸다. 그래서 아이러니하게도 모든 상처와 죄악이 깨끗이 다 씻어져 나가버린 듯했다. 선악의 선을 넘고 고락苦樂의 선도 넘고 나이의 선도 넘어서 어린이가 된 것 같았다. 음성은 고향 산천 깊은 계곡에서 흘러나오는 냇물 소리 같았고 움직이는 모습은 향내 품은 숲속의 솔바람 소리 같았다. 소리 없이 웃는 그녀의 웃음도 햇빛처럼 해맑아졌다. 그녀의 몸에선 종소리처럼 겸손의 음향이

펴져 나오기 시작했다. 모든 사람들 앞에서 비는 겸손한 몸짓이 고매하게 부조浮彫되고 조심스럽게 빌던 손과 눈은 기도하는 손과 얼굴로 변해가고 있었다.

그것을 눈여겨보는 사람은 거의 없었다. 사람들은 모두 그녀 앞에서 거만했고 어떤 자신감과 우월감을 느끼며 묘한 쾌감 승리감에 도취되었다. 그리고 알 수 없는 어떤 위안과 평화 행복을 누리는 것이다. 그런 가운데서 유진은 홀로 하늘로 지구 밖으로 날아오르는 것이다.

버스가 덜컹거리며 서는 바람에 유진은 정신이 번쩍 들었다. 생각에 빠져 버스에서 안내하는 소리를 그만 놓치고 말았다. 이번에 내릴 정류장인가 싶어 황급히 거리를 살펴보았다. 다음 정류장인 것 같다. 안심을 하고 거리를 다시 살펴보니 거리의 모든 것이 선명하게 보인다. 높고 넓은 하늘에 흰 구름이 두둥실 떠있고 새로 잘 단장된 건물들이 늘어선 종로통은 햇빛이 날갯짓을 하며 미소 짓고 있다. 황금 궁전 거리 같다. 유진은 명멸하는 햇빛의 요정들과 장난치며 하늘 바다 끝으로 달려간다. 마냥 높이 떠오른 하늘에 행복의 춤사위가 펄럭인다. 세상이 환히 내려다보였다. 서울이 아라비안나이트에 나오는 재미있는 궁전처럼 작게 보였다.

유진은 가슴을 활짝 폈다. 오랜만에 동창 모임에 초대를 받은 것이 한없이 기쁘다. 지금까지 따돌림 하고 있던 그녀를 갑자기 불러낸 것은 그동안 유진의 남편이 성공해 미국 여행을 갔다 왔다는 소식 때문이라는 것을 잘 알고 있다. 왠지 자긍심이 가슴에 우아한 피리 소리를 퍼트린다.

유진은 무릎 위에 놓인 검은 가죽 백에 손을 눌러서 속의 물건을 다시 확인해 보았다. 빨간 우단으로 싼 길고 우아한 보석 상자가 잘 가늠된다. 유진은 흡족한 미소를 지었다. 중세 아치식 건물에 볼륨 있는 커튼을 친 방 같은 상자 안엔 맑은 우윳빛 피부에 발그레한 수줍은 뺨으로 성장한 아가씨 같은 진주 목걸이가 우아하게 앉아 있을 것이다.

"어디니? 하얏트호텔이다. 알았지?"

"응! 다 왔어. 금세 들어가."

버스에서 내릴 때쯤 걱정된다는 듯 다시 확인하던 영란의 말에 유진은 자신만만하게 대답했다. 어깨를 쫙 펴고 핑크색 대리석 계단을 올라서자 자동문 앞에서 기다리고 있던 웨이터가 그녀를 낚아채듯 깊숙한 곳으로 안내해 갔다. 웨이터가 멈춰 서서 밀폐된 한 공간의 문을 열자 여자들의 웃음소리가 밀물처럼 쏟아져 나왔다. 그 웃음소리에 섞여 크리스털 컵의 청아한 음색이 싱그럽게 퍼졌다. 섬세하고 고전적 무늬가 돋보이는 베이지색 실크 벽지에 붉은 양탄자가 깔린 아늑한 방이었다.

"야! 이거 얼마 만이냐?"

반가움보다는 비꼬임이 담긴 듯한 목소리였다. 새로 나타난 경쟁자를 경계하며 탐색하는 눈초리가 역력하다.

"너 그냥 소식도 없이 죽은 줄 알았다."

솔직하고 밉상인 경희는 여전히 농담처럼 한 소리 했다. 누군가를 억압해야만 속이 풀리는 모양이다. 항상 자신이 우위여야만 하는 그녀다. 그래도 그녀에겐 못다 준 이자가 있으니 참아내야 할 일이다. 여기저기서 상대의 정체를 알아버린 미소들이 입가에 훌훌 퍼져 올랐다. 점점 풍선처럼 부풀어 오르는 그 미소 위로 성공과 부를 누리는 자신만만한 에고이스트의 얼굴들이 부조浮彫되기 시작했다. 조금도 애정을 느낄 수 없는 미소였다. 이상한 가면을 쓴 것처럼 징그럽고 섬뜩하다. 유진은 왠지 부끄러운 기분이 들며 자리가 불편해왔다. 그러한 자신을 수습하기 위해서 솔직하게 털어놓아야겠다고 생각했다.

"나는 오랜만에 너희들을 보니까 괜히 자꾸 부끄러워지는 마음이 생긴다."

"아니 뭐가 부끄럽니? 도대체 넌? 정말 우습다."

방 안엔 폭소가 터졌다. 요즘 와서 그렇게 재미있는 일은 처음이라는 듯 친구들은 데굴데굴 구르며 웃었다. 그 덕에 가식적인 분위기가 좀 가시는 것 같았다.

"너네 사업이 하나 히트 쳤다지?"

"부부 동반 미국 여행도 했다며. 나도 아직 못 했는데. 부럽다, 얘."

거만한 경희가 화살을 쏘아댄다. 80년대에는 외국 여행이 그리 쉬운 편이 아니었다. 그 돈으로 이자나 갚지 하는 것 같다.

"여행이라기보다 사업차 방문이었지 뭐."

유진은 조용히 말했다.

"좋은 것 좀 많이 사 오지 그랬니. 여기 오면 뭐든지 불티나는데."

모두 눈을 빛내며 유진의 얼굴을 주시했다.

"처음 여행이라 잘 모르고 두려워서……."

유진은 또 바보 취급 당하는가 싶어 말끝을 흐렸다.

"제가 하긴 뭘 하냐?"

"요즘 같은 때 밍크코트 하나 걸치고 나오면 끝나는 건데. 넌 밥상을 차려 줘도 못 먹는 애구나."

경희가 혀끝을 찼다.

모두 몹시 딱하다는 표정들이 아쉬움에 한풀 죽은 모습이 되었다.

"애! 너 나 줄 화장품도 하나 안 가져왔니? 그러면 정말 그냥 둘 수 없어."

분위기를 바꾸려는 듯 명랑한 영란이 농처럼 소리치며 유진의 백을 낚아채 뒤지기 시작했다.

"야! 이게 다 뭐냐?"

영란이 화들짝 놀란 눈을 치켜뜨고 보석 상자를 꺼내 놓았다. 잔뜩 호기심에 찬 눈들이 불가사리 먹이를 덮치듯 모여들었다.

"너희들이 좋아하는 보석 진주 목걸이."

유진은 처음으로 위에서 친구들을 내려다보며 위풍당당하게 말했다.

영란이 보석함을 열자 전라의 미인이 붉은 보료 위에 누워있는 것 같은 진주 목걸이 모습이 드러났다.

"아! 진주 목걸이구나. 너무 예쁘다."

진주 목걸이의 영롱한 빛에 모두 넋을 잃은 듯 소리쳤다. 그때는 진주 목걸이가 상당히 귀하고 비싼 보석이었다.

"아아! 황홀하다."

"이거 팔 거지? 나한테 팔아."

경희가 먼저 보석함을 낚아챘다.

"그거 너만 갖고 싶니? 여기 있는 사람들 다 똑같은 심정이야."

영란이 화를 냈다. 나머지 친구들이 입을 삐죽대며 경희를 향해 눈을 흘긴다. 모두 유진의 얼굴을 애원하듯 지켜보고 숨을 죽여 가며 침을 꼴깍 삼켰다.

유진은 친구들의 태도에 당황했다. 친구들은 유진과는 달랐다. 늘

고가의 보석과 명품만 사서 쓰고 간직하고 있어서 그것을 알아보는 눈들이 감별사 못지않게 예리했던 것이다. 그런데 지금 무슨 일이 일어나고 있는 것인가? 유진이 미국 보석상에서 인조진주의 화려한 영롱함에 혹해 천연 진주의 은은한 깊은 미를 밀어냈던 것처럼 혹해 있는 것이다. 사실 사람들은 자연스러운 것보다 인위적으로 가공된 미를 더 좋아한다. 한마디로 진짜보다 가짜를 더 좋아한다고 볼 수 있는 것이다. 삶의 모든 면에서 그렇다고 할 수 있다. 물건에서부터 인간관계까지. 사회 전반이 그렇다. 가짜는 더 화려하면서도 대하고 사용하기 편하기 때문이다. 그래서 자신도 모르게 점점 더 좋아하게 되고 그렇게 해야 쉽게 성공할 수 있다고 믿게 되는 것이다. 자기가 속았다는 것을 알기 전까지는 그렇다.

아무래도 그대로 있어서는 안 될 것 같았다.

"나 이거 어디 선물할 거야."

유진은 얼른 보석함 뚜껑을 닫고 백 속에 도로 넣었다.

"으음, 어디 뇌물 쓸 거구나."

경희가 욕심을 밀어내느라 쓴 표정을 지었다.

"근데 왜 여기 가지고 나와 가지고 마음만 동하게 만드니?"

모두 미련을 접으며 피를 다 뽑아먹은 거머리처럼 목걸이에서 툭 떨어져 나갔다.

'아냐, 사실은 그거 너희들 선물로 사 왔어.'

유진은 속으로 중얼거리며 어떻게 말을 해야 할까 몹시 망설였다. 얼마나 주고 싶었던 선물이었던가? 얼마나 줄 수 있는 형편이 되길 바랐던가. 빚만 지고 살아왔던 유진은 줄 수 있다는 것이 얼마나 행복한 일인지 가슴 깊이 알고 있었다. 그래서 큰맘 먹고 준비한 것이다.

그러나 그들이 인조진주라는 것을 알면 어떨까? 그리고 자신들이 인조인지 진짜인지도 구분 못하고 혹하고 덤벼들었다는 것을 알면 얼마나 자존심 상할까 걱정이 됐다. 사실 가짜가 더 진짜 같고 진짜보다 더 아름답게 보이는 경우도 많은 것이다. 대부분의 사람들은 자신도 모르게 가짜를 진짜라고 믿고 더 선호하며 살아가는 것이다.

"사실은 이거 너희들 주려고 사 온 거야."

유진은 마음을 편안히 가다듬고 조용히 말했다.

"어머 그래! 고맙다 얘! 너한테 이런 귀한 선물을 다 받게 되다니 정말 서쪽에서 해 뜨는 거 아냐?"

친구들은 유진의 말이 떨어지기 무섭게 폭죽처럼 행복의 불꽃을 터뜨렸다.

"그런데 내가 좀 멍청해서 가짜가 진짜 같고 진짜가 가짜 같은 세상이라 진주를 잘 선별하지 못한 거 같아. 우아하고 영롱한 빛이 너무 아름다워 덥석 샀더니 인조진주였어."

유진은 조심스럽게 말을 했다. 인조진주란 말에 친구들의 얼굴에 검은 구름이 밀려든다.

"너희들도 아까 그랬잖아? 이거 진짜 같아 보인다 안 했니?"

친구들은 말없이 입을 삐쭉거렸다.

"근데 가짜가 더 아름다워 보이고 부담 없이 쓰기 편해서 괜찮은 거 같아. 그렇지 않니? 진짜로 사는 건 힘들고 불편해서 쓸데없는 짓이라며."

유진은 왠지 해탈한 여인처럼 맑게 웃어 보였다.

"그래도 보석은 진짜여야지."

경희가 찌뿌듯한 얼굴로 말했다.

“그렇구나! 보석만은 진짜여야 하는구나? 나는 삶이 진짜여야 하는 줄 알았는데. 그러면 마네킹에다 진짜 진주 목걸이와 진짜 다이아로 장식해 놓은 것 같지 않겠니?”

유진은 의문의 달마처럼 하늘을 바라보고 웃고 있었다. 친구들은 똥 밟은 사람 같은 얼굴이 됐다. 참 풀기 어려운 숙제였다.

몇 번째의 자세姿勢

안개 같은 것이 뿌옇게 하늘을 뒤덮었다.

한두 개의 눈송이들이 허공에서 윤무하며 내려온다. 푸근하던 고요함이 초저녁으로 접어들면서 몰려온 검은 떼구름에 휩싸여 칠흑 밤으로 변해버렸다. 세찬 바람이 어둠을 토해내는 것 같다. 가난한 이들의 녹슨 함석지붕을 뒤엎는 소리, 가는 회초리로 매질하는 듯한 전선 줄의 흐느낌, 온통 세상을 두루뭉수리로 만들 기세다. 그러다 주춤하는 한숨 소리, 지친 마음 어루만지듯 깔린 눈송이 불어 가며 속 흐느껴 운다.

멀리 산모퉁이까지 이어간 길엔 사람 하나 없이 무서운 적막이 깔렸다. 좁은 골목에 늘어선 기운 초가집들이 마치 웅숭그리고 있는 짐승들의 그림자처럼 보였다. 적막을 깨뜨리고 급박한 발걸음 소리가 퍼졌다. 어둠 속에서 검은 외투 속에 깊숙이 파묻힌 젊은이가 뛰어온다. 외투 주머니에서 삐죽이 나온 흰 종이가 나비처럼 너풀거렸다. 허탈하게 흩어진 젊은이의 눈동자가 어두운 허공을 향해 무엇을 찾으려는 듯 초조하게 움직인다. 끝없이 먼 곳에 있는 무언가를 찾으려는 듯 멀리멀리 자꾸 달린다. 가쁜 한숨을 내쉬며 휘청거리는 다리로 급박하게 달리다 결국 앞을 가로막는 큰 돌기둥에 부딪혀 힘없이 몸을 맡기고야 말았다.

산언덕에 있는 교회 입구였다. 민우가 기대선 돌기둥과 또 하나의 검고 묵직한 돌기둥 사이로 수십 층을 헤아리는 높은 층계가 가파르게 뻗어 올라가 있다. 그 위로 아득히 높은 곳에 십자가가 희미하게 보였다. 민우는 그 빛을 응시한 채 다시 몸을 세워 돌층계를 한 발씩 올라간다. 십자가에서 퍼져 나오는 빛이 후광처럼 십자가를 싸고 빙빙 맴돈다.

"여긴 좁은 문이에요. 높고 험하지요? 절대 뒤돌아보지 마세요. 앞만 보고 올라가세요."

소곤거리는 소리가 울려 퍼지는 것 같다.

"삶의 길은 좁고 높아. 험하고 혼란스러운 길이야. 앞만 보고 걸어가야 돼."

언젠가 미현이 하던 소리와 비슷한 것 같다. 별 관심 없이 대하던 그녀의 말이 사뭇 새삼스럽다. 두려움이 온몸을 오한으로 떨게 했다. 그는 주머니 속에서 잡히는 그녀의 청첩장을 꽉 움켜쥐었다.

"네 말이 옳았어. 미현, 사랑해!"

그는 한 번도 입 밖에 내보지 않은 말을 속으로 크게 외쳤다. 온몸에서 진땀이 솟았다. 그는 돌아서서 자기가 올라온 시커먼 동굴 같은 계단을 한참 내려다본다. 자기가 벗어놓고 온 지난날들의 검은 허물이 큰 바위처럼 웅크리고 있는 것 같았다. 그는 얼른 얼굴을 돌리고 발길을 옮겼다. 교회 후원으로 가 아카시아 고목에 기대서 등대 불이 지나가는 바다를 바라본다. 우주의 숨소리 같은 낮은 흐느낌이 품 안으로 가득 안겨든다. 이러한 밤엔 영혼이 맑아져 새로운 힘이 솟는다. 그는 이러한 밤을 사랑했다. 가만히 눈을 감아본다. 지난날들이 달려오고 있었다.

"하하하! 이 자식 볼기짝 보인다. 하하하! 하하하!"

방 안엔 웃음소리가 가득 넘쳐흘렀다. 손뼉을 치며 웃고 떠드는 친구들의 얼굴! 얼굴들이 떨림판 스크린처럼 지나간다.

바로 초등학교 2학년 때 청소 시간이었다. 엎드려서 비질을 하느라 낡아빠진 엉덩이 쪽이 빼끔히 입을 벌린 모양이다. 없기도 했지만 마침 여름이어서 시원하라고 팬츠도 안 입은 게 탈이었다.

"이 새끼 볼기짝 보인다."

뒤에서 분단장이 가느다란 댑싸리 회초리 끝으로 살을 더욱 헤쳐내며 까르르 웃어젖힌 것이다. 당황한 민우는 엉덩이를 감싸 쥐고 벽 귀퉁이에 기대선 채 겁먹은 눈을 데굴데굴 굴리며 어쩔 줄을 몰라했다. 놀란 수탉 같은 모습을 보고 동무들은 모여들며 더 재미있어했다.

"어디 엉덩이 한 번만 더 보자."

짓궂은 녀석이 다가와서 자꾸만 바지를 잡아 끌어내리려 했다. 또 한 놈이 와서 합세를 했다. 또 한 놈이 더 덤벼든다. 분노가 치솟아 오른 민우는 새빨개진 얼굴로 이를 빠드득 갈며 치고 싸웠다. 엉덩이가 다 터져 나와도 상관 안 했다. 그 모양을 보고 여자애들이 숨죽여

쿡! 쿡! 웃어도 상관 안 했다. 분노의 힘이 아무리 크다 해도 세 놈의 힘을 당해낼 순 없었다. 드디어 한 놈이 그를 깔고 앉고 두 놈이 함께 주먹질을 해댔다.

"이 칠띠기 바보, 거지 같은 새끼야! 되지 못하게 누굴 때려. 어디 또 때려봐라. 때려봐!"

말 한마디에 두서너 대씩 내리쳤다. 그는 발버둥만 쳤지 꼼짝할 수가 없었다. 코피가 터지고 정신이 혼몽해졌다. 가슴을 깔고 앉은 분단장이 멱살을 움켜쥔 채 노려보며 승리의 웃음을 지었다.

"짜아식 어디 덤벼봐! 바보! 거지 같은 새끼!"

주먹으로 가슴을 세게 한 대 치고 일어서려던 놈이 무슨 생각에선지 다시 아랫배를 타고 걸터앉았다.

"짜아식 아주 홀딱 벗겨버리자."

놈이 아이들을 쳐다보고 희죽 웃으며 말했다.

"그래! 그래!"

아이들이 박수를 치며 소리쳤다. 정도를 모르는 아이들의 장난이 잔인스러웠다. 더럭 겁이 난 민우는 그에게서 벗어나려고 죽을힘을 다해 안간힘을 썼으나 아이들이 함께 확 몰려들어 바지를 벗겨버리고 말았다.

"엉! 엉!"

민우는 벗겨진 아랫도리를 그냥 둔 채 소리쳐 울었다.

"선생님 온다~아!"

그때 누군가 소리쳤다. 아이들은 재빨리 제자리로 돌아가 열심히 청소하는 척했다. 인간의 가식은 어른이나 아이들이나 어찌 그리 같을까 싶었다. 그때부터 그는 철학자의 사고를 갖게 됐는지도 모른다고 생각했다.

"너는 오줌 쌌냐. 왜 바지를 벗고 울고 있어."

교실을 휙! 둘러본 선생님이 소리쳤다.

누군가 "네!" 했다.

"못나게시리. 빨리 바지 못 입어?"

선생님은 들고 있던 회초리로 그의 엉덩이를 한 대 내리치고 가버렸다. 변명할 시간조차 주지 않고 때리고 가버린 선생님의 태도에 민우는 더욱 복수심만 불타올랐다. 집에서도 따듯하게 맞아주는 사람은 아무도 없었다.

"엉덩이가 찢어졌으면 좀 꿰매 입지. 이 맹충이 같은 자식아! 매맞아 싸다."

어머니는 오히려 더 야단만 쳤다. 민우는 모두가 자기편이 아니라고 생각했다. 아무하고도 절대로 상대하지 말자고 단단히 마음먹었다. 그래도 어렸을 때는 그나마 집에서 안식을 얻을 수 있었다. 아이들에게 부모란 절대적 존재이기 때문이다.

그러나 중고등학교를 거치면서 가정이란 것을 다시 생각하지 않을 수 없었다. 가난하고 대조적인 부모 성격 탓에 참 비참했다. 다 쓰러져가는 시늉만 하는 기와집인 집들이 지저분하게 널려있는 동네에 부엌 한 칸 방 한 칸 거기 붙은 쪽마루 그 아래 반 칸도 못 되는 마당 아닌 통로뿐인 집이었다. 그 집이 요행히 골목길을 끼고 앉아 있어 구멍가게를 하고 살 수 있었다. 볼 것 하나 없는 구멍가게지만 거기서 몇 식구 입을 얻어먹자면 일할 수 있는 식구는 모두 다 나서야 했다. 그런데 게으른 아버지는 늘 딴청이었다.

"아니, 근데 어린앤 울고 천지개벽을 해도 모르고 거기서 뭘 하는 거욧! 빨리 와서 애를 달래놓고 연탄 날라요. 저 개울 둑에서 가져오래. 여편넨 이 뜨거운 땡볕에 몸뚱이가 문드러져도 모르고 그늘 밑에서 '장이야'만 외치는 거야? 아이고 저걸 내가 언제 잡아먹어야 시원하담."

참다못한 어머니가 심하게 욕을 퍼붓는다. 함께 장기를 두던 친구들이 슬금슬금 달아나면 아버지는 머리를 숙이고 이맛살을 찌푸린 채 말없이 가게로 돌아온다. 방에서 우는 아이를 안고 달래본다. 아이가 더 억세게 운다. 어머니는 아이를 빼앗아 땀에 젖어 후줄근한 옷을 걷어 올리고 젖을 물린다. 아이가 울음을 뚝! 그친다.

"아이구! 애 하나 못 보는 등신!"

어머니는 잡힌 범인의 죄악을 샅샅이 밝혀내야겠다는 듯이 노려보며 또 소리친다.

"저 마당에 요강 좀 봐! 왜 여태 치우지 못하고 그냥 두는 거야? 동네 사람이 다 쓰는 마당에 애들이 와서 깨트리면 어쩌라고? 도대체 내가 저런 인간하고 더 살다간 목청이 다 터져 죽고 말겠다니까."

어머닌 연신 화를 토해내며 씩씩거렸다. 아버지는 매 맞은 아이처럼 얼른 마당으로 달려가 요강을 씻어서 쪽마루에 갖다 놓는다. 이렇게 순한 아버지지만 술만 들어가면 아주 달라지고 만다.

"문 열어라!"

오밤중에 와서 온 동네가 떠나가도록 장비 못지않게 큰 소리로 문을 두드려 대는 것이다.

"흥! 잘 한다. 그냥 둬라. 다 때려 부수게. 당장 다 털어버리고 나가야지 내가 어디 간들 이만 못 살아 이 꼴을 보게."

민우는 드러누운 채 푸념하는 어머니 말을 못 들은 체하고 아버지

문을 열어주러 밖으로 나갔다. 늘 험악하게 싸우는 부모를 보면서 민우는 모른 척 외면을 했다.

처음엔 오랜만에 보는 아버지의 당당한 모습에 오히려 즐겁기까지 했었다.

"가만히 있어, 아버지! 문 열어 줄게."

정답게 소곤거리면 안으로 들어선 아버지도 만족스럽게 아들을 내려다보고 "음!" 하고 기특하다는 듯한 소리를 냈다. 민우는 오랜만에 느낀 부자지간의 정에 가슴이 울컥하기도 했다. 그러나 아버지의 술 먹는 정도가 점점 심해지고 싸움이 극에 이르자 점점 두려움에 떨어야 했다.

"요년 일어나지 못해?"

아버지는 언감생심 자고 있는 어머니에게 다가가 이불을 젖혀내며 소리를 버럭 지르는 것이다.

"아이! 저런 놈의 인간 언제 죽어?"

어머니는 비웃으며 돌아누워서 당최 대꾸를 하지 말자는 듯 눈을 꾹 감아버린다.

"뭐 어째? 서방을 머슴처럼 부려 처먹으면서 뭐이 못마땅해 맨날 죽일 놈 살릴 놈 하냐? 이 빌어먹다 죽을 년아, 응!"

"고만 아버지 들어가 자요."

민우는 아버지의 욕설이 도화선이 되어 또 어머니 가슴에 불을 붙이게 될까 봐 걱정이 됐다.

"흥! 서방? 서방 좋아하네. 그 서방 때문에 내가 빌어먹다 죽게 생겼다. 어떻게 할래?"

어머니는 서방이란 소리에 열이 나는지 벌떡 일어나 눈에 불을 켜고 덤벼들었다. 올 것이 기어코 오고야 말았다. 민우는 마지막 희망을 잡듯 어머니를 말려본다.

"제발 고만둬요. 엄마! 아버진 술 취해서 그러는 거잖아."

"아, 이놈아. 너도 네 애비 편드는 거냐? 술 취하면 뭐 사람 아니야. 돈 한 푼 못 버는 주제에 맨날 무슨 놈의 술이야 술이."

"그래! 술 먹었다. 네년이 언제 나 술 사줬냐? 술 먹으면 어때? 네년이 언제나 날 죽이지 못해 안달이지, 오늘 너도 죽어봐라."

아버지는 표호같이 어머니에게 달려들어 치고받았다.

동생들이 전부 깨어서 울부짖고 밖으로 튀어 나가 숨을 죽인다.

"날 죽여? 어디 어서 죽여 봐라! 이놈아!"

둘은 엉겨 붙어 물고 뜯고 미친 듯 싸웠다.

"아버지!"

그는 있는 힘을 다해 아버지를 끌어 잡아당기며 소리쳤다. 두 눈에서 눈물이 절로 흘러나왔다.

"이놈의 자식 가만있지 못해. 음! 오늘 저녁 이년을 죽여 버리고 말겠다."

아버지는 힘센 팔로 민우의 얼굴을 치고 몸을 밀쳐버렸다. 민우의 몸이 벽에 부딪혀 쓰러진다. 술 취한 사람이 어디서 그렇게 무서운 힘이 솟아나는지 모를 일이었다. 그들은 마침내 길 한복판까지 나가 치고받고 싸운다. 어느새 동네 사람들이 삥 둘러싸고 구경을 하며 비웃고 있었다. 민우는 얼굴과 가슴에 불을 놓은 듯 뜨겁고 따가웠다. 말릴 생각은 전혀 하지 않고 재미있게 비웃으며 구경하는 그들이 더 역겹고 싫었다. 민우는 자기 속에 깊숙이 숨어서 그들을 무시해버리기로 했다.

그래도 비웃음 소리는 사라지지 않고 늘 그 주위에서 빙빙 맴돌았다.

"호, 호호!"

강의실이 뒤흔들리게 웃어대는 여자의 웃음소리에 민우는 깜짝 놀라곤 했다. 책 보는 데 방해를 놓는 이 주인공은 어쩌다 강의실에서 만나는 철학과의 단 하나 이방인이었다. 민우는 못마땅하게 그녀의 화려한 블라우스 등만 쏘아보다 다시 책으로 눈을 돌렸다. 이러한 일이 몇 번 되풀이되는 동안 모르는 사이 그녀를 눈 익히게 된 것이고 시끄럽고 보잘것없는 계집애란 낙인을 찍어놓기까지 했던 것이다.

그러던 어느 날, 며칠 후면 시험이 있을 때였다. 캠퍼스 벤치에 앉아서 책에 정신을 모으고 있어 누가 옆에 와 앉는지도 몰랐다.

"○○노트 좀 잠깐 빌려 볼 수 없을까~요?"

갑자기 옆에서 머뭇거리는 낭랑한 목소리에 흘끔 돌아보았다.

바로 그녀였다.

"한 곳 좀 이상한 데가 있어서……."

그녀는 웃음을 띠고 덧붙였다.

민우는 노트를 쓰지 않았다. 책에다 중요한 것을 체크하고 기록해 둔다. 그녀에 대한 좋지 못한 선입견 때문에 기분이 나빠졌다.

"노트 같은 건 없는데."

짤막하게 잘라 대답하고 다시 책에 시선을 파묻었다.

"어머! 노트가 없어? 그러면 시험을 어떻게 봐? 나는 이건 다 했으니까 필요하면 빌려줄게."

민우는 의외로 거침없이 상냥한 그녀의 태도와 배려에 당황했다.

그녀는 노트를 내밀며 눈을 귀엽게 깜빡이며 대답을 기다리고 있었다. 그렇게 사랑스럽게 가까이 다가오는 여자는 처음이었다.

“아냐! 상관없어.”

깜짝 놀란 민우는 슬쩍 고개 드는 좋은 감정을 싸늘하게 잘라버렸다.

“난 퍽 착실하게 봤는데 그렇지도 않네.”

이번은 사뭇 불만스러운 야유조다. 상냥하고 아름다운 마음씨가 고인 말 다음에 바로 던진 이 말의 의미는 무엇인가? 상냥하다고 느낀 직감의 착오는 무엇인가? 또다시 밀려오는 당황스러움…….

“뭐야?”

민우는 그녀의 갑작스러운 변화에 불쾌해져서 고개를 번쩍 들었다. 그녀는 아무렇지 않게 여유 있는 모습으로 쌩긋이 웃고 있었다. 그녀의 여유 때문에 그는 더 냉정해졌다. 그럼 그렇지……. 그 성질이 어딜 가겠어……. 그는 강의실에서 요란스럽던 모습을 떠올렸다.

또다시 그의 첫 번째 직감이 맞아떨어짐을 알게 되자 곰곰이 생각해 보았다. 그것은 그녀의 성격이 다양하다는 것을 증명하는 것 같았다.

“역시 생각한 대로야.”

민우는 비음이 들어간 소리를 튕겨냈다.

“날 어떻게 생각했었는데?”

미현은 호기심이 가득한 눈으로 들이댔다.

“남이야 어떻게 생각하든 뭐 상관하겠어? 자기 좋을 대로 사는 거지.”

민우는 비위가 거슬린 김에 꼬아버렸다.

"어마! 나를 무슨 무법주의자로 아나 봐."

미현은 몹시 놀란 소리를 했지만 얼굴은 재미있다는 표정이었다.

그날 후 그녀의 존재가 귀찮아서 피하려 했다. 그러나 그녀는 그날 이후 오히려 더 그와 가까이하려고 애쓰는 것 같았다. 휴강 시간 같은 때 어슬렁어슬렁 교정을 걷거나 벤치에 앉아 있으려면 영락없이 나타났다.

"안녕! 민우 형."

햇빛에 반짝이는 그녀의 낭랑한 음성과 함께 너풀거리는 화려한 옷으로 현기증을 쏘며 나타나곤 했다.

"……."

그는 아예 외면한 채 대꾸도 안 했다.

그녀도 대답이 있건 없건 상관 안 했다. 그냥 그 옆에 그냥 걸터앉는다.

"오직 육체만이 생의 아무 의욕도 없이 살아 움직이는 것 같아."

미현이 고개를 떨치고 잠잠히 구두 뒤축으로 툭툭! 잔디를 다지며 혼자 중얼거리듯이 말했다. 느닷없이 중얼거리는 그녀의 소리에 그는 대침으로 가슴을 찔린 것 같았다.

"뭐가?"

그는 의혹에 찬 눈을 크게 부릅뜨고 외쳤다. "뭐가?"가 아니라 "누가?"라고 해야 했을 게다. 자신에 대한 무서운 판단이란 것을 직감하는 동시에 회피해버린 것이다.

"뭘 그렇게 놀래?"

그녀는 또 재미있다는 듯 장난스럽게 생글거렸다.

"오늘 친구넬 갔더니 친구 아빠가 그 모양이잖아. 6·25사변 때

상이군인으로 제대하셨다는데 그래."

민우는 자기가 아니라는 데 안도의 숨을 내쉬었다. 그러나 미현이 친구의 아빠를 통해 자기에게 말하고 있다는 것을 알 것 같았다.

"그분은 자기가 그렇다는 걸 모르는 거 같아. 그래서 더 큰 일이야. 원인을 알아야 치유하기가 쉬울 텐데. 현재 생활에 적응을 하지 못하는 건 결국 삶을 포기하는 것과 같은 거 아냐?"

미현은 순간 그를 깊이 바라보며 물었다. 그 바라봄이 심상치 않다. 꼭 그에게 캐어묻는 것 같았다.

"왜 내가 그 사람 같아?"

그는 왠지 몹시 불쾌하여 퉁명스럽게 쏘아붙였다. 적어도 자기는 자신만의 신념이 뚜렷하고 그대로 사는 인간이라고 자신한다.

"아녜요. 호호, 자격지심인가?"

미현은 자기의 말이 필요 이상으로 그에게 자극을 준 것 같아 미안했다. 그러나 미현은 자신의 감옥에 갇혀 있는 듯한 사람들에게서 관심과 시선을 뗄 수가 없었다. 그들이 전날의 자기 같았기 때문이다. 민우에게도 그러한 이유로 자꾸 끌리고 필요 이상으로 가까이하며 얄궂게 구는지도 모른다.

민우는 지긋이 침묵을 지키고 있었다.

"어쨌든. 민우는 다른 사람들하고는 많이 달라."

그녀는 인정하라고 눈웃음을 띠고 바라보았다.

"물론 다르지, 똑같은 사람은 세상에 하나도 없으니까. 이런 식으로 나를 상대해서 만족을 구한다면 나도 미현을 달리 생각해야겠어. 자기만족은 바보나 천재가 하는 짓일걸."

그는 그녀의 코를 납작하게 만들어주었다고 여유 있게 웃어 보였다.

"내가 자기만족에 빠진 바보나 천재 같단 말이지? 호호호."

미현은 허리를 잡고 웃어댔다.

"나는 자기만족이 아니라 자기완성에 빠진 사람이야. 그래서 잠시도 가만히 있을 수 없어. 알아? 한데 자기는 남과 다르다면서 실제로 그 다름을 인정하지 못하는 것 같은데? 무슨 흑막의 비밀이 숨겨져 있는 것 아냐?"

그녀는 뚝해진 민우의 표정에서 모종의 비밀을 캐내려는 듯 살폈다.

"호호호! 농담이에요."

민우의 표정이 점점 험하게 어두워지자 그녀가 장난처럼 소리 내 웃었다. 민우는 벌떡 일어나 그 자리를 떠났다.

"잘 가요. 또 만나요."

시원한 그녀의 목소리가 뒤에서 들려왔다.

민우는 혼자 걸으며 자기에게 화를 냈다. 바보같이 그녀에게 놀아난 것 같았던 것이다. 어디 고렇게 못된 계집애가 있어 도대체 왜 나한테 그렇게 대하는 거지? 아무래도 어린 시절 그때처럼 재수가 없는 것 같았다.

어두운 길 집 앞에는 사람들이 삥 둘러서 있었다.

아! 죽은 듯 널브러져 있는 아버지! 어머니가 그 아버지를 깔고 앉아 매 맞은 보복을 맘껏 하고 있었다. 술 취한 아버지가 어머니보다 먼저 지쳐 나가떨어진 모양이다. 민우는 사람들을 헤치고 들어가 어머니를 밀어제쳤다.

"집으로 들어가! 들어가라구!"

그는 목이 터지게 소리쳤다. 아버지를 방에 끌어다 눕히고 나니 어머니가 두 다리를 뻗고 앉아서 넋두리를 해대며 통곡하기 시작했다.

"아이고! 아이고! 내 팔자야. 일 년 열두 달 사대육신 다 녹아나게 날뛰어도 알아주는 이 하나 없네. 서방은 술 처먹고 와 패기나 하고. 아이고! 아이고! 아들놈도 제 아비를 닮아 주변머리 하나 없고……. 아이고아이고 내 팔자야! 이렇게 살아 뭣 하나? 아이고! 아이고!"

싸움도 싸움이지만 밤새도록 어머니가 동네 시끄럽게 넋두리 통곡하는 소리가 너무 싫었다. 가만히 듣고 견디려면 미칠 것 같았다. 그래도 참고 효자 본 따 무릎을 꿇고 빌었다. 아들의 단 하나 소원이니 제발 고만 울라고……. 그러나 어머니는 더 기를 쓰고 기진맥진해 쓰러져 절로 잠들 때까지 울었다. 그렇게 새벽을 맞는 게 보통이다.

어머니가 잠들고 사방이 조용해지면 그는 좀 더 깊은 슬픔에 빠지고 만다. 부모의 사랑을 의심하지 않을 수 없었다. 울다 잠든 다섯 동생들이 무서운 꿈이라도 꾸는지 잠꼬대를 심하게 한다. 어머니 아버지가 사랑한 흔적들! 아니, 사랑하지도 않는 사이에서 태어난 벌받은 운명의 인간들! 이런 곳이 가정일 수 없다는 생각에 늪처럼 빠져들고 만다.

아버지는 부잣집 상인의 외아들이었다. 양반집 도련님 못지않게 귀하게 자랐지만 공부는 하기 싫어 안 했다. 할아버지가 돌아가시자 장사도 할 줄 몰라 노름판에서 1, 2년 노는 사이 재산은 모두 탕진하고 말았다. 그 바람에 노심초사하던 할머니까지 돌아가셨다. 부잣집에서 갓 시집온 어린 새색시 어머니가 살림을 떠맡게 되니 엉망이었다. 무능한 남편에 사랑도 없이 태어난 많은 애들을 책임져야 하는 어머니의 고통, 비참한 인생! 어머니!

민우는 부모에 대해 극단의 미움과 극단의 동정을 교차시키면서 관계를 맺어왔다. 가슴이 답답하다.

마침 5시에 울리는 새벽 종소리에 교회로 가 무릎을 꿇었다.

"사랑하는 주님! 저희 가정에 평화를 주시옵소서. 어머니에겐 어진 마음을, 아버지에겐 생의 애착심을 주어 당신을 섬길 수 있는 가정이 되게 하옵소서. 가정의 평화는 이 세상에서의 천국이 되는 줄 믿사옵니다. 한없이 부족한 저에게도 이 가정을 인도할 수 있는 사랑과 능력을 주시옵소서."

하나님은 그에게 단 하나의 빛이었다. 하루도 빠지지 않고 기도했다. 그래도 이뤄지지 않음은 믿음이 부족함이라고 뼈아프게 생각하였지만 점점 기도해도 소용없다는 생각이 쌓여만 갔다. 더욱 날카로워진 자존심과 열등감 때문에 사람들에게서 점점 멀어지고 이웃의 눈치를 보는 소극적인 청년이 되었다. 그래도 언제나 예의 바르고 점잖은 청년으로 보이길 원했다. 가난해도 평화롭고 행복한 가정이 될 수 있다는 믿음과 동시에 절망……. 이해와 용서, 사랑, 불가능 같은 것들이 늘 꼬리에 꼬리를 물고 빙빙 맴돌았다.

미현에 대한 인식도 빙글빙글 돌기 시작했다. 그녀는 강의실에서 언제나 춤추며 즐겁게 돌아갔지만 이해하기 어려운 미묘한 존재다.

주일 아침 교회에서 돌아와 침침한 방에 길게 누워 있었다. 누군가 똑! 똑! 길로 난 창문을 두드리는 소리가 들렸다. 누굴까? 그는 벌떡 일어나 창가로 가 더러운 창문을 열었다. 순간 기도를 하고 있는 듯한 눈과 마주쳤다. 미현이었다. 평소 화려한 모습과는 달리 청바지에 붉은 티셔츠, 흰 캡모자를 쓰고 있었다. 경쾌한 모습이다. 학교 앞

달동네 판잣집 월세방, 주소조차 알려 준 적이 없는데 어떻게 찾아 왔을까?

"안녕하세요?"

그의 머리가 돌아가고 있는데 그녀가 허리를 납죽 굽혀 평소와 달리 정중히 인사를 했다.

"혹시 내 뒤를 조사하고 다녀? 아님 스토커야. 뭐야?"

그는 의문의 꼬리를 불쾌하게 토해냈다.

"내가 그 정도로밖에 안 보여? 우리 집은 저 아래 길가. 이 위 달동네 글방 공부 가르치러 다니던 길에 어느 날 우연히 알게 됐을 뿐이야."

미현이 쏘아댔다.

그녀가 화난 얼굴은 처음이어서 민우는 더 민망하고 당황스러웠다.

"들어, 어, 오오세요."

그는 얼떨결에 그렇게 말해버렸다. 그녀가 아무리 껄끄럽더라도 문 앞에 서 있는 사람을 모른 척할 수는 없었다. 무관심해도 사실 누구를 극히 미워하지는 못했다. 세상의 모든 것이 그렇듯 추와 미, 선과 악을 정확히 구별할 수는 없는 것이다. 어젠 화를 냈어도 오늘은 다른 날이 아닌가? 더군다나 오해를 했으니 얼마나 미안한 노릇인가? 그녀가 또 그렇게 좋은 일을 할 줄은 몰랐다.

"어유 답답해."

미현은 방 안에 들어서며 투덜거렸다. 좀 전과는 백팔십도 다른 모습이다. 닫으려던 방문을 도로 열고 창문까지 활짝 열어젖혔다. 창밖에서 머뭇거리던 햇살이 한꺼번에 날개를 펴고 몰려들어왔다. 지저분한 방 안 살림과 앉은뱅이책상에 첩첩이 쌓인 먼지가 민들레

홀씨처럼 날개를 활짝 펴고 날아오른다.

"음! 이 방 주인은 먼지와 무척 친한가 보네."

그녀는 불쾌한 표정 대신 짓궂게 눈웃음을 쳐 보였다. 다른 사람들처럼 경멸의 빛이 전혀 없는 그녀의 모습에 마음이 동했다. 민우는 자신도 모르게 빙긋 웃고 말았다.

"오다가 길가 담장에 핀 장미 향기가 나를 붙잡기에 친구하자고 한 송이 슬쩍했지. 꽂아두고 향기 좀 맡아봐요. 세상이 다르게 느껴질걸."

미현은 등 뒤에 숨기고 있던 붉은 장미 한 송이를 불쑥 내밀고 말했다. 이건 무슨 시추에이션인가? 상황이 도무지 이해가 안 될 것 같아서 그는 머뭇거리며 장미를 받아 들고 코에 댔다. 꽃을 준 사람에 대한 예의로 그 정도는 해야 될 것 같았다. 세상에 이런 향기도 있었던가 싶다. 까마득하게 잃어버린 세월이 있는 것 같다.

"흰 장미는 순수해 보이고 붉은 장미는 정열적으로 보이지만 향기는 똑같아. 왠지 달라야 할 것 같은데 이상하단 생각이 들어. 하지만 본질이 같아서 그런가 봐. 본질이 같아도 지금은 순수보다 정열이 더 필요한 때 같아. 그래서 난 홍장미가 더 좋아."

미현이 그의 눈을 똑바로 응시하며 말했다. 그의 마음을 터치하려는 모양이다.

"화려하기도 하고."

그는 장미꽃에 시선을 준 채 천천히 대꾸했다. 은근히 미현의 성격을 꼬집어본다.

"꽃병에 물 좀 담아 와. 꽂아 놓게."

미현은 못 들은 척하고 말했다.

"아! 꽃병이 없을 텐데."

민우는 좀 귀찮은 생각이 들어 중얼거렸다.

"나가 찾아봐."

미현이 단호하게 말했다. 그는 떠밀리듯 밖으로 나갔다. 쪽마루 끝에 놓여있는 사이다 병이 보여 물을 담아가지고 들어갔다.

"거 봐. 찾으니까 나오잖아."

미현이 환하게 웃으며 사이다 병을 받아 장미꽃을 꽂았다.

그녀의 마음 씀씀이가 그다지 싫지 않았지만 좀 부담스럽다.

"아유, 이 먼지. 장미꽃 아가씨가 기침할까 봐 안 되겠네."

그녀가 꽃병을 책상 위에 놓다가 말했다.

"비 좀 줘요. 아! 여기 있네."

그녀는 방구석에 놓여있는 몽당빗자루를 보고 말릴 새도 없이 방을 쓸기 시작했다.

그는 그녀와 또 싸우기도 싫어 어처구니없이 바라볼 뿐이다. 수치심이나 자존심 같은 것은 이미 멀찌감치 밀어놓은 상태였다. 그녀는 널려 있는 옷가지며 책까지 잘 정리해 놓고 구석구석 깨끗이 쓸어냈다. 담아놓은 먼지가 신문지에 뿌듯했다.

"먼지 맛이 좋아? 빨리 병원에 가서 진찰해 봐요. 폐결핵 3기는 되겠네."

미현은 짐짓 심각한 표정을 해 보였다.

"병원 가나 마나지 뭐. 먼지 맛이 좋았으니 틀림없이 결핵 3기는 되겠고. 미현과도 절교를 해야 할 판이니까."

민우는 좀 화가 나 비웃음을 피어 물었다.

"호호호!"

그녀는 뭐가 재미있는지 허리를 잡고 웃었다.

"그래도 청구할 게 더 있는데 걸레 좀 가져와 봐요."

"그만해. 벌써 방 안이 훤하니 딴 방이 된 것 같은데."

민우는 짜증이 났지만 한편 고맙기도 하고 미안해서 대꾸했다. 이미 그는 어둠침침한 먼지 속에서 자기 자신만을 반추할 수는 없었다. 귀찮도록 심한 그녀의 관심이 그렇게 싫지 않았고 그녀와의 대화에서 알지 못할 즐거움이 싹터 나오고 있었던 것이다.

"아이 참! 안 돼. 어서 가져와요."

미현은 단호했다. 결국 민우가 찾아온 걸레로 땀을 뻘뻘 흘리며 닦았다. 방바닥이 노란빛으로 윤이 나자 그쳤다. 허리를 펴고 방 안을 살펴보며 만족한 듯 즐거워했다.

"이제 됐네. 난 어디 가서든지 치울 게 보이면 무조건 먼저 치우고 나서 볼일을 봐야 속이 시원해."

그녀는 아직도 상기된 얼굴로 환하게 웃으며 말했다.

"그거 병적인데."

민우는 자신의 치부를 덮으려고 그렇게 말을 하면서도 그녀의 적극성에 엷은 미소가 일었다.

"방이 또 지저분해지면 놀러 오라고 불러. 호호호……."

민우의 미소를 본 미현은 기분이 업 되어 소리치며 웃었다.

"아하하하……."

그도 어릿광대처럼 입을 크게 벌리고 따라 웃을 수밖에 없었다. 민우로선 도저히 상상할 수 없는 일이었던 것이다.

"난 그만 가볼게."

미현은 문득 티셔츠를 매만지고 백을 어깨에 메고 나섰다.

"방 치우느라 수고만 하고 그냥 가요?"

민우는 그녀를 잡아야 하는지 그냥 보내야 하는지 몰라 쩔쩔맸다.

"나 수고시키지 않으려면 깨끗이 청소하고 살아요."

"결국 그 말이 하고 싶었던 거군."

"하이킹 가는 길에 문득 생각이 나서 잠깐 들러봤어. 물론 나하고 하이킹은 안 하시겠지. 안녕!"

그녀는 고개를 까딱하고 어느새 나가버렸다. 사실은 그를 방에서 끌어내는 게 목적이었는데 더 잘된 일이라고 그녀는 흡족해했다.

또 하이킹이야! 사라져 가는 그녀를 바라보며 그는 생각했다. '어제는 영화고…….' 그녀의 교내 활동 범위는 헤아리기 어려울 정도다. YWCA 계몽대 음악 미술 무용 문학 연극 등을 두루 다 섭렵하고 있었다. 어떻게 피로한 빛 한 번 없이 다 즐기며 해낼 수 있는지 신기하기만 하다. 아무리 열정이 좋아도 가정 형편이 좋지 않으면 할 수 없는 일이다. 그는 그녀와는 정반대의 삶을 살고 있는 것만 같았다.

그는 고등학교를 졸업할 무렵에도 진학을 하느냐 안 하느냐 하는 문제에 걸렸다. 인생을 좀 더 깊이 알아보기 위해 대학을 가야 한다고 생각했다. 그러나 대부분 간판을 따기 위해 가는 것 같았다. 좋은 곳에 취직해서 잘살려는 목적과, 적어도 자신이 인텔리에 속한다는 자부심을 누리려는 속셈이다. 가난하게 살아온 인간들의 욕망, 그 허영을 그도 의연히 단념할 수는 없었다. 어머닌 아들이 대학을 꿈꾼다는 것을 상상도 못 했다. 보는 사람마다 붙잡고 아들을 고등학교까지 보내기가 얼마나 힘드는지 말하며 자랑 비슷이 했다. 그러다 초등학교를 나온 친구들이 공장에 취직해서 돈을 잘 벌어드린다는 소리를 들으면 눈에 쌍심지를 켜고 멸시의 말을 쏟아냈다.

"저놈도 지 애비를 꼭 닮았어. 괜히 고생하고 헛공부만 시켰지. 어휴! 내가 미친년이야."

그럴 때마다 민우는 자신을 구하고 가정을 보란 듯이 살릴 길은 돈을 버는 일이라고 생각했다. 돈이란 게 그에게는 사실 그리 중요한 것은 아니었다. 없으면 없는 대로 그냥 살 수도 있는 것이라고 생각한다. 그러나 그의 가정엔 그 돈이 반드시 필요한 것이다. 병든 사람의 생명을 구하는 약처럼 필요한 것이다. 돈은 그들에게 안정되고 평안한 삶을 가져다줄 것이다. 이보다 더 큰 바람은 없다. 더는 달리 생각할 수가 없었다. 가정을 위해서 온 힘을 다해 돈을 벌기로 했다. 그것이 삶의 유일한 보람이요 행복이라고 자신을 채찍질했다. 고등학교를 졸업하는 대로 아무 데고 취직을 하기로 결심했다. 취직이 안 되면 길거리에서 노점을 해서라도 돈을 벌 작정이었다. 그것이 가장 현명하고 안정된 행복한 생활이라고 생각했다.

석양이 빨갛게 물든 빈 교정은 아름다웠다.

"안정된 생활이 행복한 삶의 표본이긴 하지. 특히 여자에겐 그럴 거 같아. 허지만 그것을 위해 다른 모든 것을 포기하고 눈 감아선 안 돼. 안정이 삶의 최대의 목표가 되어선 안 된다고 생각해. 예수님도 인간은 빵만으로 사는 게 아니라고 했잖아. 영혼의 갈증을 해결하기 위해 험난한 길을 찾아 나서야 하는 게 인간의 운명이기도 한 거지. 마치 저 시지프의 신화처럼."

미현은 벤치에 꼿꼿이 앉아 노을을 바라보며 말했다. 전에 보이던 경박스럽고 얄밉도록 똑똑한 태도는 찾아볼 수 없이 조용하고 차분했다.

“한번 같이 산에 가보자구. 그곳에 가면 세상이 다시 보인다니까.”

한참 뜸을 들인 후에 미현은 애교스럽게 말했다. 그래도 민우는 즉시 대답을 할 수가 없었다.

“안 돼? 그럼 할 수 없구.”

미현은 좀 섭섭한 웃음을 보였다.

“나는 그냥 누가 뭐래도 이 생활에서 변하는 게 싫을 뿐이야. 시간적으로나 경제적으로나 여유가 없는 알바생이니까. 물론 미현은 다양한 생활 체험을 통해 어떤 삶의 가치를 찾겠지만 나는 이런 식의 안정이 지금으로선 최상이야. 십수 년간 나 나름대로 살아온 방법 신념이니까.”

그는 거의 혼잣소리처럼 중얼거렸다. 친절하고 적극적이고 너그럽기까지 한 그녀에게 자기 고집만 세우는 것 같아 미안하기도 했지만 그녀가 말하는 것과 자신이 뜻하고 있는 안정이란 것이 좀 핀트가 맞지 않는 것 같아 마음이 껄끄러웠다.

“아! 하하하. 아니 하루쯤 알바 안 한다고 세상이 폭발해버리나, 왜 그래?”

갑자기 그녀의 낮고도 유쾌한 웃음소리가 텅 빈 넓은 교정을 휩쓸었다. 웃음소리가 바람에 스치는 나뭇잎 소리와 섞여 스산했다. 그는 불안한 얼굴로 미현을 바라보았다. 부질없는 말을 또 지껄였나 보다. 아무래도 이 여자와의 교제는 불안하다. 딱 끊어버릴 순 없는가?

“아니 하이킹을 가느냐 안 가느냐 하는 것이 이런 굉장한 이유들을 붙이고 심각해질 게 무어야. 가만히 생각하니 참 우습잖아?”

미현은 아직도 입가에 웃음기가 가시지 않은 채 말했다.

“사람이 작은 행동 하나에도 그토록 큰 이유를 첨부해 둔다면 신경쇠약이 되지 않으면 정신병에 걸리고 말걸.”

그는 더욱 침울해졌고 마침내 그녀도 말없이 걸어갔다. 그는 멀어져 가는 그녀를 말없이 바라보았다. 그녀와의 교제는 큰 용기가 필요할 것 같았다.

용기!

민우는 교무실 앞에서 10분은 더 서성거리고 있었다. 벌써 몇 달 전서부터 별러온 것이지만 그러고 있는 것이다. 어제저녁만 해도 오늘은 말 못 하면 아예 한강에라도 몸을 던져버리자고 단단히 별렀던 것이다. 그는 문틈으로 사무실 안을 엿보았다. 담임선생님 쪽엔 아무도 없고 담임 혼자서 출석부를 체크하고 있었다. 저쪽에서 슬리퍼 끄는 소리가 들려 그는 얼른 문틈에서 눈을 뗐다. 그는 반사적으로 반대편을 향하여 걸음을 재촉했다. 졸업생으로 취직자리 부탁을 할 수도 있는 것이다. 그러나 민우는 참으로 용기가 나지 않았다. 초 칠을 해서 윤이 나게 닦은 복도 바닥에 비친 얼룩진 자신의 모습을 바라보고 쓰디쓴 고소를 지을 뿐이다. 이처럼 결단이 없는 태도 때문에 남보다 몇 배 더 어렵게 삶을 사는 것이라는 생각이 들었다. 그러나 그 일이 그만큼 중대했기 때문에 남보다 더 어려웠는지 모른다. 취직을 부탁해 볼 곳은 단지 선생님밖에 없었던 것이다. 선생님은 그를 신임하는 것 같았지만 그는 그 신임의 깊이를 알 수 없어 몹시 두려웠다. 될 대로 되라지. 그는 더 이상 생각지 않기로 했다. 더 이상 버틸 힘이 없었다.

“똑! 똑!”

사무실 문을 크게 두드렸다. 언제나 극한의 위치에 몰리게 될 때 그렇게 마음먹으면 제일 편했고 용기가 솟았다.

"네!"

안에서 담임선생님의 치켜 올라간 눈썹처럼 칼칼한 음성이 흘러나왔다. 평온한 마음 그대로 밀고 들어가 본다. 선생님의 날카롭게 굳은 무심한 표정이 그의 마음을 하얗게 만들었다. 밤새도록 준비해온 말을 다 잊어버리고 말았다. 어쩐 일인지 선생님의 표정만 보일 뿐 완전히 공백 상태였다. 어느 선생님이나 어떠한 표정이나 마찬가지였다.

"무슨 일이야?"

"……."

선생님의 눈 끝이 답답하다는 듯 치켜 올라갔다.

"저어, 취직자리 좀 부탁하려고요."

그는 될 대로 되라고 말을 툭! 내던지고 말았다.

"으음! 그래, 너는 취직자릴 꼭 구하긴 해야 할 텐데."

잠시 침묵 후 선생님의 치켜진 눈꼬리가 힘없이 풀리며 창밖으로 시선을 향한 채 천천히 다시 입을 열었다.

"그런데 우리나라 현실이란 게 그렇지 못하니 걱정이다. 선생님은 회사 같은 데는 잘 모르고 천생 교사 자린데 지금 사범대학교에서 나오는 사람도 자리가 모자라는 형편이야."

누구나 잘 알고 있는 어려운 현실만을 늘어놓았다. 그는 맥이 탁 풀려 후회를 했다. 공연히 몇 날 며칠 가슴만 태운 게 어처구니없었다. 더욱 가난한 꼴을 드러내 보인 것만 같아 얼굴이 붉어졌다. 때로 자기 전문 분야도 제대로 설명 못 하는 것이 선생님이다. 해서 아예 질문 같은 것도 하지 않았는데 기대한 자신이 잘못인 것 같았다. 고통은 결코 남이 풀어주지 못하는 것이다. 평소의 신념이 더 깊어질 뿐이었다.

"어떻게 잘 알아보자. 그러나 믿진 마라."

학생에게 실망을 주지 않으려는 말 같았지만 전혀 성의 없는 위선을 읽을 뿐이었다. 그처럼 해결 방안이 없는 문제라면 왜 상담을 권하는가? 어떤 배신감 같은 것까지 느껴졌다. 차라리 현실을 좀 더 확실히 알려주고 각자가 뚫고 나갈 길을 찾도록 인도해 주었으면 좋았을 것이다. 어떤 교육 방침에 매여 허위 실천을 해 보자는 것밖에 안 된다. 이 거짓 속에서 빨리 벗어나고 싶었다.

"감사합니다."

민우는 공손히 인사를 하고 돌아섰다. 무엇엔가 진정 감사할 수 있었으면 참으로 좋을 것 같았다. 그렇게 되기를 바라는 마음이기도 했다.

밖으로 나오니 용기를 내봐야 헛수고라는 생각이 밝은 햇살을 타고 온몸으로 몰려들었다.

'에이, 잘 됐어. 앞으론 만나지 말아야지.'

민우는 그녀와 헤어져 어두운 길을 걸으며 생각했다. 그녀와의 관계가 주는 것이 얼마쯤 필요한 것이라도 그건 너무 부담스러울 것 같았다.

그러나 내일 그녀가 찾아온다면? 민우는 가슴이 따가웠다. 찾아올 것 같기도 하고 찾아오지 않을 것 같기도 했다. 도대체 그 여자가 뭔데 이렇게 자신을 괴롭히나 화가 난다. 싫으면 확실히 끊으면 되는

데 난 왜 그렇게 못 하는가? 자신을 다스릴 능력도 없는가? 아니 그 어쭙잖은 능력이란 것을 난 쓰고 싶지 않은 거야. 그게 아니라 나 자신까지 방관하는 게 아닌가? 대학에 들어온 건 진정한 참삶을 찾기 위한 것이었는데 이렇게 되면 오히려 나의 삶을 잃게 되고 마는 것이 아닌가?

망설임은 괴롬의 시간이다. 즉시 행동할 수 있는 인간은 행복하다. 그러한 인간은 누구일까?

순간 팽이같이 돌아가는 그녀의 다리가 떠올랐다. 그녀만이 바로 행복한 인간인지 모른다. 많은 의심 속에서도 그 생각을 지워버릴 수는 없었다. 그런 생각들이 여전히 그녀와 더 사귀고 싶은 마음이란 것을 엿보고 그는 자신을 비웃었다.

행동하기보다 항상 엿보고 바라만 보는 태도. 아직도 멀고 어두운 자신의 앞날이 보이는 듯했다.

여기저기 취직자리를 알아보고 있는 어느 저녁이었다. 민우는 빈방에 혼자 누워 생각들을 이리저리 굴리다가 어머니한테 들키고 말았다.

"흥! 자알 한다. 이젠 졸업하고 났으니 방구석에 꾹 틀어박혀 하루 종일 잠이나 자구, 아주 상팔자로구나! 남은 초등학교도 못 나오고 회사의 사장이 돼 떵떵거리며 사는데 에이 못난 놈의 자식."

꼴도 보기 싫다는 듯 어머니는 방문을 쾅! 닫아버렸다. 민우는 반사적으로 벌떡 일어나 닫힌 문을 바라보며 몸서리쳤다. 그는 집을 나와 바지 양쪽 주머니에 손을 넣고 걷기 시작했다. 하늘에 별들이 총총히 떴다.

별 하나 나 하나, 별 둘 나 둘.

어린 시절에 해 본 것처럼 입속으로 뇌어본다. 아득하게 먼 시절이었다. 별들이 책망을 해왔다. 아직도 넌 무엇을 기다리고 무엇을 망설이냐고. 젊고 튼튼한 육체로 하다못해 지게벌이라도 할 수 있을 텐데. 아직도 그 하찮은 고등교육을 이용할 수 있는 자릴 찾는 거냐? 아직도 이 가족에게서 벗어날 수 있는 길을 구해보자는 거냐? 자기 자신만을 위해 산 인간은 죽음의 순간에 허무를 느끼게 될지 모른다. 가족을 도울 수 있을 때 삶의 의미가 있고 즐거울 수도 있을 것이다. 자기 기만이라고 해도 좋다. 자신이 부여해 준 생의 가치요 목표라면.

아홉 식구에 빛을 줄 수 있는 것은 오직 나다. 한시인들 주춤거릴 수 있는가?

민우는 그 후 모든 미련과 망설임을 훌훌 털어버리고 나섰다. 뭐니 뭐니 해도 장사가 제일 손쉬울 것 같아 장으로 가 노점상들을 살펴보았다.

“잠깐! 여기 이쁜 아줌마. 여기 좀 봐요!”

소리치며 익살을 부려대는 장사치들의 수단이 지나는 사람들을 붙잡곤 한다. 둥글게 사람들이 모여 있는 곳마다 장사치들의 무르익은 익살이 퍼져 나와 장거리에 가득 차 흘렀다. 물건들을 서로 뺏고 싸우는 사람들로 시끄럽기 짝이 없다. 온몸에 소름이 쭉 돋고 가슴이 두근거렸다. 아무래도 이 경쟁자들 틈바구니에서 못 이겨낼 것 같다. 아무리 먹고사는 게 중요하다 해도 저들처럼 유치한 광대 노릇은 하기 싫다. 그러면 선택했던 또 하나의 길을 놓고 마는 것이다. 그렇게 약한 인간이 되어서는 안 된다.

민우는 입술을 피가 나도록 깨물었다. 그는 곰곰이 생각한 끝에 구멍가게 배달을 하기로 하였다. 배달 일을 하겠다는 말에 어머니는 화를 버럭 냈다. 그러한 어머니를 설득해서 고물 자전거를 사서 서울 도매상에서 물건을 사다 팔기로 했다. 새벽 다섯 시에 나가야 한다. 여름이라도 어둑어둑했다. 가로수가 거인처럼 서있는 아스팔트 길은 고요하기만 했다. 자전거로 시원하게 달리면 이 세상에서 해방된 듯 자유롭고 즐거웠다. 휘파람으로 슈베르트의 세레나데, 스위트 홈 같은 노래도 경쾌하게 불렀다. 낡은 자전거의 페달도 휙휙 잘 돌았다. 안개가 자욱이 쌓인 벌판에서 하나하나 드러나는 세상이 꿈속같이 몽롱하다. 시원한 미풍 속에 흔들리는 세상이 그림처럼 아름답다. 아름다운 세상과 함께 그도 새로 탄생하는 것 같았다. 때로 황홀한 시심詩心에 사로잡히게 되어 밤에 돌아와서 피곤한 몸으로 시를 쓰기도 했다. 그중에 「새벽」이란 시는 무척 마음에 들어 자전거로 달리면서 읊어보곤 했다.

그녀가 찾아온 것도 바로 그런 새벽이었다. 망설임은 늘 그녀의 손에서 해결됐다.

"빨리 나와요! 아직 안 됐어요? 그냥 대충 하고 나와요."

창밖에서 웬일인지 깍듯이 존댓말로 재촉하는 소리에 그는 어제의 고민도 잊은 채 따라나서고 말았다.

"아-휴! 같이 죽기 싫어하는 애인을 끌고 죽으러 가기보다 더 힘드네."

미현은 어둠 속에 터부룩이 서 있는 그의 모습을 더듬으며 말했다.

"딱! 그 심정이네."

"그럼 단단히 조심해야겠는데."

"왜?"

"달아날지 모르니까?"

"하하하!"

"호호호!"

두 사람의 시원한 웃음소리가 새벽의 어둠을 헤치고 울려 퍼졌다. 시내를 벗어나 시외로 들어서니 먼동이 트기 시작했다. 끝없이 뻗어 나간 황톳길 양쪽에 촘촘히 선 포플러나무가 울타리처럼 나타났다. 아무도 없는 그 길로 미현이 날을 듯 앞서 나간다. 청바지에 하늘색 줄무늬 블라우스, 넓은 챙의 흰 모자를 쓰고 하이킹 스틱을 가볍게 휘두르는 모습이 멋지다. 딴 세상의 여인 같다. 그녀가 멋있을수록 민우는 자신의 초라함이 보이는 것 같다. 그는 자전거를 타고 달리며 외우던 자신의「새벽」시를 속으로 읊으며 기분을 전환시켜본다. 산속으로 들어가자 짙은 솔 향을 풍기는 냇물 소리가 계곡을 타고 흘렀다. 자연의 아름다움에 도취한 미현의 입에서도 애송시가 흘러나왔다. 그녀의 시 낭송 소리와 어우러져 흐르는 시냇물 소리는 선계仙界를 방불케 한다. 방금 산허리에 살짝 얼굴을 내민 해가 해맑게 웃으며 둥실 떠올랐다.

"오! 뷰티풀! 브라보!"

미현이 해를 바라보고 서서 두 팔을 번쩍 쳐들고 소리쳤다.

"오! 아름다워라. 이보다 더 아름다울 수는 없어.

산 위에 올라서서 세상을 바라보는 것보다 더 좋은 건 없어.

이 좋은 걸 안 보려고 떼쓰는 어리석은 사람."

미연이 하늘을 바라보고 활짝 웃는 모양이 예쁘다. 보름 달밤 초가지붕 위에 활짝 핀 흰 박꽃처럼 예쁘다. 민우도 덩달아 활짝 웃었다. 오래간만에 모든 것에서 벗어난 기분이다.

“아무래도 국문과에 가야 할 걸 철학과에 잘못 온 것 같은데.”

“왜? 그렇게 보여?”

“글쎄! 아무래도?”

“내가 팔방미인이라는 걸 모르시는군. 과 선택하느라 혼났어. 어떤 땐 재주 많은 팔방미인이 더 곤란하다니까. 철학과를 선택한 데는 복잡한 이유가 있긴 하지만 역시 잘 했다고 생각해. 1학년 때만 해도 지금의 내 모습은 아니었으니까.”

그녀가 철학과에 들어온 것은 상당한 이유가 있었던 모양이다. 고통이란 것이 그녀에겐 있을 것 같지 않은데 어떠한 고통이 그녀를 그토록 괴롭혔을까 의문스럽다.

고통의 무게들. 고통의 무게들!

민우는 자전거에 물건을 잔뜩 싣고 돌아올 때는 뒤가 무거워 페달 돌리는 것이 몹시 힘들었다. 그럴수록 그는 페달을 열심히 돌렸다. 물건값과 물건이 잘못되지나 않았나 속으로 대조해가며 셈을 맞춰 본다. 그날 물건을 다 팔면 남을 이익도 계산해 본다. 몽땅 다 팔면 괜찮다. 그러나 물건이 남으면 손해다. 궂은 날을 빼고 외상을 주고 나면 어떤 때는 본전을 건지기가 어려웠다. 외상값은 좀처럼 잘 들어오지 않았다. 그는 머리로 바지 뒷주머니 수첩 속에 적혀있는 외상 액수를 첫 장부터 차례로 훑어본다. 그는 이렇게 힘들게 버는 돈을 한 푼도 쓰지 않고 어머니가 들어준 곗돈에 밀어 넣었다. 11월엔 탈 수 있어 큰 기대가 된다. 그러나 그가 쓸 수 있는 돈은 없을 것이다. 당장 중고등학교에 갈 동생들이 줄줄이 늘어서 있다. 어머니 가게는 점점 잘 안 되어 그가 푼푼이 벌어 보태는 돈은 흔적도 없이 사라졌다. 그런 데다 아버지는 몰래 아들의 주머니를 뒤져서 돈을 훔쳐다 술을 마시고 노름을 하곤 했다. 그가 못 하게 하면 아들놈이 용돈 한 푼 안 주니 그럴 수밖에 없다는 것이다. 그래서 돈주머니를 감추면 어머니와 동생들을 때리고 난리를 쳤다. 술에 취해서 괴로움을 잊고 살아가자는 모양이다. 그럴수록 더 힘들어지는데 아버지는 그걸 모르는 것이다. 그러한 아버지를 보고 있자면 정말 가슴이 답답했다. 그 아버지를 어떻게도 할 수 없는 것이 정말 더 괴로웠다.

그들은 좀 더 높은 산봉우리를 타고 올라갔다. 숨이 차고 힘들어 말도 할 수가 없었다. 가파른 절벽 위에서 잠시 쉬기로 했다. 앞산에서 예쁜 수꿩이 후루룩 곡선을 그으며 날아와 내려앉는다. 앞산의 뻐꾹새 울음소리가 짙은 산울림으로 퍼진다. 장엄한 산들을 바라보고 있자니 비밀의 숲 같은 그녀가 더욱 궁금해졌다.

"난 아무 근심 걱정 없이 자란 요정 아가씨로만 봤는데."

민우는 이윽히 그녀를 바라보았다.

"호호호! 요정 아가씨라고 걱정이 없으란 법은 없잖아. 인간인 이상."

"그 요정 인간의 근심이란 어떤 것인가 몹시 궁금한데?"

그는 사뭇 진지한 눈빛을 보냈다.

"아! 그건 말할 수 없지. 비밀이거든."

미연은 약간 열이 오른 듯한 얼굴로 어깨를 으쓱해 보였다.

"아! 실수."

그는 머리를 숙여 보였다.

"왜 그건 묻지?"

그녀는 되물으면서 왜 묻는지 이미 알고 있다는 듯한 웃음을 엷게 지었다.

"글쎄!"

그는 좀 난처했다.

"글쎄라니? 꼭 C 교수 같군."

C 교수는 좀 난처한 질문이 들어오면,

"글~쎄! 그건 대개 이런 거겠죠" 했다. 인생 모든 문제에는 정답이 없어서 그렇다고 했지만 자신이 없는 교수 같았다.

그런 C 교수와 미현과는 곧잘 언쟁이 벌어지곤 했다.

"그런데 참 어젠 이변이 일어났지 뭐야. 애들이 짓궂게 질문을 했거든. 만약 C 교수 애인이 다른 남자와 키스를 한다면 어떻게 하겠냐고?

그는 곧장 관계는 완전히 끝이라고 하대. 관계는 믿음으로 설정된다나 뭐라나. 거긴 글쎄가 안 통하는 모양이야. 호호호……."

"글쎄가 정말 이변이네. 그건 사랑이 아니라 자애 아냐?"

"그럼 민우는 사랑하는 여자라면 과거는 어떠해도 상관없다는 거야?"

미현은 생글거리면서 그를 매섭게 쏘아보았다. 그 눈초리에서 민우는 이상하게 미현이 어려서 성폭행을 당한 여자가 아닐까 하는 생각이 들었다.

"그거 하곤 다르지. 현재 진실로 서로 사랑한다면 과거를 헤집어선 안 된다는 말이지."

"완전 동감! 그쪽은 참! 속이 넓은 남자시네요. 누가 시집갈지 좋겠네."

미현은 농을 하며 즐겁게 웃었다.

"우리 한국 남자들은 과거에서 조금도 진보하지 못한 골동품들예요. 자기들은 총각 시절이나 결혼 후에도 바람을 피우면서도 으레 당연하다는 태도이면서 여자의 과거를 알기만 하면 죽도록 사랑한다면서도 버리거든, 마치 처녀성이란 것을 사랑하는 동물 같다니까. 사랑이라는 언어만 사랑하는 바보 같은 인간들! 자기들은 깨끗하지 못하고 신성하지 못하면서 자기 여인만은 깨끗하기를 바라는 이기적인 썩은 인간들."

그녀의 입에선 봇물을 튼 듯 끝도 없이 남성 비하론이 터져 나왔다. 그는 그녀의 말에 별로 신경을 쓰지 않았다. 그러나 여자들에겐 퍽 중대한 일일 것 같았다.

"내 친구가 그런 일을 당했잖아. 정말 아름답고 온화한 아이였는데. 너무 아름다워서 더러운 인간한테 짓밟히고 만 거지. 여기 사진 있어. 얼마나 어여쁜 애인지 보라구."

미현은 백을 열어 사진 한 장을 꺼내 보였다. 여리디여린 소녀처럼 아름다운 여인이 서늘한 미풍처럼 웃고 있었다. 그 입모습이 누굴 닮았다.

"예쁘지?"

"예쁜데."

'누굴 닮았을까?' 그는 사진을 돌려주면서도 생각에 빠졌다. '오! 연숙이의 입모습!' 사랑하는 동생 연숙의 입모습이다. 사랑하는 동생도 잘 보살펴주지 못하는 오빠여서 마음이 아프다.

아침 배달을 하고 나면 항상 11시쯤 됐다. 녹초가 돼 집에 들어가면 제일 반갑게 맞아주고 밥상을 차려주는 것은 동생 연숙이었다. 그날도 힘없이 가게에 들어서니 앉아 있는 어머니의 얼굴이 붉으락푸르락 공기가 심상치 않았다. 흔히 있는 일이어서 그저 그러려니 했다. 탈진한 그는 차려진 밥상머리에 앉아 밥 한 공기를 후딱 해치웠다. 그리고 나서야 연숙이가 방구석에 쭈그리고 앉아 있는 것이 보였다.

"너 거기서 뭐하니?"

"오빠! 계가 파투 났대."

연숙의 입에서 울음 같은 말이 튀어나왔다. 민우는 갑자기 바보가 된 것처럼 연숙의 얼굴을 뻔히 바라보았다. 울어서 부은 연숙의 얼굴에서 눈물이 주르륵 흘러내리고 있었다. 민우는 믿을 수가 없었다. 생각을 수습해 보았다.

그렇지, 어저께가 곗날이었지. 분명 어머니한테 돈을 주었었다. 다음 달에 탈 차례여서 기대가 컸다. 그런데 파투가 났다고?

자신이 피땀 흘려 계획해 놓은 모든 것이 파멸되는 순간이었다.

"엉! 계가 파토 났다고?"

민우는 그제야 정신이 번쩍 난 듯 커다랗게 소리쳤다.

"도망간 지가 벌써 사흘째라는데 우린 몰랐어. 엄마도 빚 갚겠다고 끝에서 두 번째 또 하나 들었는데 우린 이제 어떻게 해. 피죽도 못 먹게 생겼어."

연숙은 흑흑 느껴 울었다.

벌써 네 번째 겪는 어려운 일들이다. 처음엔 도둑을 맞고 두 번째는 돈놀이를 해보려다 그냥 뜯기고 말았다. 세 번째는 아버지가 장사를 하다가 손해를 보고 만 것이다. 그의 힘으로도 더 이상 어쩔 수 없을 것 같다. 머리가 터질 것만 같았다. 민우는 책상에 머리를 틀어박고 말았다. 누가 보이지 않는 손으로 골통을 마구 내려치는 것 같다.

오, 하느님! 가난에서 벗어나 보람과 행복을 찾아보자는 일이었습니다. 오, 하느님! 가족의 행복을 위해 온 힘을 다했는데 파멸만 주시다니……. 하느님 당신은 어디서 누구를 돌봐주는 겁니까?

시험이라면 너무 심하고 이런 게 인생이라면 너무 두렵다. 신은 없는지도 모른다. 없다. 없다. 신이 없다면 운명이란 것도 없겠지? 내 의지만이 홀로 남는다. 내 의지만이 이겨내야 한다. 이겨야 한다. 그런데 더는 견딜 수가 없다. 기운을 낼 수가 없다.

민우는 힘없이 일어나 집을 나섰다. 걷다 보니 그 계주네 집 앞이었다. 집은 대문이 활짝 열려 있고 무참히 짓밟힌 흙 발자국 속에 넝마만 뒹굴 뿐 남아 있는 것은 아무것도 없었다. 민우는 눈을 돌렸다. 또 하나의 어떤 파멸의 모습이 보기 싫었던 것이다. 그곳에서 나와 하염없이 걸었다. 창공에 무심하리만치 흐르는 흰 구름들이 가슴에 슬픔을 더 뿌려준다. 슬픔의 구름이 온몸을 감싸고 흐르니 실망도 절망도 아닌 무아無我 상실 상태에 빠져드는 것 같았다. 며칠을 그렇게 지냈다. 그래도 먹고살기 위해서 억지 기운을 내 다시 장사를 시작해야 했다.

"무얼 그렇게 생각해?"

미현이 생각에 잠긴 그를 한참 지켜보다 물었다.

민우는 미현이 친구나 자신이나 많은 사람들이 너무 선하기 때문에 학대받는 것이라고 생각했다. 악惡이 선을 학대하는 세상이다. 민우는 한숨을 몰아내 쉬었다.

바로 어제 집 앞에서 택시에 깔려 죽은 배달꾼, 시뻘건 피 속에서 찢긴 살덩이가 눈앞에서 아른거려 지워지지 않았다. 그 시체에 매달려 몸부림치던 어머니! 시집간 지 한 달 만에 남편을 잃고 열아홉에 유복자로 태어난 아들을 자기 생명보다 더 아껴 길러왔다고 울부짖었다.

때로 인간의 희망과 목적은 얼마나 허무하게 무너지고 마는가?

"아무리 힘들어도 정상까지 올라가야지. 앞만 보고 올라가야 해. 여기까지 와서 그냥 내려갈 순 없잖아요?"

미현의 진중한 소리에 민우는 겨우 생각에서 빠져나왔다. 그래! 그래도 가야 할 길을 가야 하는 게 인생인 것이다.

"올라가야지."

그는 바지를 툭툭 털고 일어섰다. 서두르지 않으면 밤이 깊어서야 집으로 향할 수 있을 것 같다. 밤길은 싫다.

밤의 그 길은 언제나 두렵고 싫었다.

그날도 장사를 끝내고 지저분하고 어두운 골목길로 터벅터벅 걸어 집 앞에 다다랐을 때다.

"죽여라! 죽여! 이놈! 죽여! 죽여~어!"

고함 소리가 쇠 철퇴처럼 그의 머리를 내려쳤다. 민우는 어둠 속을 뚫어져라 쏘아보았다. 집 앞에 삑 둘러선 그림자들이 이리 몰려갔다 저리 몰려갔다 한다. 마당 한복판에서 뒹구는 모양이다.

"죽여라! 죽여!"

어머니의 목소리다. 소름 끼치는 소리가 지나가는 폭풍이거니 싶다. 민우는 흥! 하고 비웃음을 내뿜으며 선 자리에서 휙 돌아섰다. 모든 것이 귀찮고 될 대로 돼라 하는 마음뿐이었다. 정작 돌아서 걸으니 마음속에서 분노가 부글부글 끓어오르기 시작했다.

"설마 죽이지야 않겠지 뭐. 차라리 모두 함께 죽어나 버렸음. 무슨 살판이 났다고 맨날 쌈질이야, 쌈질이. 흥! 그래도 자식들 먹여 살리기 위해서라지. 차라리 핏덩일 길바닥에 버렸어도 이보담 팔자 편하겠다."

민우는 중얼거리며 마치 지옥에서 빠져나가듯이 어두운 골목을 마구 달렸다. 지구 대기권 밖에라도 자신을 내던져버리고 싶었다. 풍덩! 발이 진 구덩이에 빠졌다. 그래도 상관없이 달렸다. 숨이 턱에 차고 가슴이 터질 것 같았다. 그래도 자꾸 달렸다. 결국 개울 둑 돌부리에 채어 쓰러지고 말았다. 가쁜 숨을 모으며 한참 그냥 엎디어 있었다. 달빛 한 줄 없이 어둡고 차가운 밤이다. 자신의 숨소리와 쫄쫄 흐르는 냇물 소리만 귀청을 때릴 뿐 세상은 고요하다. 어둠 속을 꿰뚫고 반짝이는 별빛이라도 찾아내려는 그의 사나운 눈초리 아래로 눈물방울이 소리 없이 흘러내렸다. 시간이 흘러 마음이 좀 가라앉자 그는 집으로 향했다. 창문으로 불빛이 새어 나오는 방 안을 멀찍이 서서 바라본다. 어머니 아버지가 서로 네 잘못으로 집안이 망해 고생이라고 욕설을 퍼붓고 있었다. 누이동생 연숙이 한쪽 귀퉁이에서 울고 있다. 만취 상태인 어머니가 욕설을 퍼부으며 허둥대는 아버지한테 덤벼들어 팔을 물어뜯기 시작했다. 피를 본 아버지가 술병을 들고 비틀거리는 곰같이 일어나 어머니를 내리쳤다. 깨진 유리 조각이 방바닥에 쏟아지고 피가 고였다. 아이들이 아우성을 치며 울었다. 순간 민우는 성난 불도그처럼 방으로 뛰어들었다. 재빨리 아버지를 붙잡고 병을 뺏어들었다. 그리곤 어떻게 된지 모르겠다. 무언가 마구 휘둘러 쳤던 것 같다. 아무것도 보이지 않았다. 지금까지 참고 참아왔던 분노가 분화구처럼 터져 나왔다. 아버지고 어머니고 가족이고 아무것도 보이지 않았다. 이 악마의 소굴 지옥 같은 곳을 깨끗이 때려 부수자. 깨끗이 치워버려야 한다. 그저 악하고 비참하기만 한 세상을 깡그리 부숴버리고 싶은 울분 덩어리였다. 병이 가루가 되어 누구의 피인지 모를 피가 방바닥에 흥건히 고였다.

"뭐야? 오빠! 오빠까지 이러기야? 나 먼저 죽여줘."

울며 그의 허리를 잡고 외치는 누이동생의 소리에 비로소 정신이 돌아왔다.

"이 불쌍놈의 자식! 애비를 쳐! 그래! 너 죽고 나 죽자. 어서 쳐봐! 쳐! 이 식구 다 죽여 봐라 어디!"

피투성이가 된 아버지가 쓰러져 허우적거리며 힘없이 소리치고 있는 것이 보였다. 어머니도 이상하게 일그러진 얼굴로 그의 다리를 잡고 있었다. 순간 가난하고 비참한 그들이 모두 한패가 되고 자신만 따돌림당한 듯한 느낌이 온몸을 휩쓸었다. 죄책감보다 모욕과 패배감이 짓눌렀다. 그는 후다닥 방에서 뛰쳐나갔다. 어느새 마당에 빽 둘러싼 사람들을 헤치고 나가는데 그의 멱살을 잡는 우악스러운 손이 있었다.

"이놈! 애비를 치고 도망가?"

아버지 친구, 자칭 도덕군자라는 너구리 같은 양반이 소리쳤다.

애비를 쳤다고? 그래 쳤지 쳤어. 그럼 당신은 저 악마 소굴을 그냥 둬야 한다는 거야? 부모면 부모다워야지. 이제까지 남의 집 불구경만 하던 꼴에, 자식을 낳았으면 사랑으로 키워야지, 바라지도 않는 생명을 준 자가 왜 절대자가 돼야 하냐고?

"저리 비켜!"

민우는 독기 어린 눈으로 소리치며 그를 뿌리치고 뛰쳐나갔다.

어둠침침하니 깊고 험한 계곡을 거의 지나가고 있었다.

"아깐 무슨 생각을 그렇게 했어?"

미현이 다가와 슬쩍 팔짱을 끼고 물었다.

민우는 흠칫했다. 아무 거리낌 없이 대하는 그녀가 사뭇 불안하다. 마치 새장 안에 갇혀 있는 새처럼 그녀가 풀썩만 해도 깜짝 놀라곤 했다.

"무슨 생각?"

그는 겨우 중얼거리듯이 말했다. 크게 말하면 죄가 될 것처럼 가슴이 몹시 쿵덕거렸다. 그녀가 낀 팔짱을 어떻게 해야 할지 도무지 감당할 수가 없었다. 전처럼 잘 모르는 사이라면 마음 내키는 대로 하면 그뿐일 것이다. 한데 그녀를 가까이 알게 될수록 말 한마디도 주의하게 되고 여간 조심성이 가는 게 아니다. 처음 그녀에게 대했던 혐오감과 오만한 태도, 무관심과는 달리 이런 불안감은 그의 마음이 그녀에게 기울고 있다는 증거인지 모른다.

지금은 그녀의 행동을 조금도 숙녀답지 못하다든가 불쾌하게 생각지는 않는다. 단지 갑작스러운 그녀의 행동을 어떻게 하면 당황하지 않고 담담하게 대할 수 있느냐 하는 걱정이다. 그러나 그 걱정도 이내 쓸데없는 것이 되어버리고 말았다.

"나는 민우 앞에선 아무 거리낌이 없고 자유로워서 즐거워. 혹시 잘못하더라도 용서하기. 어떤 애들은 좀 친절하게 해줌 공연히 자기를 사랑하는 줄 알고 헛된 수작에 거드름 피우는 꼴이란 정말 꼴불견이야."

'그럼 그렇지. 그녀가 나를 사랑할 리가 있나?.'

섭섭함보다 한결 더 가볍고 개운한 마음이었다. 민우는 증명이라도 하듯 그녀에게 시원한 웃음을 보냈다. 미현은 민우의 그러한 웃음 속에서 과장과 허식이 없는 진실한 모습을 보고 있었다. 인생은 착각, 후회의 연속인지도 모른다.

도덕군자 아버지 친구를 밀치고 뛰쳐나온 민우는 새벽이 되도록 허공을 더듬으며 헤맸다. 밤하늘의 여린 별빛들이 비수처럼 그의 가슴을 찌르며 책망한다. 그는 교회를 찾아가 맨 앞에 무릎을 꿇고 앉았다.

"주여! 애비를 친 자식이 여기 있나이다. 애비를 친 자식이!"

새하얗게 질린 얼굴 메마른 입술에서 신음 같은 소리가 새어 나왔다.

'당신은 정의를 부르짖으셨죠? 정의를! 바로 그 정의를 행한 것입니다. 정의가 아니고 어떻게 애비를 치겠습니까? 나는 더 이상 참을 수가 없었습니다. 아! 그러나 당신은 일흔 번이라도 용서하라고 하셨던가요? 그러나 정말 더 견딜 수는 없었어요. 정의를 행하기 위해선 때로 용서나 이해 따윈 불필요하지 않을까요? 아! 아닌가요. 정의와 용서! 어떤 것이 옳은지! 우리 가족 파멸이 당신의 뜻이었나요? 아님 좀 지켜주셨어야지요. 파멸이 나 하나에 그친다면 올챙이 신자이긴 하나 참아볼 수도 있었겠죠. 믿음 없는 이들의 비참은 차마 볼 수조차 없어요. 참사랑의 하느님이라면 믿음이 없는 자라도 돌봐야 할 것이 아닌가요? 성경은 인간에게 판단할 수 있는 지혜를 주었다고 말하지만 그들은 너무나 무지하고 지혜라곤 찾아볼 수조차 없어요. 그것도 그들의 잘못인가요? 주지는 않고 구하라는 하느님 같아요.'

민우는 긴 한숨을 뿜어내며 고개를 접었다. 하나님한테 통사정을 해봐도 좀처럼 명쾌한 답을 얻을 수가 없다.

곗돈을 잘 탔어도 아버지가 갖다 다 없앴을지도 모른다. 아버지는 무슨 일이건 벌였을 것이다. 변화를 위해선 차라리 잘한 일인지도 모른다. 변화를 위해서 그 말은 정말 명답 같았다. 순간 마치 찬란한 태양이 비치는 세상 속으로 막 껍질을 깨고 나온 병아리처럼 어리둥절한 감동에 사로잡히고 말았다. 그의 탄원을 들으신 하나님이 주시는 깨우침인 것 같았다. 그 후 누가 손가락질하고 뭐라 해도 자유로운 냉담함을 유지할 수 있었다.

그 후 민우는 교회에 열심히 나갔다. 목사님은 노골적으로 민우를 향해 설교를 했다.

"요즘은 말세입니다. 뉴스 보면 우리 이웃에서 어버이를 치고 죽이는 일이 허다하게 일어나고 있지 않습니까? 이것은 사람들 마음속에서 사랑이 없어지고 악마가 들끓는다는 증거입니다. 우리의 주님! 예수님께서 뭐라 하셨습니까? 원수를 사랑하라 하지 않았습니까? 네 이웃을 네 몸같이 사랑하라 했습니다. 계명을 지켜야 합니다. 주님을 사랑하는 사람은 계명을 지킨다고 했습니다. 아무리 어려운 형편이라도 기도하고 노력하면 하느님께서 도와주십니다. 자, 그러면 통성으로 회개합시다."

목사는 민우의 일로 몹시 화가 나 있었다. 그러한 목사를 그도 이해를 한다. 그러나 당해보지 않고 어떻게 남을 판단할 수 있겠는가? 이해한다는 것이 어느 정도 막연한 허상인 것처럼 원수를 사랑한다는 것도 확실치 않은 환상 같다. 안갯속에 빛처럼 희미하게 보이긴 하나 묘하게 잡을 수 없는 아리송한 존재다. 늘 귀 아프게 들어온 사랑이란 것을 자신이 충분히 알고 있다고 믿었었다. 그래서 사랑받고 주기를 원했던 것이다. 그러나 이제 그 사랑이란 말 자체가 이상한 추상명사가 되어버리고 말았다. 의문스러운 존재가 아닐 수 없다.

내가 누구 하나 사랑해 본 적이 있었던가……?

전혀 아무도 없는 것 같다.

그러면 내가 사랑을 받아 본 적은 있었던가?

아무리 생각해 봐도 그건 더 없는 것 같다.

잘 알고 있다고 믿었던 그 사랑을 사실상 전혀 모르고 있었던 게 분명하다.

그러면 그 사랑이란 도대체 어떤 존재냐? 가끔 외우던 고린도전서 13장이 떠오른다.

> 사랑은 오래 참고 기다립니다. 사랑은 친절합니다,
> 사랑은 시기하지 않고 뽐내지 않으며 교만하지 않습니다.
> 사랑은 무례하지 않고 자기 이익을 추구하지 않으며
> 성을 내지 않고 앙심을 품지 않습니다.
> 사랑은 불의에 기뻐하지 않고 진실을 두고 함께 기뻐합니다.
> 사랑은 모든 것을 덮어주고 모든 것을 믿으며 모든 것을 바라고
> 모든 것을 견디어 냅니다.

민우는 도리질을 했다. 이건 너무 넓고 너무 크고 너무 어마어마하여 갈피를 잡을 수 없는 추상적인 개념에 지나지 않는 것 같다. 뚜렷한 핵심이 없다. 어떻게 사람이 모든 것을 덮어주고 모든 것을 믿으며 모든 것을 바랄 수 있단 말인가? 도둑놈을 믿어 밤에 대문을 열어 놓고 살인자를 믿어 칼이 목에 들어오는 순간에도 참으며 살려주기를 바라며 믿으란 말인가? 이는 모두 우리들의 이상, 꿈같이 달콤한

말이다.

예배가 끝났다. 신자들이 즐겁게 인사를 나누며 나가고 있었다. 민우는 머리를 숙인 채 꼼짝 않고 그대로 앉아 있었다. 그러한 민우를 신도들은 차디찬 눈초리를 보내며 지나갔다. 목사가 신자들을 배웅하고 텅 빈 교회를 돌아보고 있을 때 울분의 기도 소리가 교회 안에 울려 퍼졌다.

"당신의 사랑, 그것은 자기를 버린 무無의 인간, 허수아비 인간을 만들자는 것뿐입니다. 당신이 인간에게 추함과 아름다움, 사랑과 미움을 만들어주었기 때문에 서로 싸우는 세상 아닙니까? 왜 그대로 두지 않고 반대로 모든 것 비우고 사랑하라고 외치시나요? 악하고 쓸데없는 인간들을 위해 자신을 버려야 하는 넋 빠진 인간 바보 군상들을 만들려는 것입니까? 사악한 인간들도 이해를 할 줄을 아는데 당신은 어째서 우리에게 옛 조상의 원죄 때문에 이토록 끊이지 않는 고통을 주시는지 모르겠습니다. 당신은 심술 사나운 장난꾸러기 같습니다."

민우가 울부짖는 소리에 목사는 충격을 받았다. 청년 시절 자신이 떠올랐다. 헤아릴 수 없는 고민과 방황의 시기였다. 그는 조용히 민우에게 다가가 흐느끼는 어깨 위에 손을 얹어 주었다.

순간 민우는 따듯한 주님의 손길을 느꼈다.

"나는 의사가 필요 없는 의인이 아니라 의사가 필요한 사람을 구하러 왔다."

주님의 부드러운 음성이 강물처럼 교회 안, 두 사람의 가슴속으로 가득 넘쳐흐르고 있었다.

"뼈아픈 시련의 십자가를 통하지 않고서는 인생의 답, 진리이신

주님을 만나기 어렵지요. 죽음의 고통 속에서도 기도를 잃지 않는다면 하느님께선 반듯이 평화와 사랑의 믿음을 주실 것입니다."

천천히 말하는 목사님의 음성이 교회 안 가득 은은히 울렸다. 기다림의 성이 보이는 것 같다.

또 막연한 기다림인가? 이런 기다림에 그는 이미 지친 사람이다. 막연한 기다림은 사람을 미치게 만든다. 그는 몸을 부르르 떨었다.

"민우 청년 돌아가서 한 달 동안 기도하고 회개하시오."

목사의 묵직한 목소리가 그의 등덜미를 내리쳤다.

벌? 결국은 벌인가?

목사의 발소리가 멀어져 가자 그는 반사적으로 머리를 버쩍 들었다.

뭘 회개하란 말이야? 뭘 더 괴로워하란 말이냐? 난 지금 괴로워 미칠 지경인데, 당신은 괴로운 칼날에 찔려 죽었다 다시 살아난 사람이란 말이오? 체! 이러한 교회는 이제 빌어도 다시 안 나오겠다.

그는 목사의 모습이 문밖으로 사라져 가는 것을 매섭게 쏘아보았다.

흠! 여긴들 무슨 속 시원한 해결책이 있겠는가?

사납게 부릅뜬 눈에서 맥이 스르르 풀렸다. 그는 또다시 길가에 드러난 자신의 알몸뚱이를 보는 것 같았다.

"집에서 나가야 해."

그는 중얼거렸다. 왜 진작 그런 생각을 못 했는지 모르겠다. 때마침 영장이 나왔다.

그녀에게서 편지가 왔다. 매일 보다시피 하는데 무슨 편지인가 의아했다.

혹시 사랑의 고백이라도? 생각이 머리를 스치고 지나간다.

그런 일은 없을 거라고 이미 지운 일인데 참으로 엉뚱한 생각이 끼어든다. 그녀의 성격이라면 쉽게 할 수 있을 것 같은 묘한 호기심이 감돈다. 그는 겉봉을 북 찢어 내던지고 하얀 종이를 빼내 펼쳤다.

"이건 또 뭐야."

그가 중얼거렸다. 일기日記 같았다.

○○년 1월 11일 흐림 진눈깨비

오늘은 내가 도저히 잊을 수 없는 날이다. 그때 나는 초등학교 5학년생, 나이보다 성숙해 보이는 소녀였다. 내 친구에게 잘생긴 중학생 오빠가 있었는데 나를 동생처럼 귀여워했다. 오빠가 없는 나는 오빠라고 부르며 몹시 따랐다. 그가 하자는 것은 노 할 줄 몰랐다. 사실 나는 그때까지 노라는 말을 잘 못 하는 순진한 어린애였다. 더군다나 믿고 좋아하는 그 오빠의 말을 거부할 수는 없었다. 좀 이상하고 괴로워도 하자는 대로 참고 해야 했다. 사실을 알게 된 부모님은 서둘러 이사했다. 모든 면에 신들린 것처럼 살아가는 건 바로 그 괴로움을 잊자는 내 작전이다. 시간이란 것이 얼마나 얄궂고 신비한 존재인가를 깨닫게 된다.

○○년 2월 10일 맑음

민우와 등산을 했다. 산골 냇가에 나는 붉은 낙엽을 하나 흘려보내며 가을과 아쉬운 이별을 하고 있었다.

"가을이여, 안녕!"

떠내려가는 낙엽을 바라보고 있자니 암 덩어리 같던 나의 과거가 떠내려가고 있는 것 같아 공연히 울컥했다. 나는 나의 과거에서 완전히 벗어날 수 있는 진정한 이별식을 하고 싶어졌다. 땅에서 벌레 먹은 커다란 붉은 단풍잎을 하나 주워 냇물에 띄워 보냈다.

"나의 과거여, 안녕!"

목소리가 잘 나오지 않는다. 나는 나의 괴롭고 슬픈 과거에게 진정을 다해 이별을 고했다. 정말 마음이 개운했다.

"그런다고 과거가 사라지나?"

민우는 장난이거니 바라보며 웃었다. 나는 핑계 삼아 내 과거 이야기를 하고 싶었지만 끝내 입을 열지 못했다. 그를 완전히 믿을 수 없었던 모양이다. 만약 말을 해서 그가 내 과거를 받아들여줬다면 어쩌겠다는 거냐? 나는 내가 아닌 딴 사람이 내 과거를 해결해 주기를 바라는 건가? 참 우습다. 어처구니없다. 그에게 싹터가는 이 마음도 그가 내 과거를 트집 잡을 인간이 아니란 것을 느끼기 때문인가? 아니다. 아니 아무래도 좋다. 지금 난 그를 사랑하지 않을 수 없는 것이다. 아름다운 장래를 꿈꾼다든가 하는 것보다 끌리는 감정을 어쩔 수 없다. 나에 대한 그의 사랑은 아직 의문이지만, 아마도 그는 누군가를 사랑하기 어려운 사람 같다. 그의 비참한 환경 때문에 나의 연민은 사랑으로 더 짙어지나 보다.

〈오늘의 내 마음을 찬찬히 써 보낼 수가 없어 전에 적어두었던 일기 한쪽을 보내. 꾸짖지 마요. 안녕.〉

끝에 흐트러진 채로 총총히 내려쓴 글이 이 일기를 보낸 이유를 분명히 밝히고 있었다. 민우는 이 진실하고 왠지 엄숙하기까지 한 사랑의 고백 앞에서 잠시 후끈 달아올랐다. 혼란스러운 열기와 괴로움

속에서 더 냉정히 자신을 살펴본다.

민우는 그녀가 자기의 많은 부족함을 상관하지 않는 것처럼 그도 그녀의 과거 같은 것은 상관하지 않는다. 단지 자신도 누구도 믿을 수 없을 뿐 아니라 사랑하기 어렵다는 것이다. 분명히 말해서 자신이 없는 것이다. 비웃고 학대하지만 않고 인정하고 좋아해 주면 되는데 왜 자꾸 멀리하려는지 모를 일이다. 진실해 보이는 사랑 앞에서 민우는 쓸쓸한 웃음을 지었다.

모든 것이 다 혼란스러웠다. 세상이 핑핑! 돌아가는 것 같다. 하늘과 땅이 맞닿아 엉키는 것처럼 어지럽다. 사람들이 모두 다 똑같아 보인다. 어머니, 아버지, 자신의 존재도 사라져버리고 모두 다 똑같이 허수아비 같다.

모든 문젯거리가 추방을 당한 것처럼 멍하다. 너 자신을 알라고? 흠! 어느 철학자의 궤변인가? 물론 나 자신을 알고 싶지. 그러나 알 수가 있어야지. 아리송할 뿐. 죽는 날까지 생고생을 하면 될까? 그러다 그냥 죽으면 사는 의미는 뭐야? 세상은 영 풀 수 없는 수수께끼인지 모른다. 에이, 빌어먹을 놈의 세상 될 대로 되라지.

이러한 상태로 그냥 지낼 순 없었다. 무언가 해야 한다.

민우는 교정을 거닐다 고개를 들어 하늘을 올려다보았다. 고요히 푸르기만 한 하늘. 그 속에 흰 구름이 하나둘 무심히 흐른다. 무심한 자연은 아름답다. 구름처럼 무심히 흘러갈 수 있는 길은 없을까? 날고 싶다. 구름이나 닮았더라면……. 그는 긴 한숨을 훅! 내뿜었다.

"오늘은 돌 벤치에 앉아 볼까. 좀 더 냉정해질지 모르니까."

민우는 잔디밭에 있는 우람한 돌 벤치에 먼저 앉으며 미현을 바라보았다.

"뭐 꼭 냉정해져야만 하는 일이야."

미현이 웃으며 옆에 와 앉았다.

"냉정히 생각해서 하는 말인데 나는 사실 잘 모르겠어. 내가 꼭 미현이 필요한지 미현에게도 내가 꼭 필요한 존재인지 잘 모르겠단 말이야."

"무슨 필요하냐 안 필요하냐를 따져. 좋아하느냐 사랑하느냐, 아니냐가 문제지."

미현이 화를 버럭 냈다.

"사랑도 마찬가지야. 확신은 아니잖아? 애매해서 괴로워하는 거 아냐? 그래서 나는 아무래도 더 두고 깊이 헤아려보는 게 좋을 것 같아."

민우는 석양 아래 묵묵히 침묵을 지키고 있는 검은 산봉우리를 바라보며 천천히 말했다.

미현은 그의 말을 어떻게 해석해야 할지 몰랐다. 감정이나 마음을 애매하다고 생각하는 것을 이해하기 어려웠다. 그러나 미현은 한마디도 더 캐묻지 않고 침묵을 지켰다. 그가 사랑하지 않는다고 딱 잘라 말했으면 어떠한 마음이 되었을까 싶어서였다. 미현은 손으로 돌벤치의 차거운 등을 쓸어내려 간다. 분명 마음이 없는 것은 아니다. 기다려야만 할 것 같다. 혼자 자기감정에 빠져 너무 서둘러 편지한 것이 후회스럽다. 그가 자신의 사랑을 알아차릴 때까지 기다려야 할 것 같다.

"좋아요. 전처럼 단순한 친구가 되는 거예요."

미현은 마음을 가다듬고 하얗게 웃어 보였다.

민우는 그녀가 까다롭게 굴지도 않고 이치를 내세워 토를 달지도 않고 가볍게 대해주는 것이 고맙고 한없이 홀가분했다. 그녀의 하얗게 질린 미소에 마음을 쓸 여유도 없었다.

“자! 내일은 새 기분으로 하이킹 갑시다.”

민우는 자리에서 벌떡 일어나며 그녀에게 손을 내밀었다. 문득 군대에 가서 바라보았던 강원도 태백산맥의 장엄 광활한 광경이 그리워진다. 그때의 평화로움이…….

사방이 하얀 눈으로 덮인 산! 산뿐이었다. 빽빽이 둘러선 산봉우리들이 서로 마주 보고 인사를 하며 이야기를 나누는 것 같았다. 그 위 푸른 하늘이 가닿은 곳에 동해의 맑은 바다가 출렁이고 있었다. 금강산 줄기 38경계선이다. 이 장엄한 자연 속에 기생 박테리아처럼 붙어 있는 한 개의 점이 민우가 간 부대였다. 휴전 상태에 있는 이곳은 할 일이 별로 없었다. 38경계선 일대를 돌아보고 보초 서는 일이 전부였다. 몇 안 되는 보초병들은 산속을 훑어가며 하늘만 멀뚱멀뚱 바라볼 뿐이다. 생명을 걸고 격렬하게 싸웠던 전쟁 이야기도 이젠 화제에 오르지 않았다. 민우는 모든 것을 잊을 수 있는 이곳이 좋았다.

여기로 오던 날 저녁 후방에 대한 궁금증을 잠시 풀어주고 무엇을 할지 모르고 앉아 있을 때였다.

“저 하향귀下鄕鬼들한테 볼일 다 끝났나?”

등 뒤에서 들려오는 굵직한 목소리에 돌아보았다. 큰 골격의 군인이 비스듬히 누워 답답한 듯이 바라보았다.

“그리 편히 누워.”

민우는 그가 시키는 대로 자리를 펴고 누울 준비를 하였다.

"뭐 훈련소에서 장교한테 잘못이라도 했나?"

그가 혼잣소리처럼 중얼거렸다. 민우는 무슨 소린가 하고 그를 빤히 바라보았다.

"저자들은 몇 년 동안 한 번도 집에 가보지 못한 자들이야. 답답할걸."

그가 냉소를 머금고 말했다. 그러나 민우는 상관없다고 생각했다. 3년을 여기서 지낸다 해도 조금도 두려울 것이 없을 것 같았다. 오히려 좋은 피서지가 될 수 있을지도 모른다고 생각했다.

"난 김송준 하사야. 저자들과 달리 난 강릉 시내까지 외근할 수 있는 특무가 있지. 내 명을 거스르면 절대 안 돼. 알았나?"

"네!"

민우는 얼떨결에 힘없이 대답했다.

"비루먹은 강아지처럼 대답이 그게 뭐야. 충성 용감한 군인이어야 강릉 색시 집에도 데리고 갈 수 있지. 핫핫핫!"

김 하사의 언행은 군인답지 않았다. 고적해 보이는 민우를 위로하려는 것인지 자신의 무료함을 지우려 농담을 하는 것인지 알 수 없는 행위였다. 더욱 그의 큰 호탕한 웃음소리에 민우는 아무래도 불쾌감을 감출 수가 없었다.

"사실이야, 난 이곳에서 단 하나의 유일한 운전병이거든."

민우의 표정이 못마땅했는지 김 하사는 더 자신만만하게 말하다 말끝을 돌린다.

"나도 여기 파견된 지 며칠 안 돼. 같은 동지, 친구 같아서."

친구란 말이 따듯하게 느껴져 민우는 미소 지어 보였다. 그는 이렇다 할 친구 하나도 없지만 여태껏 어느 누구와도 친구가 되지 않은 적도 없다고 생각했다. 비록 인사 한 번 해본 적도 없고 말 한마디 해본 적 없어도 이웃이면 친구인 셈이다. 그는 그렇게 생각하고 있었다.

떠들썩한 김 하사가 식량과 부식을 가지러 가면 부대는 한없이 적막해졌다.

민우는 텐트 안에 있기 싫어 당번이 아니어도 즐겨 보초를 섰다. 텐트 속 붉은 흙바닥 위에 쭉 나열돼 있는 접이식 나무 침대가 수용소 같기도 하고 야전 병원 냄새가 나는 것 같기도 해서 별로였다. 보초를 서고 있으면 보이는 것은 산, 산뿐이다. 산등성이 아래 숲속에서 바람과 새들이 노래를 하고 산 위로 낮게 펼쳐진 푸른 하늘에 흰 구름이 그리는 아름다운 수채화를 바라보는 것이 좋다. 모든 걱정, 어둡던 기억까지 다 사라져버리고 자유로운 생각이 한없이 퍼져나가 새로운 세계가 열려 행복하다. 자신의 삶이 끝까지 이랬으면 좋을 것 같았다.

보초를 서고 있으면 온갖 환영과 공상의 나래가 끝없이 펼쳐지고 온갖 가면 희비극이 다 연출된다. 이러한 현상이 차츰 익숙해지고 세상 모두가 그런 것처럼 생각이 되었다. 무엇이나 다 일어날 수 있는 게 세상이다. 그 속에도 어떤 질서가 있을 것이다. 그러다가 간혹 서로 부딪치게 되면 혼돈의 상태를 만들 것이다. 그러므로 행동은 위험하다. 행동해선 안 된다. 왜 부모님의 싸움에 개입했는지 모르겠다. 행동하면 어느 실마리에선 걸려 넘어지기 마련이다. 행동은 지옥을 불러온다. 행동을 삼가는 길 그것만이 자유롭다. 그 길만이 무해 무익한 것, 자신을 해방시킬 수 있는 길이다. 세상은 그저 바라보기만 해야 한다. 바라만 보면 아름다움과 꿈같이 편안한 행복이 찾아들 것이다. 오직 방관의 자세가 필요하다. 진작 체득한 이 깨달음은 그에게 믿음이 되었다.

미현은 방관자인 그에게 전혀 새로운 존재였다. 다시 튼 친구 사이도 귀찮거나 기쁘다기보다는 특이한 생명력으로 존재하는 듯했다.

그녀는 관악산 정점을 향해 흰토끼마냥 가볍게 뛰어올랐다.

"야아-호! 빨리 뛰어와! 민우야아!"

어느새 정상에 올라간 그녀가 흰 손수건을 흔들어 보이며 소리쳤다. 재미있는 웃음소리가 자신을 놀리는 듯 바람에 실려 왔다. 민우는 땀을 닦으며 걸음을 재촉했다. 편지 속에 있던 그녀의 무거운 과거와 오늘의 민첩 명랑한 태도, 언젠가 본 적이 있는 일주일 계획표 속에 그녀의 모습이 빙빙 맴돌며 아른거린다. 어떻게 연약한 여자가 그렇게 구십도 백팔십도로 변할 수 있을까? 어떻게 그 무서운 어둠 속에서 빠져나와 그토록 명랑할 수가 있을까? 어떻게 그렇게 민첩하고 열정적일 수가 있을까? 아무래도 의문이다.

"꽤 빠르네. 산토끼 같아."

민우는 헉헉거리며 그녀 옆에 털썩 주저앉으며 말했다.

"빨라야지. 그래도 살기 어려운 세상에 그렇게 굼벵이처럼 기어서 어떻게 살아남아?"

그녀는 활짝 웃어 보였다. 민우도 절로 빙긋 웃음이 피어났다. 편지 사건 후 그들은 모든 면에서 서로 조심스럽게 마음을 저울질하는 밀도가 심해졌다. 그 맘을 들키지 않으려 농담과 재치 있는 말도 한층 더 심해졌다.

"난 생각하며 살아가는 인간이니까 느릿느릿 걸어도 황소걸음이라고. 길 잃은 개미가 열심히 맴도는 것보다 빠를걸."

민우는 얼굴에 짐짓 굳은 신념을 펴 보였다.

"아! 이젠 막 무시하고 드네."

미현은 어이없다는 표정을 했다.

"무시라니? 24시간 돌아가는 사람은 생각할 틈이 없다는 거지."

민우는 농담처럼 웃어 보였지만 사실 그녀의 의문점이었다. 언제 자기를 들여다볼 시간이 있으랴 싶었던 것이다.

"아하! 모르는 소리. 생각과 행동은 동시거든. 오늘만 해도 이렇게 나와서 대화를 하며 서로를 알아가고 있는 게 누구 덕인데."

남의 여론과는 달리 생을 엔조이하면서 잘 살아가고 있다는 태도다.

"말과 행동은 거짓일 때가 많거든. 말과 행동이란 놈이 주인을 무시하고 제멋대로 나올 때가 많으니까."

"흔들리는 갈대도 뿌리는 땅에 박고 있잖아. 왜 행동과 자기 주체성을 분리시키려고만 해. 일치시켜야지."

미현이 더 답답하다는 표정을 했다.

민우는 말없이 푸른 하늘을 바라보며 알 수 없는 미소만 흘리고 있었다.

"아이 참! 답답!"

미현은 못마땅한 표정으로 배낭에서 가져온 음식을 꺼내 놓기 시작했다.

"내 말 같은 건 반추할 만한 것도 못 되니 생각 없는 여자의 음식 솜씨나 보시지."

미현은 미소 지으며 낭랑한 음성으로 말했다. 처음 보는 화려한 색깔의 퓨전 음식이다. 그녀의 솜씨 같진 않고 아마 어머니가 요리사인 모양이다. 그녀는 음식을 일일이 설명하며 덜어주었다. 그는 그녀의 숨은 정성에 부딪치면 몹시 부담스럽다. 아무것도 해줄 수 없는 자신이어서 신경이 쓰이고 귀찮았던 것이다. 그는 그런 마음을 감추고 담담한 표정을 했다.

은근히 그의 표정을 살피던 미현은 좀 섭섭했다. 맛있다든가 솜씨가 좋다든가 말 한마디 하면 어디가 덧나나 싶었다. 그러면 그가 아니다. 그에게 치사致辭는 위선에 지나지 않아. 그래서 내가 그를 좋아했잖아. 그래도 점점 정성과 사랑이 헛다리를 짚는 게 아닌가 싶다. 미현은 그의 방관적인 태도를 별로 문제 삼지 않았었다. 오히려 호기심을 불러일으키는 재미였다. 그의 무관심은 제멋대로 남을 평가해서 상처 주지 않는 넓은 아량의 남자로 비쳤다. 오히려 더 큰 매력이었다. 모르는 사이 마음을 빼앗긴 모양이다. 이제 모든 것을 깨달을 수 있다. 그의 열린 듯한 인격도 무관심의 산물이었던 것이다. 넓은 이해와 무관심 그건 전혀 다른 것이다. 무관심 거기엔 사랑이 없는 것이다. 이해와 사랑이 넘치는 곳에서 웃으며 살고 싶다고 그녀는 생각했다. 그녀의 마음이 의문으로 멀어져 가고 있는 것 같았지만 그는 모른척하고 있었다.

보초 시간은 세상만사 다 잊고 모른 척 지나는 세월이었다. 떠오르는 환상의 나래들도 시들해져 가고 있었다.

"교대 시간이야!"

등 뒤에서 묵직한 소리가 들려왔다. 돌아보니 당번과 함께 김 하사가 초조한 모습으로 서 있었다.

"저리 좀 가자."

교대가 끝나는 것을 보고 하사가 앞장서 걸으며 말했다.

"나 편지 하나만 써줘."

하사는 아무도 없는 곳에 가 간절한 눈빛으로 말했다. 편지 쓰기가 어려운 그는 소문 안 나게 순해 보이는 신병에게 부탁하려 했던 것이다.

"집에 뭐 큰일이라도 생겼습니까?"

하사는 어리둥절한 얼굴로 묻는 그의 말에 대답도 않고 주머니에서 편지지를 꺼내 불쑥 내밀었다.

"내가 부르는 대로 써."

사뭇 명령조다. 생각에 잠기는 얼굴이 험악해 보였다.

"도대체 무슨 일인데 그럽니까?"

민우는 편지지를 받으며 짜증스럽게 물었다. 하사의 험악했던 얼굴이 흐려지더니 애원하는 눈빛으로 돌변한다.

"강릉에 그년이 돈 많은 놈한테 가버렸어. 그냥 못 둬."

하사는 복잡한 생각에 얽혀 말끝이 매몰차다. 민우는 대강 짐작이 갔다. 강릉 술집에 예쁜 여자가 있는데 보여주겠다고 늘 말했었다. 한번은 외근 후 늦게 돌아와서 마음 좋은 소위한테 영창을 겨우 모면하고 단단히 기합 받은 일도 있었다. 어저께만 해도 여자에게 간다고 분홍 후레아 스커트를 사들고 와 펼쳐 보이며 신이나 떠들어댔었다. 선물을 들고 찾아갔는데 여자가 보이지 않았던 것이다. 포주가 부자 남자와 살림을 차린 지 며칠 되었다고 말했다.

"여자가 그거 뭐 하난가? 내가 그년보다 더 예쁘고 착한 아가씨 붙여 줄게."

포주는 그의 등을 투덕거리며 위로했다. 하사는 포주의 말에 더욱 화가 치솟았다. 포주가 여자를 꼬셔낸 것만 같았다. 당장 년놈들이 있는 곳을 가르쳐 달라고 야단을 떨었다. 그런 일쯤은 수없이 겪어 온 포주는 여유 있게 웃으며 하사를 구슬렸다.

"일단 화부터 좀 눌러요. 그들이 사는 곳은 내가 알려줄 테니까 염려 말구. 그런데 상대가 누군지 알고 가는 게 좋을 게요. 힘깨나 쓰는 대단한 장교인 데다 집에 늘 부하들이 우글거리거든. 그러니까 찾아가는 것은 위험해. 차라리 그년을 불러내서 해보는 게 좋을 것 같은데."

포주는 이렇게 다 잘 알려주는데 왜 야단이냔 듯 눈을 슬쩍 흘겼다. 하사는 할 수 없이 포주가 시키는 대로 하려고 주소를 알아가지고 왔던 것이다. 무엇보다 속은 게 제일 분했다. 아무리 술집 여자지만 자기와 살림 날 것을 굳게 약속해 놓고 그렇게 싹 돌아설 수가 있단 말인가? 암만 생각해도 그냥 있을 수가 없다. 하사는 민우에게 꼭 한 번만이라도 만나봤으면 좋겠다고 애원하는 사랑의 편지를 써달라고 간청했다. 민우는 난처했다. 잘못하다가는 사람 하나를 해치는 협력자가 될지도 모른다.

"그러다가 장교가 그 편지라도 보게 되면 어떻게 해요. 그럴 확률이 아주 높죠. 그렇게 되면 몇 사람 죽어요. 마담한테 부탁하는 게 제일 좋아요."

민우의 설득에 하사는 그렇게 하기로 했다.

며칠 후 다방 깊숙한 곳에 하사와 민우가 마주 앉아 문을 지켜보고 있다. 약속한 시간에서 벌써 1시간이나 더 넘게 기다리고 있었다. 문으로만 향한 하사의 눈은 벌겋게 충혈되고 귀와 목은 삐걱거리며 경련이 일고 있었다.

"풀썩!"

또다시 다방 문이 열렸다. 혹시나 했으나 역시나 그녀는 아니었다. 하사의 얼굴이 일그러진다.

"이게 기색을 알고 안 오나 보다."

하사는 씩씩거렸다.

"혹시 장교님이 갑자기 집에 찾아왔는지도 모르지 않습니까? 좀 더 기다려보십쇼."

민우는 일어서려는 그를 붙잡고 얼버무리며 위로했다. 시간이 흐르면 좀 냉정해질 수 있을 거란 생각에서였다. 그때 그가 가자는 소리도 없이 벌떡 일어나 뚜벅뚜벅 걸어 나갔다. 할 수 없이 민우도 따라나섰다. 하사는 뒤도 돌아보지 않고 재빨리 걸음을 재촉하고 있었다.

"도대체 어디로 가는 겁니까?"

민우는 그의 뒤로 바싹 쫓아가며 소리쳤다.

"가만있어. 귀찮게 굴지 말고. 가서 이년을 작살을 내야지."

하사는 독이 잔뜩 오른 눈으로 쏴붙였다.

"그럼 난 돌아가겠습니다."

정말 민우는 짜증이 나서 차갑게 말했다.

"넌 가! 나 혼자라도 가서 한판 해야겠어."

하사는 까딱도 안 했다. 그래도 민우는 그를 그냥 보낼 수 없어 따르자니 화가 머리끝까지 치밀었다. 살다 살다 이 무슨 팔자에도 없는 고생이냐 싶었다. 방관할 수조차 없는 상황이 벌어지기도 하는 것이다. 그래도 방관하도록 노력해야 한다. 이 일만 해도 아예 모른 척했어야 했다. 무슨 일이든지 다 생기는 세상에 그들이 어떻게 되건 무슨 상관이람. 그냥 그대로 놔둬도 자기가 알아서 해 나갈 것이다. 부질없는 노파심, 참견이었다. 그보다는 사실 그의 말을 듣지 않을 경우 자신에게 덮칠 불이익에 대하여 더 두려워했던 것이다. 이러지도 저러지도 못 하는 상황 정말 짜증이 난다. 에이! 될 대로 되라지. 민우는 속으로 뇌까렸다. 집을 찾아간다 해도 별일이 없을 것이다. 여자는 소식을 듣고 이미 어디로 피했을 것이다.

민우는 힘차게 걸어가고 있는 하사를 바라보았다. 큰 상체가 앞뒤로 유난히 흔들린다. 며칠 전 하사가 예쁜 아가씨 사진 한 장을 보여줬다.

"누구입니까?"

"약혼할 여자. 예쁘지?" 하며 유쾌하게 웃었다. 하사는 이미 결혼해서 두 아들이 있는 아빠였다. 민우는 그를 빤히 쳐다보았다.

"핫핫! 상관있어? 열 번쯤 결혼한들 어때?"

하사는 호방하게 웃으며 떠들어댔다.

"언제 죽을지도 모르는 군인 주제에 자식까지 귀찮게 생각할 필요가 뭐 있어. 저는 저대로 나는 나대로 살면 그만이지. 산다는 건 순전히 모험이야. 허나 절대 어려운 모험은 아니지. 말 한마디로 죽이고 살릴 수도 있거든."

하사는 자신만만한 듯 만면의 웃음을 띠고 말했었다. 민우는 또 그의 심심풀이 장난기가 발동한다고 생각하면서도 섬찟했다. 도대체 이 사람의 삶의 의미나 목적은 어디에 있는가? 자기보다 한 걸음 앞선 인간인지도 모른다는 생각이 들었었다.

그런데 그 자신만만했던 태도와는 달리 복수심에 싸여 허겁지겁하는 꼴이 참 우습고 어리석어 보인다. 그것도 한낱 여자 때문에 더욱 별 볼일 없는 화류계 여성 하나 때문에, 그는 쾌감을 느끼는 말장난에 생명을 걸고 살아온 인간인지도 모른다. 사실 모든 인간들이 다 그처럼 어처구니없는 일에 보람을 느끼며 사는 우스꽝스러운 존재인지도 모른다. 민우는 하늘을 보고 하품하듯 한숨과 비슷한 웃음을 웃었다.

"하사님!

굳이 찾아가 복수할 생각 마시고 그 빛나는 말씀 한마디만 날려 보내시죠."

민우는 평소 그의 말꼬리를 잡고 놀려서 막으려 했다.

"만나야 죽일 수 있는 말 한마디라도 하지."

역시 그는 말로는 지지 않았다.

"여자에겐 진정을 주지 말고 자꾸 갈아들여야 찐 남자라면서요?"

민우는 자꾸 골려주었다. 여전히 자신만만한 그에게 쓰디쓴 고배를 맛보이고 싶었다. 하사는 좀 기가 죽는 빛이었다.

"어딥니까? 집은 알아요? 아직도 멀었습니까?"

민우는 다그치며 몰아댔다. 하사는 아무 말도 안 했다. 홧김에 먼저 살던 집 쪽으로 달려오긴 했는데 이사 간 집은 알 길이 없는 것이다.

"가자! 이사 간 집 알아 오게."

하사는 퉁명스럽게 내뱉었다. 돌아서 빠른 걸음으로 걷기 시작했다. 쏜살같이 단골집에 들어선 그는 포주를 잡고 여자의 집으로 같이 가자고 했다.

"아! 기분도 안 좋은데 한잔 들고 갑시다. 이런 일은 서두르면 오히려 낭패하기 일쑤라니까."

능란한 포주가 눈짓으로 벌써 술과 예쁜 아가씨를 불러내오며 말했다. 하사는 좀 짜증스러운 표정이더니 곧 구미가 동하는 듯 털썩 자리에 주저앉았다.

"그럼 한잔 마시고 가자."

단순한 그는 쉽게 불끈하는 것처럼 쉽게 잊을 수도 있을 것 같다. 새로운 것은 항상 신선하고 기쁨을 가져다주기 마련 순수한 진정이란 실제적으로 무익하고 더 고통스러운 때가 많은 것 같다.

"근데 왜 뻘쭘히 그러고 서있어? 앉아."

하사는 민우를 쏘아보며 말했다. 민우는 명령이라도 받은 듯 즉시 의자에 걸터앉았다. 하사는 아가씨가 따라 주는 술을 한 잔 벌컥 들이마신 후 빈 잔을 탁자에 내려치듯이 놓았다.

"왜 여긴 아가씨가 없어?"

하사가 민우의 옆자리를 가리키며 소리쳤다.

"아! 전 괜찮습니다. 괜찮습니다."

민우는 손을 절레절레 흔들며 애원하듯이 포주를 바라보았다. 일어나 나오고 싶었지만 하사의 기분을 거스르지 않으려고 참았다. 또 한편 이런저런 세상 다 구경해 보는 것도 좋을 것 같았던 것이다.

"뭐가 괜찮아? 너 고자야? 아직 코흘리개 애송이가 돼서. 저런 놈이 한 번 맛들이고 나면 더하거든."

하사는 몹시 재미있다는 듯 유쾌하게 웃어댄다. 민우는 몸 둘 바를 몰랐다.

"아이! 이런 덴 처음이신가 봐요?"

어느새 왔는지 귀엽게 생긴 아가씨가 민우 옆에 찰싹 붙어 앉으며 아양을 떨었다. 살갗이 감전된 듯 흠칫 놀란다. 남자 체면상 피할 수도 없어 감각을 누르며 희미한 웃음만 흘린다. 세상 모든 일 다 구경해 보는 것도 좋은 경험이다. 이건 돈 주고 팔고 사는 거니까 윤리적 책임도 없는 것이다. 남자들의 동물성을 얼마나 참고 방관할 수 있는지 실험해 볼 수 있는 좋은 기회이기도 하다.

"자! 한 잔 쭈욱 드세요."

아가씨가 민우를 끌어안고 아양을 떨며 술잔을 입에 대준다. 밀어낼 틈도 없이 술이 입속으로 콸콸 쏟아졌다. 어쩔 수 없이 엄마 품에 안긴 어린애가 턱을 어기고 약을 받아먹듯이 삼켜야 했다. 마침내 기침을 토해내고야 겨우 제자리로 돌아왔다. 그 모양을 본 사람들은 데굴데굴 구르며 웃어댔다.

"참 귀엽고 재미있는 아저씨야. 고향이 어디세요?"

아가씨가 또 수작을 걸어온다.

"안양인데 왜요?"

민우는 아무렇지 않은 것처럼 목소리를 높여 말했다. 밖은 벌써 어두워지기 시작했다. 술로 몸이 망가진 하사는 금세 녹초가 되고 말았다. 민우도 얼결에 받아먹은 술 탓에 어지러웠다. 가야 할 것 같다.

"고만 가시죠."

민우는 일어나 하사를 일으키며 말했다.

"가만있어. 벌써 왜 가냐?"

하사는 민우의 손을 뿌리치며 소리 질렀다.

"그럼요. 오늘은 밤새도록 놀다 가세요."

하사의 아가씨가 놀라서 민우에게 눈을 흘겼다. 민우를 하사에게서 떼어내서 얼른 끌어안는다.

"그래! 그래! 좋아 오늘 밤은 너하고 자주마. 그 쓰레기 같은 년은 싹 잊어주마."

하사는 웅얼거렸다. 아가씨 입술을 쪽쪽거리다 여자를 안고 벌러덩 누워 뒹굴기 시작했다. 여자의 간지럼 타는 까르륵거리는 사이로 남자의 끼르륵거리는 웃음소리가 방 안을 가득 메운다. 민우는 가슴이 철렁했다. 흔들리던 다리에 힘이 쏙 빠지며 주저앉고 말았다.

"거 봐요. 아이 딱한 오빠! 우린 저쪽으로 가!"

아가씨가 눈을 곱게 흘기며 민우를 끈다. 여자에게서 나는 야릇한 향내가 어지럽게 코끝을 파고들었다. 그는 자신도 모르게 확! 여자를 끌어안고 말았다. 네가 무엇이냐? 두려울 것도 무서울 것도 아무것도 없는 게야. 어떤 반항심 같은 것이 그의 마음속에서 마구 쏟아져 나왔다. 어차피 한 번은 치러야 할 일, 의식 같았다. 자연적 생리현상보다 상상이 더 자극, 도발시켜 오던 그 일을 해치웠다는 것이 사뭇 흡족했다. 정말 아무 일도 없었던 것 같았다. 왠지 결혼 같은 것도 하지 않아도 될 것 같았다. 모든 속박에서 벗어난 듯 완전히 자유스러운 기분이다. 시간이 지나자 그날 느끼지 못한 육감의 묘미를 짜릿하게 느끼기도 한다. 풀기 어려운 숙제 같다. 회의가 인다.

자손을 퍼트리는 것이 생명체의 본질 책임이라면 피해야 할 이유가 없지만 불행한 환경에선 거부할 수밖에 없지 않은가? 정답은 없는 것 같다. 완전치 못한 세상에서 완전한 것을 찾는 것처럼 어리석은 일은 없을 것이다. 그저 자신에게 맞는 삶을 살면 되지 않을까 싶다. 그러나 망막하기만 했다. 그 어디서나 모순된 어두운 세상의 그물망에 걸려서 죽어가고 말 자신의 운명이 보이는 것 같았다.

"제대하면 대학에나 갔음 좋겠다."

어느 날 무슨 말엔가 불쑥 튀어나온 말에 민우는 말끝을 흐렸다. 고등학교 때도 대학에 가서 고금의 유명한 철학자나 위인들의 진리를 배우고 싶었지만 형편이 그렇지 못했다.

"가지, 가. 가면 민우는 똑똑하니까 한자리할 사람이 될 거야. 돈 걱정은 말고. 내가 그쯤은 할 수 있어."

이상하게 하사가 그 말끝을 잡고 발을 벗고 나섰다. 그가 금방 대학에 입학이라도 한 듯 떠밀어 댔다. 사실 하사는 군 트럭을 끌고 왔다

갔다 하면서 돈 버는 수완이 있어 그럴 만하다. 하지만 민우는 자신에 대한 그의 터무니없는 믿음과 동정이 싫었다. 동정이란 열등의식을 뿌리 깊이 심어줄 뿐 반드시 되갚아야 하는 무거운 짐이라고 생각했다. 자신의 힘으로 혼자 해보리라 결심한다.

결국 제대 후 민우는 대학 철학과에 입학했다. 입학금만은 별수 없이 하사의 친절을 받아들이기로 했다. 그 후는 장학금과 알바로 해낼 셈이었다. 나름 열심히 공부했으나 별로 만족스럽지 못했다. 얻는 것이 없었다. 일반교양 상식 정도의 지식을 얻는 정도였다. 괜히 들어왔나 후회가 되고 그만두고도 싶었다. 얻은 것은 묘하게도 늘 멈추려고 끝내려고 하는 미현과의 만남이었다. 그래도 남은 과정에 대해서 희망과 미련을 아주 떨쳐버릴 수는 없었다.

갑자기 집에서 동생 연숙이 죽었다는 연락이 왔다.

연숙이 죽다니! 도저히 믿기지 않았다. 연숙은 속이 깊고 차분한 아이였다. 엄마 대신 집안일을 말없이 혼자 알아서 다 해냈다. 시집도 못 가고 고생만 하다 죽다니! 민우의 가슴이 슬픔과 분노로 눈물 범벅이 되어 들끓었다. 가엾은 것……. 모든 게 자기 탓만 같았다. 집 앞에 이르니 동네 아주머니들이 모여 수근거리고 있었다.

"물에 빠져 죽었다며. 가엾어라. 집이 맨날 싸움박질이니 얼마나 지겨웠으면 그랬을까? 그 착한 애가. 쯧! 쯧!"

'뭐 물에 빠져 죽어?'

순간 민우의 머리가 돌에 맞은 듯했다. 보나 마나 민우가 집을 나가자 가게를 돌봐줄 사람이 없어 부모님의 싸움은 더 잦고 심하게 폭발했을 것이다. 아무리 착한 연숙이도 그 고통을 견딜 수 없었을 것이다.

이처럼 비참한 환경에 그와 같이 착한 아이가 태어난 것은 또 무슨 모순된 운명이란 말인가? 민우는 대문을 가로막고 있는 사람들을 밀쳐내고 집 안으로 뛰쳐들어갔다. 어둠침침한 방 안에선 어머니의 울음소리가 힘없이 흐르고 있었다. 방 윗목엔 흰 보자기를 덮어놓은 시신이 놓여 있었다. 순간 민우의 몸과 숨도 멎어버리는 것 같았다. 커진 어머니의 통곡 소리가 칼로 찌르는 듯했다. 민우는 가슴을 움켜쥐고 동생의 시신 앞에 무릎을 꿇고 말았다. 시신 위에 씌어 놓은 흰 보를 들췄다. 아! 그리운 동생의 얼굴이 아니다. 연숙의 시신은 징그러워 볼 수 없을 정도로 시퍼렇게 피멍이 들고 통통 부어 있었다. 아! 네가 이렇게 죽어야 할 이유가 어디 있느냐? 너는 한없이 착했는데 누가 널 이렇게 만들었느냐? 분노가 화산처럼 폭발했다. 순간 그는 죽은 동생의 모습을 사람들에게 보여줘야 한다고 생각했다. 동생을 그렇게 죽게 만든 인간들을 그와 똑같이 괴롭히고 싶었다. 민우는 동생을 가리고 있는 흰 보를 발끝까지 완전히 확! 젖혔다.

"이러면 안 돼! 왜 이래? 정신 차려!"

사람들이 시신을 외면하고 몰려들어 민우의 손에 쥐어진 흰 보를 뺏으려 했다. 민우는 동생의 참혹한 시신을 뚫어져라 쏘아보며 더욱 길길이 날뛰었다.

"너의 이 고통을 나는 죽는 날까지 잊지 않을 것이다. 무심하고 악독한 인간들 너를 이 지경으로 만들어 놓고 슬프다고 어떻게 우는 거야? 착한 이 애의 처절한 마지막 반항을 똑똑히 보아두라고. 너는 저 인간들 꿈속까지 쫓아다니며 한을 풀어야 한다. 아! 이 무심했던 오빠에게 더 고통을 많이 줘라. 네 고통은 너를 괴롭힌 모든 인간들에게 배급되어야 한다."

"이러면 동생이 어떻게 좋은 데로 가나. 좋은 데로 가야지. 자, 덮어주자."

사람들이 휘청거리는 민우의 손에서 흰 보를 뺏어 시신을 덮었다. 민우는 그 자리에 쓰러져 한없이 울었다.

장사를 어떻게 치렀는지 모른다. 맥이 빠져 벽만 우두커니 바라볼 뿐이다. 퉁퉁 부어터진 참혹한 동생의 모습이 자꾸 떠오른다. 곱던 동생의 얼굴이 떠오르지 않아 머리를 쥐어뜯으며 연숙아! 연숙아! 소리쳐 운다. 갑자기 생각난 듯 책상 맨 밑 서랍 작은 상자 안에서 연숙의 독사진 한 장을 집어 들었다. 갸름한 얼굴에 서늘한 눈, 온순한 입모습이 아름답다. 서늘한 그 눈에서 눈물이 배어 나오는 것 같다.

"오빤 나를 좀 더 잘 돌볼 순 없었어?"

원망하는 연숙의 슬픈 모습에 가슴이 미어진다.

"이 바보야! 네가 왜 죽어? 그들은 어쩔 수 없어. 엄마 아버지도 아냐. 우리완 아무 상관 없단 말이다."

민우는 한참 소리치며 울었다. 사진을 집어 다시 상자에 넣으려다 멈칫했다. 밑에 작은 노트가 보였던 것이다. 꺼내보니 작은 일기장이었다. 손이 닿는 대로 펼쳐보았다. 가슴이 떨린다.

○월 ○일

오늘도 또 싸움이다.

이런 날은 오빠라도 있었음 얼마간 위안이 될 텐데, 오빠도 돈 벌어 공부하느라 고생이 많은데 나는 아무것도 아니다. 참으면 그뿐인걸. 참는 것? 참는 것은 어디까지가 한계일까? 더 이상 참을래야 참을 수가 없고 무심할래야 무심할 수가 없다. 나를 말려 죽이고야 말 것이다. 정말이지 어디 멀리 도망이라도 가고 싶다. 부모 자식이란 인연이 뭔지. 이 혐오스러운 상황에도 피붙이의 끊을 수 없는 사랑, 부모라는 성체 속에 뿌리내린 자식과 부모의 어쩔 수 없는 사랑을 나는 알 것 같다. 나 어찌 그를 짓밟고 떠날 수 있겠는가? 너무 괴롭다. 내가 무엇을 할 수 있는가? 시집이라도 가서 예쁜 아기 낳고 행복하게 살았으면 좋겠다. 그 이상 더 바랄 것이 없겠다. 욕심도 많다. 내가 무슨 복에?

민우는 쏟아지는 눈물을 손등으로 닦아내며 맨 뒤를 펼쳤다.

○월 ○일

벌써 그분이 가버린 지 두 달이 넘었다.

나는 그가 다시 돌아오길 바랄 수 없다는 걸 잘 안다. 처음부터 나는 그분이 언젠가 떠나리란 것을 알고 있었다. 어떻게 우리와 같은 집안의 여자와 결혼할 수 있겠는가? 단지 모른 척했을 뿐이다. 어머니가 몹시 좋아하는 사람이고 나도 우리 집 아닌 다른 곳이면 어떤 곳이라도 좋았기 때문이다. 그는 나를 짓밟고 바람처럼 사라져버렸다. 어리석게도 이곳보다 더한 고통이 있을 수도 있다는 것을 생각지 못했다. 그렇다고 해서 지금 내가 후회하는 건 아니다. 어차피 내 운명이 그렇게 고달프다는 것을 또 한 번 곱씹어 봐야 하나 보다. 어쩔 수 없는 내 운명이다. 다시 내가 누구를 사랑하리라 기대할 수 있겠는가? 이제 모든 것은 내게서 떠나버렸다. 이제 내게 남아 있는 것은 아무것도 없다. 오직 하나 남아 있는 내 생명을 스스로 끊어내는 것만이 행복이 될 것이다. 마지막으로 나를 무자비하게 짓밟던 악마의 손아귀를 스스로 잘라내는 쾌거를 맛보고 싶다. 아! 죽음 그곳은 어떤 곳일까? 분명 이런 곳은 아니겠지? 아! 이것도 한 인생이랄 수가 있는가? 아! 누가 무엇 때문에 나를 만들어 놓았단 말인가?

아래 하얀 공백을 드러낸 채 더는 없었다.

당시 하얀 공백 같았을 동생의 심정이 그를 하얗게 만들었다. 민우는 손에서 일기장을 떨어뜨렸다. 책상에 얼굴을 박고 흐느껴 울기 시작했다. 연숙은 어떠한 인간이라도 변할 줄 모르고 사랑한 아이다. 자기 스스로가 죽음에 이르기까지 고통을 겪으면서도 그들을 버리지 못하고 사랑한 아이의 말로다. 그렇게 죽어 가면서까지 늘 온화한 표정을 지어야 할 이유가 어디 있냐는 말이다. 어쩔 수 없는 운명이라고? 누가? 어느 것이 우리의 운명을 결정지어 놓는단 말이냐? 빌어먹을 운명이 우리와 악수하려 할 때 손가락 하나 내주지 말고 노려봐야 했다. 그러면 너에게 운명의 밧줄을 얽어매진 못했을 것이다. 반항이라고? 반항은 살아있는 생명체의 자랑이야. 죽음은 가장 큰 반항이라고 할 수 있지만 죽은 자의 반항은 소용없어. 눈에 보이지 않는 것은 잊히기 마련. 오히려 방해자가 없어졌다고 기뻐할 뿐이지.

그저 바라만 보고 노려봐야 했어. 그냥 지나가도록. 너나 나나 그렇게 살아가야 했어.

민우는 끝없이 흐느껴 울었다.

학교로 돌아간 민우는 차분히 앉아 공부하고 생각할 힘을 잃었다. 누구에게나 알 수 없는 조소 같은 미소를 흘리며 교정을 빙빙 돌았다.

그러다 지치면 벤치에 걸터앉아 무언가 심각히 생각해 본다. 그러나 머리에 떠오르는 것은 하나도 없었다. 공백 상태였다. 마치 뇌의 생각하는 기능이 상실된 것 같았다. 길거리를 서성거리며 걸을 때 지나가는 현상들도 아무 느낌이 없었다. 텅 빈 상태로 어떠한 자극에도 반응하지 않았다. 어떤 고통도 불안도 없었다. 편안했다. 이것이 방관의 자세인지 모른다는 희미한 생각이 그의 머리를 스치고 지나간다. 친구가 없는 그는 교정을 돌다 밖으로 나돌기도 했다. 사람들이 많이 들끓는 거리에 섞여서 무작정 걷는 것이다. 어지러운 간판들 아래 늘어선 상점들을 지나 화려한 옷차림을 한 아가씨들도 스치고 지나 허공에 가 머무는 눈길이 공허하기만 하다. 인기 많은 영화를 상영하는 극장 인파 대열에 서있다가도 다시 돌아서 나오고야 만다. 그러다 집에 온 줄 모르게 방에까지 들어서고 나면 맥이 완전히 풀려 주검 같은 잠에 빠지고 말았다.

미현은 이제 그의 상처를 더 보듬어줘야 한다고 생각했다. 처음 사랑하게 된 그를 그렇게 쉽게 놓아버릴 수는 없었다. 자신을 위해서나 그를 위해서라도 나중에 후회의 쓴맛을 삼키는 고통을 겪기 싫다. 처음처럼 끌다시피 해서 산에 올랐다.

"민우 저 아래 좀 내려다 봐."

미현은 산 아래 아름다운 동네를 가리켰다.

민우는 동네를 망연히 바라본다.

"이제 민우가 나를 어떻게 생각하든 나도 상관 안 할 거야. 그래도 오늘은 내가 민우에게 꼭 하고 싶은 얘기가 있어."

미현은 침을 꼴깍 삼켰다.

"여기서 보면 저 동네 집들이 한 덩어리로 보이지? 닥지닥지 붙어서 길도 하나도 안 보이고. 그런데 동네로 들어가서 보면 길이 이리저리 질서 정연하게 뚫려 있거든. 크고 좋은 집들 앞에는 넓은 길이 있고 후미진 구석에 있는 집으로 찾아가는 좁은 골목길도 있지. 처음 그 동네에 가보는 사람은 길을 제대로 찾지 못하고 막힐 수도 있지만 그 동네에 오래 산 사람은 밤에도 막히는 일 없이 어디든 다 찾아갈 수가 있거든. 그런데 모르는 사람은 여기서 바라만 보고 저 동네로 어떻게 내려가야 할지 까마득하고 두렵기까지 하거든, 그렇지 않아? 그러니까 멀리서 바라보고 생각하지 말고 직접 부딪쳐서 길을 찾아야만 길이 보인다는 거예요."

미현이 존댓말로 말을 끊었다. 민우의 속마음을 찾아보려는 듯 깊이 바라본다. 민우의 얼굴이 귀찮은 듯 곧 어둡게 구겨졌다.

"나보다 더 험악한 현실과 부딪쳐 몸부림치며 싸운 사람이 또 있겠어? 너무 잘 아니까 차라리 모른 척하고 외면하는 거지. 미현의 말은 합리적인 공상에 지나지 않아요."

민우도 존댓말로 정중히 마무리했다. 민우의 입가에는 씁쓸한 웃음이 오래도록 흐르고 있었다.

"그렇다고 해서 해결되는 게 있어? 민우 씨는 잘 모르고 막힌 듯한 골목에서 돌아서고 만 거야."

미현은 확신 있다는 듯 마지막 말에 힘을 콱 주었다. 그 말을 듣는 민우의 얼굴엔 더욱 씁쓸한 미소가 떠돌았다. 미현의 가슴에도 씁쓸한 바람이 휩쓸고 지나간다.

마지막 뿌릴 뽑자는 심산에선지 늦가을 비가 폭풍 때처럼 심하게 쏟아지고 있었다. 그녀가 모자 없는 레인코트 차림으로 머리에 빗물을 줄줄 흘리며 나타났다. 열린 방문 앞에 와 아무 말 없이 우뚝 서 있는 그녀를 보고 민우도 놀라지 않을 수 없었다.

"웬일이야?"

민우는 말을 더듬거리며 그녀를 바라보았다. 그녀의 팔에 걸쳐있는 또 하나의 레인코트가 무엇을 암시해 주는 듯했다. 미현은 그를 잠시 이윽히 바라보다 빨리 나오라고 손짓을 했다. 그녀의 심상치 않은 태도에 이끌려 밖으로 나온 그에게 미현은 레인코트를 입혀주었다.

"뭐야?"

민우는 뒤로 물러나며 말했다.

"비 맞으며 걷고 싶어서."

미현은 내리는 가랑비처럼 촉촉이 젖은 음성으로 말했다.

"뭐 시인들처럼 쎈치해 보자는 건가? 나는 별로인데."

민우는 그렇게 말했지만 늘 명랑하던 그녀의 얼굴이 몹시 침울해 보이는 것이 마음에 걸려 얼른 밖으로 나섰다. 둘은 묵묵히 걷기만 했다. 세찬 비바람에 젖어드는 몸이 떨렸다. 미현의 입술은 완전히 포도 빛으로 질렸고 창백한 이마로 흐르는 빗물이 범벅이 되어 울고 있는 듯했다. 안쓰럽다는 마음이 안개처럼 퍼진다. 미현은 말없이 장충단 공원으로 접어들었다. 공원에는 비 오는 날을 즐기려는 연인 한 쌍과 시인 타입의 청년이 삶에 절망한 듯한 얼굴로 비 오는 하늘을 바라보며 걷고 있었다. 나뭇잎에 떨어지는 빗방울 소리만 낙엽처럼 자욱이 깔린다.

"아이 추워. 좀 녹였다 가야겠네!"

미현이 쉴 만한 곳을 찾아 둘러본다. 멋진 소나무가 서있는 맞은편 큰 바위 밑에 파진 펑퍼짐한 자리가 보였다. 미현은 민우의 손을 잡고 그리로 뛰어갔다. 딱 붙어 앉아야 할 좁은 공간이었다. 민우가 망설이고 서있자 미현은 옆자리를 가리키며 빨리 들어오라고 손짓을 했다.

"여기. 우리 집 안방 같네."

이제 안심이 된다는 듯 미현이 환하게 웃으며 농을 했다.

"그럼 신발 벗고 들어가야 하나."

오랜만에 대거리해 주며 민우도 슬쩍 엉덩이를 디밀고 앉았다. 금방 추위가 가시는 듯했다. 그들은 땅에 떨어져 튀어 오르는 빗방울을 응시하며 다시 침묵에 빠져들었다.

"민! 우린 아직도 우리의 마음을 모른 척해야 해?"

절제하느라 나른한 그녀의 음성이 빗소리에 음악 소리처럼 퍼졌다. 그를 바라보는 눈망울 속에 눈물이 번지고 있었다. 지금까지 슬프고 괴로웠던 일이 그 눈물 안에 고인 듯했다. 민우는 자신도 모르게 미현을 와락 끌어안았다. 그녀의 입술을 더듬어가는 뜨거운 순간 불현듯 죽은 동생 연숙의 얼굴이 떠올랐다. 더는 그녀의 유혹에 끌려가서는 안 된다는 생각이 치솟았다. 방관의 자세 그 목적지를 향한 그의 의지는 줄기찼다. 그는 얼른 제자리로 돌아와 몸을 꼿꼿이 세웠다.

"우리 어리석은 꿈은 버립시다."

"뭐라구?"

미현이 놀라 민우를 쏘아보았다.

"본능을 사랑이란 아름다운 이름으로 포장해선 안 될 것 같아."

순간 민우의 입에서 냉혹한 말이 튀어나왔다. 사랑을 원하는 여자 앞에서 어떻게 그렇게 할 수 있었는지 민우 자신도 알 수 없는 일이다.

"아! 민! 아직도 날 사랑하지 않는다고 말하는 거야……?"

미현은 용수철처럼 튀어 올라 처음 보는 흉한 동물이라도 보듯 그를 쏘아보았다. 그러한 모습에 민우도 화가 치밀었다.

"솔직히 말해 나는 누구를 사랑할 만한 놈이 못 돼. 누구를 돌봐줄 능력도 없는데 사랑하는 것 같아 결혼해서 자식을 낳아 자식에게 불행을 안기고 싶지 않아. 그래서 항상 냉정하려고 해. 본능에 얽혀 요만한 자유마저 잃고 싶지 않아. 인간은 태어나지 않는 게 가장 행복하다고 생각하거든."

민우는 자신이 한 말에 믿음을 갖고자 빗방울을 매섭게 응시했다. 자기 이상을 향한 고집인지도 모른다. 보기 좋은 콧날을 보이며 삼십도 각으로 숙인 민우의 옆얼굴을 바라보는 미현의 마음은 잿빛이 되었다.

"영 벗어날 수 없는 병에 걸렸군. 잘못은 언제 어디서나 일어날 수 있는 거야. 어떻게 바라보고 상처만 쌓아가? 견디고 용서하며 이겨내는 것이지. 지난 건 다 잊어버려. 상처의 탑을 높이 쌓아서는 안 돼. 앞만 보고 가야 해."

미현은 나오지 않는 목소리를 온 힘을 다해 외쳤다. 그다음 모든 것은 그의 선택이라는 듯 뒤도 돌아보지 않고 미친 듯 폭우 속으로 뛰쳐나갔다. 순간 그녀를 아주 잃을지도 모른다는 두려운 감정이 그를 덮었다.

"미현! 미혀어언!"

민우는 반사적으로 미현의 뒤를 따라 빗속으로 뛰어갔다. 그러나 얼마 가지 않아 그는 주춤 서버렸다. 어차피 끝내야 할 사람이 아닌가? 정신을 차려야 한다고 생각했다. 빗속으로 아물아물 사라져 가는 그녀의 뒷모습을 지켜보는데 헤아리기 어려운 눈물이 흐른다.

"안녀엉!"

마지막 인사를 속삭여 본다.

얼굴에 흐르는 눈물을 빗물이 씻어 내리고 있었다. 모든 것이 하얗게 바래버린 것만 같다. 어딘가 빈 듯 허전하나 비로소 자신에게 돌아온 듯한 이상한 안정감이 흐르고 있었다. 이제까지 사람들과 미현을 멀리하고 방관하려 했던 일이 자신으로선 사랑의 한 표현이 아니었나 하는 생각이 들기도 한다. 민우는 두 손으로 얼굴을 가리고 가슴속에서 들끓는 생각을 눈물로 쏟아내고 있었다.

졸업 후 민우는 한가한 시골로 들어가 초등학교 교사가 되었다. 교사가 좋아서 택한 것은 아니다. 오히려 그 반대다. 선생들은 공부 잘하고 예쁜 부잣집 애들만 좋아한다. 눈앞에서 알랑방귀 뀌는 애들만 살피면서 모든 학생을 바르게 행동하는 사랑의 존재로 키운다고 말하는 이중인격자라고 생각했다. 단지 시골 아이들은 대체로 순직한 편이어서 그의 신경을 별로 자극하지 않을 것이란 생각에서 결정한 일이다. 민우는 아이들에게 오직 지식만을 가르칠 생각이다. 도덕적인 면에서도 선악의 기준만을 가르치려 했다. 다른 것들은 그들 스스로 찾아서 살아가야 한다고 생각했다. 선생의 판단이 잘못 내려질 경우엔 오히려 씻을 수 없는 큰 상처를 주기 때문이다. 선생에겐 학생들을 간섭할 아무 자격이 없다고 생각했다. 그래서 무식하고 마음 좋은 시골 학부형들이 그에게 모든 권한을 내주고 머리를 조아리는 데 질색하고 짜증이 났다. 그는 아이들이 싸워도 통 간섭을 하지 않았다. 사태가 급하다고 달려와 말하는 애들에게도 "가서 싸우는 것이 좋으냐고 생각해 보라고 해" 하고 말할 뿐이었다.

싸우는 애들에겐 그런 말이 들릴 리 없었다. 선생님의 이런 태도 무관심 때문에 그의 반은 늘 힘 있는 못된 놈들이 판을 치고 시끄러웠다.

그러던 어느 눈 오는 날 눈싸움을 하던 중 한 놈이 눈에서 피를 흘리며 쓰러지고 말았다. 한 녀석이 미운 놈에게 돌에 눈을 싸서 던진 것이 바로 눈두덩에 맞고 말은 것이다. 하얀 눈이 덮인 운동장에 붉은 선혈이 퍼졌다. 사무실에서 눈이 내리는 하늘을 바라보고 있던 민우는 가슴이 철렁했다. 달려 나가지 않을 수 없었다.

'이것은 나 때문이야. 내 잘못이야.'

그는 아이를 업고 병원으로 달렸으나 병원은 너무 멀었다. 치료를 받았으나 시력을 잃고야 말았다. 그는 사표를 내기로 했다. 무관심은 자신의 문제와 혼자만의 해결책이었을 뿐 어떤 사고를 방지하는 것도 책임을 면할 수 있는 것도 아니었다. 무관심은 적극적이 아니고 사랑이 없는 것이다. 귀찮고 서툴더라도 관계를 갖고 올바로 가르쳤어야 했다. 아무에게도 따듯한 인사를 받지 못하고 교무실을 나오는 그의 뒤통수가 시리다. 몸이 하얗게 바래버리는 것만 같았다. 고독을 사랑했던 그였지만 아니 고독을 사랑했다기보다 고독한 자신을 바라보고 구경하기를 좋아했다는 표현이 더 맞을 것이다. 그런 그가 지금은 누군가 마음을 터놓고 얘기할 수 있는 사람이 그리워진다.

저물녘 어두운 하늘을 바라보며 민우는 천천히 발길을 옮긴다. 세찬 겨울바람이 온몸에 가는 회초리처럼 매질을 해댄다.

"잘못은 언제 어디서나 일어날 수 있는 거야. 어떻게 바라보고 상처만 쌓아가? 견디고 용서하며 이겨내는 것이지. 앞만 보고 가야 해."

바람결에 미현의 음성이 뚜렷이 들려왔다. 민우는 한 대 맞은 듯

머리가 몹시 아팠다. 그는 머리를 감싸고 급히 셋집으로 향했다. 늙은 어머니와 삼십이 넘은 아들이 근근이 살아가는 집이었다. 아침에 출근하려는데 노모가 아들이 배가 아프니 학교에서 소화제 좀 갖다 달라고 부탁한 일이 생각났다.

"아아! 아이그!"

집에 들어서니 어두운 방 안에서 신음 소리가 흘러나왔다.

"얘야, 그래도 이 약쑥 물 다린 것 좀 더 먹어봐. 선상님이 곧 약을 가지고 올 게야."

뒤이어 노모의 애타는 소리가 들렸다. 그 소리에 떠밀리듯 민우는 방문을 열고 안으로 들어갔다. 흐린 전구 불빛에 초주검이 된 남자의 모습이 흔들거리고 있었다.

"어디가 많이 아프세요?"

민우는 노모를 밀어내며 환자에게 다가갔다. 환자는 오른쪽 배를 잔뜩 움켜쥐고 몸을 뒤틀었다. 퍼뜩 맹장이다 하는 생각이 들었다. 어제부터 아프기 시작했으니 시간이 촉박했다.

"빨리 병원엘 가야겠어요. 가만히 계세요. 내가 사람을 하나 데려올게요."

민우는 방관하던 자세를 잊은 채 할머니를 안심시켜놓고 밖으로 뛰어나갔다. 옆집 청년에게 부탁해 들것을 마련해 오는 데 시간이 꽤 걸렸다. 노모가 좇아오려는 것을 간신히 말려 놓고 저물녘 산길을 달려서 병원에 도착했다. 막 퇴근하려던 의사를 잡을 수 있어서 민우는 긴 안도의 숨을 내쉬었다. 의사는 환자를 진찰하더니 고개를 의심스럽게 갸우뚱거렸다.

"뭐죠? 위험한가요?"

민우는 다급하게 재우쳐 물었다.

"맹장인데 터진 게 아닌가 싶네요. 빨리 수술을 해야 되겠습니다. 보호자십니까? 위험할 수 있는데, 동의하시죠? 수술 수속을 밟으세요."

의사는 민우가 당연히 보호자인 줄 알고 말했다.

"제가 보호자는 아니지만 책임지겠습니다."

민우는 망설임 없이 말했다.

"그건 안 되는데요. 환자와 어떤 관계죠?"

의사와 간호사는 환자를 급히 이동하려다 말고 딱 멈춰 서서 민우를 쏘아보았다.

"보호자는 노모 한 분뿐이고 저는 그 댁에 세 든 ○○초등학교 교사입니다. 환자가 사경을 헤매니 제가 책임을 지려는 것입니다."

민우는 인상을 쓰고 퉁명스럽게 말했다. 초등학교 교사라야 신원이 확실해서 해 줄 것 같아서 그렇게 말했지만 하필 오늘 사표를 낸 것이 마음에 걸렸다. 하지만 사표 수리가 된 것이 아니니 아직 교사가 맞긴 맞는 것이다.

"그럼 이리 오세요."

간호사가 신분증을 받고 까다롭게 수속을 처리해 주었다. 수술은 잘 끝났다. 조금만 더 늦었어도 큰일 날 뻔했다고 했다. 이튿날 환자가 좀 회복된 것을 보고 민우는 병원을 나섰다. 눈보라가 검은 외투깃 속으로 파고들었다. 전선 줄이 바람을 타고 흐느끼는 소리. 상고대 눈꽃이 뒤덮인 숲속에서 춤추는 햇살을 받으며 걷고 있자니 참으로 마음이 개운했다. 왠지 수술비 걱정도 그리 크지 않았다. 당장 안 되면 다시 한번 사정해 보고 또 환자가 알아서 어떻게 해 볼 수도 있는 일이다. 서로 이해하고 통하려면 얼마든지 통할 수 있는 인간관계의 일인 것이다. 그런데 그런 인간관계를 모두 끊어 내려 했던 자신의 어리석음에 가슴이 한없이 시려 왔다.

"민! 당신은 막힌 듯한 골목에서 돌아서고 만 거예요. 사실 그곳은 아주 막힌 곳이 아니에요."

산 위에서 말하던 미현의 소리가 바람 소리에 묻어왔다. 불현듯 그녀가 못 견디게 그리워진다.

어느덧 집에 도달했다. 초조하게 기다리고 있던 노모가 혼자 나타난 민우를 보고 불안하게 바라만 보았다.

"맹장 수술을 했는데 수술이 잘 됐대요. 며칠 입원하고 있으면 깨끗이 다 나으니 아무 걱정하지 마시고 이따가 가 보세요."

민우는 얼른 노모를 안심시켰다. 그래도 노모는 궁금증을 참지 못하겠다는 듯 꼬치꼬치 물어댔다. 모든 것을 다 듣고 난 후에 노모는 병원비는 걱정하지 말라고 온몸에 힘을 주며 말했다.

"내가 그동안 선상님이 주는 방세는 하나도 안 쓰고 차곡차곡 모아 두지 않았겠소. 아들 장가갈 때 쓰려고 했는데 아들 살리는 데 쓰는구먼. 그래, 더 좋지."

할머니는 몹시 행복하게 웃어 보였다. 할머니랑 마음이 통했나 보다.

우주의 기운은 마음먹는 대로 길을 돌리는 것이 아닌가 싶다. 어딘가 해탈한 기분이 든다.

민우는 오랜만에 행복한 미소를 띠고 푹 자려고 자기 방문을 열고 들어갔다. 앉은뱅이책상 위에 크리스마스카드 같은 예쁜 봉투가 하나 얌전히 놓여 있었다. 무심히 집어보니 미현이 보낸 청첩장이었다. 순간 민우의 심장은 멈추고 온몸이 바싹 굳어버리는 것 같았다. 그녀에게 청첩장을 받을 것이라고는 한 번도 생각해 본 적이 없다. 민우는 깊은 심호흡을 한 뒤 정신을 차리고 천천히 청첩장을 열어보았다.

신랑 김가상金假想

신부 이미현李美賢

이 두 사람은 서로 사랑하여 한 가정을 이루려 합니다.

부디 오셔서 축복하여 주십시오.

드디어 미현이 아주 가버리는구나 싶었다. 신랑이 누군가 다시 바라보니 희한한 이름이다. 그는 맥이 풀려 방바닥에 주저앉았다. 조금 전 병원에서 오던 길 바람결에 묻어오던 미현의 목소리를 듣고 얼마나 그리워했던가? 청첩장보다 먼저 찾아와서 나를 바라보고 있었는가? 곧 찾아보리라 마음먹었었는데……. 이젠 다 틀린 일이다.

내가 가라고 놓아 준 사람을 이제 어찌할 수 있단 말인가?

아! 내가 보낸 사람을…….

민우의 가슴 깊은 곳에서 진한 후회의 눈물이 쏟아져 내렸다. 무릎 위로 떨어진 청첩장이 미현의 얼굴처럼 눈물 흘리는 그의 눈을 지켜보고 있다. 화려하게 장식한 청첩장 속에는 막 날아오를 것 같은 작은 종이학 한 마리가 앉아 있었다. 민우는 얼른 종이학을 집어 펼쳐 보았다.

"나는 이제 내가 사랑하는 사람보다 나를 사랑해 주는 사람을 좋아할 거예요. 혼자 하는 사랑은 너무나 외롭고 슬퍼요. 사랑은 서로 좋아하고 서로 희생하고 기뻐하는 거죠. 민의 방관의 자세는 내 사랑으로도 어쩔 수가 없었어요. 사랑하는 어여쁜 사람 만나세요.”

민우는 종이를 움켜쥐고 멍청히 천정을 쳐다보았다. 처절하게 복수를 당한 기분이다. 미움보다 모든 것을 잃었다는 절망감이 휩쓸었다. 자신도 모르는 가운데 미현은 그에게 희망적인 존재였던 모양이다. 민우는 숨이 막힐 것만 같았다. 낮은 쪽방 문을 열어젖히고 뛰쳐나갔다.

“민! 미이인.”

깊은 어둠에 잠겨 휘몰아치는 눈 폭풍 속에서 그를 애타게 부르는 소리가 들려왔다. 퍼뜩 보이던 그녀의 보랏빛 옷자락이 바람결에 휘말려 사라져 버린다.

“미현! 미현아!”

그는 미현의 이름을 부르며 자꾸 달렸다. 차가운 바람이 그녀의 새하얀 손길처럼 그의 뺨을 매섭게 때리며 스쳐간다.

“내 이름을 왜 불러? 더 이상 희극을 벌리진 말아. 지성으로 비굴하게 합리화시키고 바라만 보는 비겁자! 어떤 위선자보다 더 간악한 위선자!”

그녀의 차디찬 음성이 바람 속에서 맴돌고 있다.

“미현! 미현아!“

민우는 어두운 하늘을 향해 미친 듯 소리치며 달렸다.

“호호호! 하하하!”

캄캄한 어둠 속에서 부는 바람 소리가 고소하다고 놀리는 웃음소리처럼 들렸다. 놀려도 좋았다.

“미현아! 사랑한다. 사랑해.”

민우는 크게 소리치며 달렸다. 교회의 돌담 문에 부딪칠 때까지.

어둠 속으로 끝없이 뻗어 나간 돌계단 위에서도 그녀의 웃음소리와 말소리가 맴돌고 있었다. 그 위 교회의 첨탑 십자가 위에서. 민우는 온 힘을 다해 돌계단을 오르고 또 올랐다.

몸이 꼼짝할 수 없게 얼어왔다. 민우는 두 손으로 얼굴을 비비며 눈을 치떴다. 어둠 속을 깊이 응시한 채 자신에게 고백하듯 중얼거리기 시작했다.

무無, 무! 나는 아무것도 아닌 인간 허수아비가 되기를 원했던 것이야. 안정된 행복한 삶이란 괴로움을 이겨나가는 사람에게 오는 것. 상처가 두려워 아무 행동도 하지 않고 방관하려는 것은 옳은 태도가 아니다. 더욱 행복한 삶은 될 수가 없다. 이제 내가 해야 할 한 숙제가 남아있다. 내일 그녀의 결혼식에 가서 축복해 줘야 하는 일이다. 모든 잘못은 그녀를 사랑하면서도 거부한 자신의 어리석음 때문이고 아직도 여전히 언제까지나 사랑한다는 것을 보여줘 그녀의 상처를 씻어줘야 한다.

그는 마음을 가다듬고 천천히 일어나 집으로 향했다.

그녀의 결혼식장은 그들이 학창 시절 가끔 나가던 교회였다. 평일 오후여서인지 결혼식장은 너무 조용했다. 그녀의 개성에 맞게 단출한 결혼식인가 보다. 이상하게 가슴이 뛰기 시작했다. 교회 안으로 들어서니 십자가 앞에 드레스를 입은 신부와 목사님이 서 있었다. 신랑도 안 보이고 다른 하객도 전혀 안 보인다. 의문의 안테나가 활발히 작동하며 바싹 긴장이 되었다. 그와는 상관없이 미현의 얼굴에 흰 장미꽃 같은 미소가 피어나고 목사님의 얼굴이 환히 빛났다. 드레스를 입은 미현의 모습은 황홀하도록 아름다웠다.

"축하해요."

민우는 미현의 앞에 가서 겨우 한마디 하고 손을 내밀었다.

"어서 와요."

미현은 새색시답게 차분한 음성으로 민의 손을 잡으며 말했다. 그를 바라보고 웃는 모습이 함박꽃처럼 화사하다. 결혼이 무척 행복한 모양이다. 그런데 신랑은 도대체 왜 안 보이는 것일까? 의문이 사라지질 않았다.

"거 보세요. 목사님! 제가 꼭 올 거라고 하지 않았어요."

미현이 민우를 이윽히 바라보고 팔짱을 끼며 말했다.

"어, 신랑 신부 잘 어울리는데."

미현의 말에 목사님은 너털웃음을 쏟아내며 말했다.

"어서 오세요. 신랑 김가상 님! 목 빠지게 기다렸습니다."

목사님은 그제야 상황을 파악한 민우의 팔을 잡고 똑바로 눈을 직시했다.

"이 결혼식은 하나님께서 예비하시고 축복하시는 사랑의 서약이 될 것입니다. '예!' 하시겠습니까?"

목사님은 근엄하게 말했다.

민우는 몹시 당황했다. 군에서 보초 설 때 보던 환상이 아닌가 싶다. 그러나 곧 모든 것은 미현이 사랑과 믿음으로 기획한 일이라는 것을 깨달을 수 있었다. 하늘에 무지개가 뜨고 가슴에서 폭죽 터지는 소리가 펑! 펑! 들렸다.

"예! 그렇게 하겠습니다. 감사합니다!"

민우는 커다랗게 소리쳤다.

출판 기념 사진

몇 년 전 우리 본당에 중년의 멋진 주임신부님이 계셨었다. 우리나라 가톨릭계에서 유일하게 영국에서 박물관학을 공부하신 분이시다. 본당에 오시자마자 우리가 무심히 보아오던 성화聖畫에 대해서 잘 알려주었다. 성화는 유럽에서 글을 잘 모르는 사람들이 많던 시대에 그림으로 복음을 알기 쉽게 가르친 것이라 한다. 그러므로 성화는 복음이 전하는 메시지를 우리가 눈으로 직접 보고 쉽게 배울 수 있는 것이다. 지금도 성화를 보고 해설을 통해 이해한 뒤 강론을 들으면 더욱 깊이 복음을 이해할 수 있게 된다고 했다. 신부님은 스크린을 설치해서 보여주고 하나하나 자세히 설명해 주어서 신자들의 지식과 믿음을 깊게 해주었다.

그러고 보면 어딘가 신부님은 고리탑탑하게 보일 것 같지만 주임신부님은 아주 세련된 분이셨다. 외모도 특출했다. 흰 피부에 큰 눈,

곱상한 얼굴이 아주 인상적이었다. 그 얼굴에 흰 로만 칼라로 받쳐 입은 검은 신사복은 영국 신사처럼 보이게 했다. 항상 먼지 하나 나오지 않을 것같이 깔끔하고 신선한 모습이었다. 아침마다 성당 마당 화분에 물을 주는 작업을 할 때도 신부님은 멋진 모자에 패션모델 같은 차림이었다. 신자들은 그 모습이 상당히 낯설었지만 신기하기도 하고 아름답게 보이기도 했다. 신자들은 창문으로 그 모습을 내다보고 모두 행복한 미소를 지었다. 신부님의 모습은 어디서나 눈에 띄었다.

언젠가 종교 간의 일치라고 할까 친화를 위해서 길상사에 성모마리아 상을 세워 놓게 되었다. 신부님은 그 성모님을 보자고 신자 몇 명을 데리고 간 적이 있었다. 사찰 마당 한가운데 서계신 성모님은 참 이색적이고 아름다웠다. 어쩌다 불가에 와 계시게 된 성모님은 좀 낯설고 외롭게 보였다. 너무 많이 달라서 눈에 더 뜨이는 것 같았다. 그 다름이 사찰 마당에서 더욱 화려하게 빛나고 있는 것이다. 다르다는 것도 결국 한 뿌리인지 모른다. 초록빛 잎 사이에서 대궁이 올라와 전혀 상상할 수도 없는 색색의 아름다운 꽃을 피우듯이 징그러운 애벌레에서 하늘을 나는 아름다운 나비가 나오듯이, 다르다는 것은 결국 한 나무의 가지 같은 것이 아닐까 하는 생각이 든다. 다르다는 것으로 편 가르고 서로 싸워서는 안 될 것 같은 생각이 슬며시 우리들의 마음속으로 스며들기 시작하였다. 신부님은 달항아리처럼 고우신 성모님을 작가의 시선으로 이리저리 살펴보고 열심히 설명을 해주셨다. 우리는 그저 절에 성모님이 서계시다는 것이 마냥 기뻐 함박꽃 같은 미소를 날릴 뿐이었다.

신부님은 자리를 이동하며 길상사가 있게 된 유래에 대해 말했다.

"이 길상사는 원래 요정이었어요."

"네에?

근데 어떻게?"

신자들이 눈을 크게 뜨고 놀랐다.

"대원각이라는 유명한 요정이었지. 김영한이라는 기생 출신의 여자가 주인이었는데, 그 여자가 법정스님의 『무소유』란 책을 읽고 감동해서 당시 1,000억 원이 넘는 이곳을 시주했대요. 고마움에 그분이 죽은 다음 절에서 사당을 하나 세워주었다더군. 그곳에 가 보자구."

"불심이 얼마나 대단하면 그 많은 재산을 고스란히 다 내놓았을까요."

"그 여자는 남편도 자식도 없었나 봐요."

"기생이었다고 하지 않아."

"옛날에 대원각 유명했잖아."

"대원각을 해서 돈 엄청 벌었나 보다."

김영한에 대하여 잘 모르는 사람들이 감탄과 의문스러운 말을 한마디씩 했다.

"음! 그곳에 가면 로미오와 줄리엣 같은 사랑 얘기도 비석에 새겨져 있어요."

신부님은 묘한 여운을 남기며 싱긋이 웃어 보였다.

함흥여자고등학교에 영어 교사로 있던 백석 시인이 회식 자리에서 만난 기생 김영한과 사랑에 빠져버렸다. 다른 여자와 결혼하라는 아버지의 명을 거역하고 만주로 도망갔다 오니 6·25사변이 터졌다. 남쪽으로 내려가게 된 영한과 영원히 이별을 한 채 서로 그리워하다가 죽었다는 사랑 이야기.

웬만한 사람들은 다 알고 있었지만 우리들은 아무도 모르고 있었다. 우리들은 신부님이 무슨 사랑 얘기를 꺼내는가 싶어 몹시 궁금했다.

사당으로 가는 길엔 때마침 상사화가 활짝 피어 너른 언덕을 붉게 뒤덮고 있었다. 무언가 아릿한 사랑의 모습이 우리를 설레게 했다.

"음! 저기 사당이 보이네."

신부님이 가리키는 왼쪽을 보니 맑은 물이 흐르는 개천 위에 얹힌 작은 다리 옆에 작은 사당이 보였다. 사당 앞에는 아담한 검은 비석이 서 있었다. 김영한의 공덕비와 백석의 시비였다. 우리는 각자 자유롭게 가까이 가서 사당을 보고 공덕비와 시비를 읽었다. 시를 좋아하는 나는 한 자도 빼지 않고 천천히 읽어 내려갔다.

「나와 나타샤와 흰 당나귀」

가난한 내가
아름다운 나타샤를 사랑해서
오늘 밤은 푹푹 눈이 나린다

나타샤를 사랑은 하고
눈은 푹푹 날리고
나는 혼자 쓸쓸히 앉어 소주를 마신다
소주를 마시며 생각한다
나타샤와 나는
눈이 푹푹 쌓이는 밤 흰 당나귀를 타고

산골로 가자 출출이 우는 깊은 산골로 가 마가리에 살자

눈은 푹푹 나리고
나는 나타샤를 생각하고
나타샤가 아니 올 리 없다
언제 벌써 내 속에 고조곤히 와 이야기한다
산골로 가는 것은 세상한테 지는 것이 아니다
세상 같은 건 더러워 버리는 것이다

눈은 푹푹 나리고
아름다운 나타샤는 나를 사랑하고
어데서 흰 당나귀도 오늘밤이 좋아서 응앙응앙 울을 것이다

표현은 좀 예스러워도 눈 내리는 겨울 풍광이 영상처럼 보인다. 눈 내리는 깊은 숲속에서 한 쌍의 새가 사랑 노래를 부르는 것 같은 느낌의 시다. 사당을 맴도는 바람결에 시의 운율이 떠도는데 다리 건너 길목에서 승복을 입은 펑퍼짐한 보살님이 우리를 유심히 바라보고 서 있는 것이 보였다. 우리가 미소로 답례를 하고 보니 보살님의 시선은 우리가 아니라 우리 영국 신사 신부님한테 완전히 꽂혀 있었다. 바라보고 좋아하는 건 자유이지만 어울리지도 않는데 싶었다. 자기가 무슨 김영한이라도 되고 신부님이 백 시인이라고 착각이라도 하는 모양인가? 우리는 서로 저 보살님을 보라고 손가락질하며 시큰둥하게 웃었지만 보살님은 우리가 전혀 안 보이는 모양이다. 석불이라도 된 것 같다. 심상치 않다.

"신부님! 다 봤어요. 이제 가요."

우리는 멋진 영국 신사가 신부님이라는 것을 알리기 위하여 일부러 커다랗게 소리 질렀다. 우리가 우르르 다리를 건너기 시작하자 보살님의 얼음 조각이 녹아내리고 천천히 걷기 시작한다.

우리는 신부님을 구해 낸 것같이 기뻤다.

"감히 누굴, 쯧쯧!"

나이 많은 자매가 혀끝 차는 소리가 들렸다. 그 정도의 멋진 신부님이었다.

신부님은 지적 외모뿐 아니라 사랑이 더욱 빛났다. 신부님의 자연에 대한 사랑은 교회를 아름답고 빛나게 만들었다. 교회를 꽃동산으로 만들었다.

원래 우리 성당 앞마당에는 담 밑으로 아름드리 느티나무와 벚나무가 있고 정문 옆에는 멋진 소나무 주목나무가 서있다. 분홍장미꽃이 울타리를 둘러싸 아름답게 피고 성모상 앞에는 철쭉과 함박꽃이 소담스럽게 핀다. 그 옆 나무 아래로는 맨땅이었다. 신부님이 오셔서 그 빈자리에 백합이나 그 계절에 나는 예쁜 꽃들로 그림처럼 펼쳐놓았다. 성당 주변 어디나 철철이 변하는 꽃을 심고 사무실이나 교육관 주변에도 빈자리 없이 화분을 놓아두었다. 옆 정원에도 호두나무, 감나무, 대추나무, 꽃사과, 백일홍나무, 향나무 같은 귀한 나무들이 적요 적소에 자리를 잡고 서서 열매를 맺어 자태를 뽐냈다. 정원 가운데는 조각품을 곁들인 어항에 수꽃까지 드리워 있었다. 그 주변에는 탁자와 벤치가 놓이고 파라솔이 꽂혀 있다. 성당은 참으로 도심 가운데 숲속 같았다. 신자들은 도심 속에서 아름다운 자연을 만끽하며 여유롭고 행복하게 지냈다. 믿지 않는 사람들까지 성당이 아름답다고 와서 쉬곤 했다. 그 모든 것 가꾸는 것이 쉽지 않건만 손수 새벽에 일어나 하셨다. 우리는 신부님이 그렇게 일하는 모습이 보기 좋았다. 그래도 신부님이 너무 고생하시는 것 같아 미안했다.

"신부님! 우리는 꽃밭 정원에서 사니까 행복한데 신부님이 너무 고생하시는 것 같아요."

우리가 지나가며 미안해서 한마디 하면,

"아녜요. 덕분에 나도 너무 행복해요."

신부님은 활짝 웃으며 말했다.

"이거 다 하고 나면 사제관에 올라가 형님 신부님한테 보고해야 해요. 그래야 형님이 기뻐하세요."

우리는 신부님의 화목한 형제애가 전달돼 빙긋이 웃어 보였다. 신부님은 3형제가 신부인데 우리 신부님이 막내다. 첫째는 유명한 학자 신부님이고 둘째 형님이 경상도 교구인데 막내를 끔찍이 챙기셔서 일일이 헤아리고 지시한다고 했다. 그 신부님은 우리 본당에 한 번도 온 적이 없지만 우리 본당의 정원을 환히 아시고 어디에 무슨 나무가 있다는 것까지 다 안다고 했다. 우리 본당은 두 신부님의 사랑과 보살핌으로 점점 천국이 되어가는 것 같았다.

신부님의 신자들에 대한 사랑도 각별했다. 더운 때는 마당에 얼음물을 내놓고 오고 가는 신자들에게 마시게 하였다. 일주일에 한두 번씩은 꼭 무슨 핑계를 대든지 정원에 식혜와 떡을 내놓고 시원한 수박을 썰어 내주었다. 신자들은 매일 잔치에 초대된 것 같아 참으로 기쁘고 행복했다. 이렇게 여러 면으로 항상 친절하고 사랑을 많이 베풀어 주시는 신부님이어서 모두 좋아했다.

그러한 신부님이 본당을 떠나시게 되었다. 그렇게 좋은 신부님이 왜 가시냐, 더 계시면 되지 않냐 하겠지만 천주교는 신부님이 한 본당에 계시는 임기가 5년이어서 더는 계실 수가 없다. 그건 교구의 방침이다. 신학교 때 철저히 교육을 받았어도 신부님들도 인간이라 성격이 다 다르고 장단점이 있게 마련이다. 그래서 신자들에게 호불호가 생기게 되는데 상호 간의 불만과 피해를 해소시키는 방책인 것이다. 사실 신부님이 바뀔 때마다 본당의 신자들은 한 왕조가 변하는 것 같은 시기를 겪는다. 우리 본당도 신부님이 떠나고 새 신부님이 오시더니 그 아름답고 좋은 정원을 싹 밀어버리고 시커먼 콜타르로 바닥을 덮어버리고 주차장을 만들어버렸다. 나무 때문에 모기가 들끓어 잠도 잘 수가 없고 밤에는 동네 부랑아들도 모여들고 주차장이 부족하다는 이유였다. 신자들한테는 한마디 의논도 없이 사목회하고 벌인 일이었다. 신자들은 도심의 숲속 같던 정원이 한없이 그립고 시커먼 주차장이 너무 싫었다. 가신 신부님이 너무 그리웠다.

신부님이 떠난 지 1년이 넘었다. 우리는 신부님의 영명축일(세례명의 성인을 기념하는 날)에 찾아뵙기로 하였다. 신부님은 이번에 본당을 맡지 않아 챙겨드릴 사람도 없어서 더 적적할 것 같았다. 신부님을 가장 아끼고 돌봐주시던 둘째 형님 신부님까지 얼마 전에 돌아가셨다고 하니 참으로 외로우실 것 같았다. 신부님이 외로움을 타서야 쓰겠냐 하면 할 말이 없을 것 같기도 하지만, 하느님도 아마 가장 인간적인 인간을 사랑하지 않을까 싶다. 우리는 케이크와 꽃다발을 안고 명동에 있는 사무실로 찾아갔다. 신부님은 어린이처럼 무척 반가워하셨다.

"나를 아들처럼 돌봐주던 형님 신부님이 돌아가시니 마음이 참

울적했는데 이렇게 찾아와 주어서 참 기뻐요."

신부님은 눈물이 어리는 눈을 깜박이며 웃어 보였다.

"얼마나 마음 아프시겠어요?"

"얼마나 외로우실까?"

우리도 마음이 아프고 쓸쓸해들었다.

"그렇게 외롭진 않아요. 나한텐 하느님이 계시니까. 그래도 옛날 일이 자꾸 생각나네요."

신부님은 가는 한숨을 내쉬었다.

"그러시죠. 당연한 일이죠."

우리는 열심히 위로하려 했다.

"우리 형님도 참 대단하셔."

신부님은 옛일이 생각나는 듯 잠시 허공을 바라보더니 밝은 얼굴로 얘기를 시작했다.

"내가 영국에 유학 가 있을 땐데 형님이 찾아오셨어요. 그래서 형님한테 맛있는 거를 대접하고 싶어서 형님! 뭐 먹고 싶으세요 하고 물었잖아. 그랬더니 형님이 돼지 족발이 먹고 싶으시다는 거야."

"네에? 돼지 족발은 한국에서 잡수실 일이지 왜 영국에 가서 잡수시겠대요."

우리는 신부님의 말을 자르고 소리치며 깔깔대고 웃고 말았다.

"그러게 말이에요. 나도 참 어처구니가 없었지만 어떻게 해요. 형님이 먹고 싶으시다는대. 할 수 없이 고깃집에 가서 돼지 족발을 사가지고 왔죠."

"네에?"

들을수록 더욱 놀랍고 가관이었다.

"신부님이 족발을 만들려고요?"

"족발 만들 줄 아세요?"

우리는 눈과 입을 커다랗게 벌리고 신부님을 쳐다보았다. 거기 있는 우리 여자들도 족발을 만들 줄 아는 사람은 하나도 없었다. 신부님의 요리 실력이 대단하다는 것은 우리도 잘 알고 있다. 추석 때나 설날은 주부들이 고향에 가거나 자기 집 일이 바빠서 봉사하기가 매우 어렵다. 그래서 신부님이 직접 성당 차례상에 올릴 전을 부쳐서 올린다는 것을 알고 있기 때문이다. 아무리 그래도 족발을 만들 정도는 아닌 것 같았다.

"그냥 뭐 어떻게 만들면 되지 않을까 싶었던 거죠."

신부님은 담담히 말했다.

"아휴! 그게 어디 그렇게 쉬운가요?"

우리들은 머리를 절레절레 흔들었다.

"그런데 사가지고 온 족발을 형님이 보시더니 족발은 암퇘지 족발이 맛있는데 이건 수퇘지 족발 같다는 거예요."

우리들은 신부님을 어처구니없게 바라보았다.

"그래서 족발을 들고 다시 고깃집에 가서 이게 수퇘지 족발이냐고 물었죠. 그리고 암퇘지 족발로 달라고 했죠. 그랬더니 고깃집 주인이 화가 나서 다른 족발을 하나 들고나와 내던지며 너 같으면 어떤 게 암퇘지 족발이고 수퇘지 족발인지 구별할 수 있겠냐고 소리치데요."

결국 우리들은 모두 폭소를 터트리고 말았다. 그 장면이 떠올라 너무나 우스웠던 것이다. 신부님도 함께 웃으며 한참 말을 잇지 못했다.

"그래서 다시 그 수퇘지 족발을 들고 와서 족발을 만들어 드렸죠."

"신부님 참 대단하시네요."

전설 같다. 우리는 넋 놓고 신부님을 바라보았다.

"그래, 맛있다고 하시던가요?"

"한국에서 먹는 것만은 못해도 맛이 꽤 괜찮다고 하면서 잘 먹데요."

신부님은 만족한 표정으로 싱긋이 웃어 보였다. 우리도 기뻐서 어린이들처럼 박수를 쳤다. 그러나 신부님의 표정은 곧 그리운 회상에 젖은 외로운 얼굴이 되었다. 한 지체 같던 분이 다시 볼 수 없게 이 세상에서 완전히 사라진 것이다.

"여러분한테 줄 좋은 선물이 있어요."

신부님은 분위기를 바꾸려는 듯 벌떡 일어나더니 기다란 테이블 위에 싸인 책 옆으로 가 앉았다.

"이 책을 여러분들한테 한 권씩 줄 건데 한 사람씩 사인해 줄게요."

신부님은 표지에 MISERERE(불쌍히 여기소서)라고 쓰여 있는 책을 들어 보이며 말했다.

"이 책은 우리 3형제 신부가 살아 있을 때 기념으로 만들자고 기획한 책이에요. 큰형님은 서강대학 성서학자시니까 신학적 해설을 하고 둘째 형님은 사랑이 많아서 묵상을, 저는 그림 쪽을 맡아서 하기로 했었는데 둘이서 하게 된 것이죠. 'MISERERE, 불쌍히 여기소서'를 주제로. 조르주 루오의 판화를 왼쪽에 두고 오른쪽은 간단히 신학적 해설을 했어요. 아무 곳이나 펼쳐보고 묵상하기에 좋은 책이니까. 옆에 놔두고 틈나는 대로 보면 좋을 거예요."

신부님은 자세히 설명을 해주고 한 사람씩 사인을 해주었다. 책 사이에는 출판 기념으로 두 분이 나란히 앉아 찍은 사진이 책꽂이로 끼어 있었다.

우리는 모두 사진을 꺼내 보았다.

근엄하기로 유명한 형님 신부님이 환하게 웃고 계셨다. 그런데 송곳니 다음 어금니가 빠져서 시커멓게 드러나 어딘가 바보스러웠다. 노상 환하게 웃는 우리 본당 신부님은 입을 꾹 다문 채 입 끝만 올라가서 참 어색해 보였다. 우리는 웃음이 나와서 소리 없이 피식피식 웃었다.

"그런데 사진이 왜 이래요? 신부님!"

솔직 명랑한 한 여자가 말했다. 의아하게 바라보고 있는 우리에게 신부님이 해명을 하셨다.

"은퇴를 한 큰형님이 외국 여행이나 하며 자유롭게 살겠다고 선전포고를 하더군요. 팔십 중반을 넘은 노인이 혼자 외국 여행을 한다는 것은 참 어려운 일이에요. 물론 외국에서 공부하였으니까 대화나 사람을 만나는 데는 별문제가 없겠지만 건강 문제 같은 건 알 수가 없어서 극구 만류하였지요. 그런데 아주 완강하더라구요. 네가 왜 남의 삶에 관여하느냐? 내 삶은 내가 알아서 한다. 상관하지 말라고. 할 수 없이 비행기표를 예약하고 인천공항으로 모셔다드렸죠. 열흘 후 돌아오는 형님을 모시러 공항에 나갔죠. 성질이 급해서 제일 먼저 나타나야 할 분이 아무리 기다려도 나타나지 않는 거예요. 사람들이 다 나오고 맨 마지막에 웬 노숙자 같은 분이 혼자서 힘없이 걸어 나오는데 가만히 살펴보니 형님 아니겠어요. 깜짝 놀랐지요. 반가움에 '형님!' 하고 소리쳐도 별 반응 없이 허리를 구부리고 힘없이 걸어 오시데요. 여행 중에 여기저기 병도 생기고 이까지 빠져서 무척 고생을 하셨다고 해요."

나이 들어서 혼자 여행은 절대 안 되는 것이다. 우리들에게도 교훈

이 되는 것이어서 우리들은 진중히 들으며 고개를 끄덕이고 있었다.

"그때 마침 출판사에서 책을 출시하려고 출판 기념 사진을 찍겠다고 했어요. 이를 해 넣을 시간이 없어서 그냥 찍기로 했죠. 형님은 사진을 찍어도 늘 입을 꾹 다물고 엄숙한 표정을 지으니까 다행이다 생각했어요. 형제가 나란히 앉아 찍는 사진이 참 오래간만이었어요. 아니 처음일지도 몰라요. 그래선지 좀 긴장이 되었어요. 나는 형님 모습에 잘 어울리도록 점잖게 입을 다물고 찍었어요.

그런데 나온 사진을 보고 아연실색하지 않을 수 없었어요. 형님이 바보처럼 빠진 이를 검게 드러내고 환하게 웃고 있는 것이 아니에요. 형님 생각 또한 나하고 마찬가지였던 모양이에요."

그랬다. 동생 신부는 늘 환하게 웃으며 자연스럽게 사진을 찍는데 자기가 입을 꾹 다물고 엄숙한 표정을 하면 동생이 좀 경박해 보일지도 모르고 잘 안 어울릴 것 같았다. 해서 같이 웃기로 했다. 이빨 빠진 모습이 보이겠지만 자신이 좀 우습게 보이는 것은 괜찮다고 생각했던 것이다.

우리는 더 이상 웃을 수가 없었다. 두 사람의 서로 생각하는 배려심이 가슴을 알싸하게 했다. 꼭 오 헨리의 아름다운 단편소설「크리스마스 선물」을 읽는 듯한 기분이었다. 얼마나 아름다운 사랑의 모습인가? 창밖에는 오월의 녹음이 한창 우거져 푸른데 한겨울 폭풍에도 떨어지지 않는 마지막 한 잎새를 보는 듯한 기분이기도 했다. 우리는 아무 말도 못 하고 기도하는 마음으로 엄숙하게 앉아 있었다.

각박한 이 시대, 이런 순수한 사랑의 마음씨들이 세상 모든 사람들의 마음속에서 나팔꽃처럼 자라나 활짝 피었으면 좋겠다.

두물머리 강바람

강을 끼고 우린 더 멀리 다닐 줄 몰랐다. 한 달에 몇 번 해서 1년에 몇십 번 여러 해를 두고 거기서 거기 같은 곳을 달리면서도 전라의 여인의 모습으로 누운 푸른 북한강 줄기의 아름다움에 감탄했다. 서울 부근에 이런 강이 있다는 것에 무한정 감사하고 행복해했다.

강줄기는 내 몸속에 혈맥과 같았다. 보는 그대로 신선한 힘을 실어다 주었다. 계절이 바뀔 때마다 산의 변화를 더 짙게 그려내는 신묘한 솜씨에 나는 속속들이 탐닉해 들었다. 소란함, 물질문명의 복잡함, 빠른 정보 경쟁의 현실에서 한 걸음이라도 떠나면 완전히 퇴보하고 파멸하고 말 것 같은 불안한 서울에서 덕소만 지나면 놀랍게도 내 속의 내가 비로소 정말 살았다고 소리치기 시작했던 것이다. 시원한 강줄기, 고요 저쪽이 영원의 길 같기도 했다.

환경이란 것이 우리의 마음, 영혼까지 이렇게 지배한다는 데 나는 잠시 속수무책이 되었다. 나는 하늘에 풍선을 날리듯 나 자신을 바람에 날려 한 마리 새처럼 자연을 산책했다.

그 강줄기에는 여덟 살짜리 내 아들을 데리고 물놀이 왔을 때,

"엄마 저 산은 중국 산 같애" 하고 말했던 중국도 있고, 아래는 진달래 피고 산 위엔 흰 눈이 덮인 킬리만자로도 있다. 왠지 말 없는 강 북쪽엔 과거의 긴 역사가 있는 것 같고 강 남쪽엔 현재와 미래가 흐르고 있는 것처럼 보였다.

그렇게 다녔건만 다산의 묘가 있는 것을 안 것은 근래였다. 팔당댐을 지나 고개 하나를 돌아드니 넓은 터에 궁궐처럼 기와를 얹어 잘 쌓아 놓은 회灰 돌담이 보였다. 그 안에 새로 구운 검은색 기와를 얹은 흰 벽의 집이 마치 검은 갓을 쓰고 하얀 도포를 입은 선비 같은 모습이었다. 담을 끼고 가니 태극을 그려 놓은 붉은 대문이 있고 그 앞에 '정약용 선생의 묘'라는 안내 게시판이 있었다.

조선 시대 실학의 대가란 나의 역사 지식 외에 놀라운 사실이 눈앞에 들어왔다. 신유박해 때 장기로 유배되었다 다시 황사영 백서사건으로 강진에서 18년간의 귀양살이를 했다는 사실에 나는 놀랐다. 그렇다면 그분은 천주교 신자이기 때문이다. 어쨌든 궁금증은 접어두고 안으로 들어가 옛 양반의 집인 그분의 생가를 구경하며 방도 보고 그분의 묘소로 올라갔다.

북한강과 남한강이 만난다는 양수리 안쪽, 강이 넓은 호수처럼 품에 안겨들었다. 그 너머로 굽이굽이 낮은 산줄기가 흐르고 가운데 천진암이 있다는 앵자산이 우뚝 서 가슴을 활짝 펴고 내려다보고 있었다.

강을 끼고 들어올 때의 여인의 아리따운 모습과는 달리 장엄한 풍경에 압도되었다. 아! 이런 곳에 살았으니까 다산이 그 덕망과 학식이

날렸구나 하는 생각이 들었다. 인간 본연의 고향에 와 있는 것 같았다.

집에 돌아와서 궁금증에 가톨릭 사전을 찾아보니 다산 정약용은 진주목사 정재원의 4형제 중 막내였고 둘째가 초창기 교회 활동을 한 정약전이고 셋째가 교회에서 유명한 정약종이었다. 그리고 북경에 아홉 번이나 다니면서 신부 영입에 맹활약을 하였던 정하상 성인이 바로 그 정약종의 아들이었다. 성녀 유 세실리아는 바로 그의 부인이며 정하상의 어머니고 성녀 정정혜 엘리사벳은 그의 딸이며 정하상의 누이동생이었다. 놀라운 일이었다. 나는 이상한 두려움 같은 것을 느꼈고 나를 사로잡는 호기심을 어쩌지 못해 밤새도록 책을 뒤졌다. 점점 더 기가 막힌 일들이 발견됐다. 북경에 가서 최초로 세례를 받고 돌아와 복음을 전파하고 가성직제도를 세웠던 이승훈 베드로도 그 4형제의 매부였고 초창기 교회를 창설한 광암 이벽 요한 세례자는 첫째 정약현의 처남이었다. 열여섯에 과거에 급제해서 임금과 악수하고 그 손목에 붉은 비단을 감고 다녔다던 황사영은 정약현의 사위며 정란주의 남편이었다. 이벽, 이승훈과 함께 초창기 교회 3대 창설자인 권일신과 그의 형 권철신은 그들의 스승이었다. 그 외에도 이 집안을 중심으로 하여 수많은 일가친척들이 얽혀 마재에서 신앙의 모종을 냈던 것이다.

마재는 실로 우리나라 첫 번째 성지요 가장 큰 성지라 할 수 있을 것이다. 학문의 텃밭에 복음의 씨앗이 뿌려져 신앙의 싹이 튼 곳이라 할 수 있겠다.

우리 부부는 구교우 천주교 신자로서 지금까지 이러한 지역을 이토록 몰랐다는 데에 부끄러움을 느꼈다. 역사에 대한 부족한 지식과 잘못된 사고, 무관심 탓인 것 같다. 우리는 일제 말 6·25 세대들로서 한국 역사를 잘 몰랐고 역사란 그저 과거에 흘러가 버린 세월로만 생각했다. 그러나 유행이 돌고 돌듯이 역사도 그렇다. 그 시대에 없는 것, 그 시대에 절박한 것, 그 시대에 필요한 것을 요구하는 것이다.

그러나 우리는, 그 시대의 성인 성녀 순교자들이 무엇을 필요로 했으며 하나밖에 없는 목숨을 아낌없이 버렸고 오늘날 우리들은 무엇을 절실히 필요로 하는 것일까, 사실 잘 모르는 것 같다.

순교자들에 대해서 우리는 몇백 년 전에 신앙을 지켜 예수를 증거하고 목숨 바쳐 죽은 존경할 만한 사람들로 치부해두고 있었을 뿐 우리 생활과는 별 상관없는 죽은 사람들로 생각했다. 기껏해야 1년에 한두 번 성지를 찾아가는 것으로 할 일을 다 했다 싶었다. 그 성지에서 누가 순교했고 신앙을 어떻게 지키다 순교했는지 그런 것에는 별 관심도 없었다. 가는 차 안에서 의례적으로 하는 성지 소개는 귓결에 흘려버리고 묵주기도 고통의 신비 한 단 조용히 바친다. 성지에 도착하여 신부님의 강론을 햇볕이 따가워서 반은 졸면서 듣다가 끔찍한 고문, 흉악한 처형 방법이 들리면 몸서리치다가 그 무서운 형벌을 어떻게 견디며 신앙을 지켰을까 의문도 하고 숙연해지다 지금 신자가 된 것을 아주 다행으로 여기며 일어섰다. 그리고 잔뜩 해 가지고 간 고기와 수박으로 배불리 먹고 십자가의 길 바치고 한 바퀴 돌아서 나오면 끝이었다. 관광버스 타고 나오자마자 해방된 듯, 성지 무덤을 향해 놀리듯 엉덩이 빼내고 휘두르며 술과 노래로 진탕 놀아 보자다. 쿵 짝! 쿵 짝! 마이크 쇳소리 귀 멍멍하게 틀고 버스와 함께 쓰러지듯 춤추면 지나가던 승용차들 구경난 듯 얼굴 빼내 돌리고 입 삐죽 히죽 웃는 인사 아랑곳하지 않고 기분 냈다. 평생 한 번도 놀아보지 못한

한 맺힌 사람들처럼, 온갖 스트레스 다 풀어버려야 하는 사람들처럼 흔들어댔다. 아니면 순교자가 그렇게 죽어준 덕에 오늘날 자유로운 신앙생활을 할 수 있다고 감사해서 절로 춤이 나왔는지도 모른다. 그저 남이 하니까 따라 하는지도 모른다. 어쨌든 순교자와 우린 그런 여행 절차를 밟고 그런 관계에 지나지 않았다. 하긴 산 사람과 사랑한다는 사람하고도 일치하는 마음을 별로 가져본 적이 없는 우리니 어쩔 것인가?

그래도 내 혈맥과도 같은 이 강, 내 본 고향에 온 것 같은 이 강가에 오면 내 영혼은 영원을 응시하게 된다.

그 후 우리 부부는 이곳에 관심을 갖고 다니다 이곳 순교자들의 후예인 정 회장을 만났다. 팔당댐을 막아 호수처럼 넓어진 마재 앞 강에 얼음이 아직도 녹지 않아 버석거리고 있던 봄이었다. 해미가 뿌옇게 낀 하늘에 꽃샘바람이 휘젓고 있었다. 바람머리들이 강 건너 우뚝 솟은 앵자산 가슴팍을 휘돌아와 파랗게 물오르기 시작한 나뭇가지들을 마구 흔들어댄다.

정 회장은 반백의 머리를 흩날리며 먼 앵자산 바람들을 응시하고 있었다. 수많은 바람머리들이 달려와 일어나라, 일어나라, 소리 지른다. 그 수많은 바람머리들은 한 순교자의 머리, 소리였다.

"일어나야지요."

그가 대답하듯 중얼거렸다.

"어디로 가시게요?"

멋모르고 나는 내 가슴과 입속으로 뛰어들며 간지럽히고 장난치는 찬바람에 휩쓸려 즐거운 비명을 치듯 물었다.

"예? 아, 아닙니다."

그는 멋쩍은 듯이 웃었다.

나는 좀 이상했지만 즐거운 바람 때문에 별로 개의치 않고,

"아이, 바람이 향그럽네요."

추워 옷을 감싸고 몸을 움츠리면서도 얼굴을 빛내며 들뜬 소리를 냈다.

"네! 바람머리들이 일어나라, 일어나라 그러네요!"

그분은 무언가 취한 듯 먼 곳을 응시한 채 어린아이처럼 활짝 웃으며 혼잣소리로 말했다.

"예?"

나는 또 의아해하다 곧 그분의 상상력이 짐작되는 것 같아,

"그렇네요."

하고 대답했다. 그러자 그는 늘 친한 친구에게 하듯 이야기를 시작했다.

"저기 팔당 왼쪽에 낮은 산 계곡이 보이죠. 그곳이 배알미 정약종 어른의 무덤이죠. 성인 정하상 어른의 아버님 되시는 어른의 무덤인데 내가 어렸을 때 사람들은 밤중에 모여서 기도하고 목 없는 무덤, 목 없는 무덤 하며 수근거렸죠. 무슨 일이 있을 때마다 찾아가 기도하고 밝은 얼굴로 돌아오는 사람들도 많았어요. 하지만 어린 나는 목 없는 무덤 소리만 들으면 목 없는 시신이 일어나 나오는 것 같고 몸 없는 머리만 커다랗게 눈을 뜨고 밤하늘로 날아다니는 것 같아 무서웠지요. 자라면서 그분이 영광스럽게 순교한 우리 조상이란 것을 알았죠. 그 믿음, 사랑, 용맹함에 감동하지 않을 수 없었어요.

그 목 없는 무덤은 항상 나에게 믿음을 일깨워 주는 힘 있는 바람

머리로 날아오거든요."

나는 새로 알게 된 사실에 무척 놀라고 감격하였다.

"아아! 그러셨군요."

나는 그의 이상했던 태도도 바로 이해할 수 있어 마음 깊이 인정했다.

"무덤을 파 천진암으로 이장하려고 노기남 주교님이 오셨을 때 내가 스물일곱 살이었는데. 그때 일을 잊을 수가 없어요. 그곳에는 세 분 상이 있었어요. 가운데가 어른의 묘라고 전해왔는데 파 보니 아니었어요. 이튿날 오른쪽 끝에서 어른의 시신이 나왔지요. 기도 가운데 지켜보고 있었는데 꽃향내 같은 게 나더라고요. 내 가슴이 뜨거워지며 주체할 수 없이 눈물이 쏟아지는데 거센 강바람 속에서 일어나라, 일어나라 하는 소리가 들리는 것 같았어요. 사실 그때부터 나는 많이 변했고 신앙생활을 열심히 하게 됐죠. 약해질 때마다 그 소리를 찾아 이곳에 나오죠. 아이들은 다 서울서 살면서 오라고 성화지만 서울 가면 그 소리를 들을 수 없어 신앙이 죽는 것 같고 내가 죽는 것 같아 여길 못 떠나죠. 특히 이맘때면 많은 자극을 받아요. 그분이 돌아간 때가 바람이 심한 이맘때였거든요. 4월 8일이니까요."

하고 그는 바람 때문에 흐린 하늘을 다시 물끄러미 바라보기 시작했다.

"반역죄인 정약종을 참수하라!"

포장의 우렁찬 소리가 하늘에 울려 퍼졌다.

정약종은 곧 하늘을 우러러 바라보고 바로 누워 안도의 숨을 내쉬었다. 나무토막에 목을 대고 땅을 보고 엎드려 칼을 받는 것이 사형

수의 관습인데 그는,

"죽을 때 하늘을 우러러보는 것이 땅을 보는 것보다 낫다"고 말하였다.

이 세상일을 끝내고 영혼을 하느님께 맡기는 순간 하느님의 얼굴 같은 하늘을 보고 싶었다. 그를 마주 바라보고 격려와 사랑의 미소를 잃지 않는 하느님의 얼굴을 향해 "저를 온전히 받아주소서" 하는 봉헌의 기도를 바치자 두려움은 없었다.

고향 마재 앞 강 같은 길이 훤히 보이며 평화가 흘렀다.

햇볕에 번쩍이는 칼날이 그의 목을 내리쳤다. 다음 순간 약종은 피 흘리는 머리로 벌떡 일어나 앉아,

"성부와 성자와 성신의 이름으로 아멘." 성호를 긋고 다시 털썩 누웠다.

휘광이와 둘레의 많은 구경꾼들이 모두 너무 깜짝 놀라 숨을 죽이고 바라보았다. 그의 인품에 눌려 손을 덜덜 떨던 휘광이가 목을 반밖에 내려치지 못했던 것이었다. 놀란 휘광이가 몇 번이나 휘돌다 다시 내려친 칼에 약종은 순교의 목을 바쳤다. 그의 눈은 하늘을 올려보고 더 크게 뜨고 있었다. 휘광이는 그 눈이 자기를 집요하게 꿰뚫어 보며 힐책하다 다시 벌떡 머리를 들고 일어날 것 같아 약종의 상투머리를 쥐고 엎어 놓았다.

1801년 3월 24일 그가 말을 타고 고향 마재에 갔다 돌아오는 길에 의금부도사 일행이 지나가는 것을 보았다. 혹시 자기를 잡으러 가는 것이 아닌가 싶어 하인을 시켜 알아보았다. 그렇다고 하니 스스로 잡혀 서울 의금부로 압송된 후 보름 만의 일이었다.

그날 참수당한 사람은 그의 매부 이승훈, 그의 사돈 홍교만, 우리

나라의 최초의 총회장 최창현과 최필공, 홍낙민 모두 여섯 사람이었다. 오직 정약종만 국왕의 명을 어긴 불경죄, 천주교 금압정책이 부당하다고 주장한 죄, 외국인 주문모 신부를 숨겨뒀다는 많은 죄목을 씌웠다. 그 외로도 삼구三仇 즉, 세 원수인 세상, 마귀, 육신과 싸워야 한다는 교회의 표현을 나라와 대적한다는 것으로 치부하고, 반역죄인으로 단죄했다. 그는 참수형을 받고 모든 재산이 몰수됐다.

의금부에서는 정약종의 가족도 다 잡아 가뒀으나 술책으로 그의 큰아들 정철상 가롤로만은 잡아 가두지 않았다.

철상은 아버지와 약전, 약용 두 삼촌과 고모부 이승훈, 장인 홍교만을 찾아다니며 뒷바라지를 했다. 관리들은 때로 그가 보는 앞에서 아버지와 가족들을 더 혹독하게 형벌하면서 주신부의 거처나 교인들의 이름을 알려주면 온 가족을 풀어주겠다고 유혹했지만 그는 침묵하고 신앙을 굳게 지켰다. 그래도 끈질기게 강요하면 그는 겸허하게 “천주는 우리를 만들어주신 어버이입니다. 어떻게 부모를 버리겠습니까? 여러분은 버릴 수 있습니까? 다른 것은 다 버려도 안 됩니다” 하면서 돈을 아끼지 않고 관리들에게 쥐여주고 아버지와 가족을 돌봐달라고 부탁했다.

그리하여 참수형이 내려진 날도 미리 알았고 그날에 대비해서 만반의 준비를 다 해뒀다. 마재 선영에 무덤 자리도 잡아 파 두었다. 사형날은 관리들에게 돈을 더 두둑이 주어 칼을 잘 갈아 고통 없이 목을 베어달라고 부탁하고 시신도 그 자리에서 넘겨받을 약속까지 받아두었다. 관리들도 20세 청년의 굳은 신앙과 효성에 모두 탄복했다.

서소문 처형장까지 따라가 아버지의 순교 장면을 지켜본 철상은 슬픔 속에서도 말할 수 없는 감동에 사로잡혔다. 아버지는 꼭 예수님처럼 순교하였다고 생각되었던 것이다. 준비해둔 수레에 아버지와 장인 시신까지 옮겼으나 아버지의 목은 형리가 내어주지 않았다. 반역죄인이었기 때문에 나라에 죽은 목을 확인시켜야 했다. 그는 할 수 없이 수레로 빨리 달려 선영에 파 두었던 묘소에 두 분을 모시고 다시 감옥으로 그의 계모와 배다른 동생들을 찾아갔다. 그는 가족에게 아버지의 죽음 장면을 알려주기 시작했다.

"아버님은 형장에 끌려 나가면서도 얼굴이 밝고 빛나셨습니다. 가는 도중 목마르다고 물을 청하셨는데, 호송원은 심하게 책망만 하였어요. 그래도 아버님은 예수님같이 온유한 모습으로 받아들이셨습니다. 형구 앞에서도 예수 그리스도의 모습 그대로 순교하셨습니다."

철상은 말을 더 잇지 못하고 침을 삼켰다. 어머니도 아이들도 눈물을 펑펑 쏟기 시작했다.

"그 형구를 무슨 귀한 물건이나 되듯이 행복하게 들여다보시고 주위 사람들에게 권하셨습니다.

'사람이 나서 천주를 위하여 죽는 것은 마땅한 일입니다. 큰 심판이 내리는 날엔 우리들의 눈물은 변하여 참된 즐거움이 될 것입니다. 여러분, 두려워하지 마시오. 조금도 두려워 말고 당신네들도 뒤에 이것을 따라 실행하시오'라고 권면했습니다."

그는 아버님이 하늘을 향해 누워 첫 번 맞은 칼에 피 흘리며 벌떡 일어나 성호를 긋고 다시 누워 순교하시던 모습을 눈물을 흘리며 끝까지 상세히 말했다. 그의 가족들과 다른 사람들에게도 모범의 형장으로 실행케 하고 싶었던 것이다. 그는 아버지의 목을 찾으러 다시 사형장으로 가려 했으나 더 이상 이용 가치를 잃은 철상에게 의금부에선 체포령을 내렸다.

그는 아버지가 죽은 날 잡히어 감옥에 들어갔고 그의 가족들은 아녀자들에게 대한 후한 정책이 이뤄져 감옥에서 풀려났다. 감옥에서 나온 그들은 집도 모두 몰수당해 갈 곳이 없어 할 수 없이 마재 큰댁으로 갔다. 둘째 약전, 막내 약용도 극형에 못 이겨 마음에 없는 배교를 하고 귀양 가서 집안은 침통했다.

맏형은 화가 나서 거지가 되어 온 그들을 집 안에 들이지 않고 동네 어귀에 방 두 칸을 마련해 주었다. 그리고, "천주교 때문에 우리 집안이 망했다. 배교를 하면 먹을 것을 대주겠지만, 배교를 안 하면 먹을 것을 조금도 주지 않겠다"고 명했다.

그러나 그들은 굶주리면서도 배교를 허락하지 않았다. 일곱 살짜리 정정혜도 굶어 죽어도 배교하면 안 된다고 어머니를 따라 말했다. 어머니 유 세실리아와 철상의 아내는 바느질품을 팔고 길쌈을 해서 먹고살았다.

5월 14일, 철상의 시신을 거둬 아버지의 무덤 옆에 장사 지내는 중이었다. 유 세실리아는 제대로 손질도 못한 남편의 황량한 무덤 앞에서 소리 내 울지도 못했다. 생각할 능력조차 잃은 듯 멍했다. 몸과 맘이 텅텅 빈 허수아비 같았다. 자신이 낳지는 않았지만 더 정성스럽게 길렀던 큰아들, 열 살 때부터 아버지에게 교리를 배워 순진하게 온 마음을 다해 하느님을 사랑했고 부모에게 효성 지극했던 큰아들 그도 묻으니 한 푼의 재산도 집도 없고 이제 이 세상에서 의지할 데라곤 아무것도 없었다. 있는 것은 맨손으로 돌봐야 할 다섯 아이들뿐, 시아버지와 친정아버지와 오빠, 남편까지 잃은 어린 며느리와 젖먹이는 정신을 가누지 못하고 있다. 다 시들어버린 풀잎 같아 보였다.

"여보, 우리 식구 모두 차라리 당신 곁으로 갔으면 싶어요."

세실리아는 속으로 외쳤다. 속으로 외치고 외치다 마침내 그녀는 무덤에 쓰러져 소리 내 울고 말았다. 어머니의 통곡 소리에 결국 온 식구가 울음보를 터트리고 말았다.

하늘나라에 간다는 것은 이렇게 어려운 일인가? 원래는 그렇지 않을 것이다. 왜? 남편이 쓴 『주교요지』에 보면 하느님은 사랑이시기 때문이다. 아니 계신 데 없어서 늘 우리와 함께 계시며 돌봐주신다 했지 않은가? 그렇다면 이 고통은 무엇 때문인가? 우리를 미워하는 저 악한 사람들 때문이다. 그러니 싸워서 이겨야 한다. 그것도 예수님처럼 용서하며 남편이 죽을 때 한 것처럼 살아야 한다.

"여보, 울지 말고 그만 일어나시오. 일어나시오."

강을 타고 온 바람에 흔들리는 나뭇가지 사이로 무덤 속에서 남편의 소리가 들리는 듯했다. 세실리아는 눈물을 삼켰다.

"애들아, 그만 울자."

"아버지의 무덤에, 형의 무덤에 절해라."

아이들은 어머니의 말에 손등으로 눈물을 닦고 절하기 시작했다. 햇빛을 받고 절하는 아이들을 물끄러미 바라보았다. 거지꼴을 했어도 푸른 하늘과 산 위 강바람에 나부끼고 있는 아이들이 모두 한없이 소중하고 아름답게 보였다.

'저 들의 백합화를 보라. 솔로몬의 영광보다 더 아름답다'고 한 성서 말씀이 맞는 것 같았다. 방금 차라리 아이들과 함께 다 죽었으면 생각했던 것이 죄스러웠다.

'무엇을 먹을까 무엇을 입을까 걱정하지 말라'는 말씀이 햇살을 가르고 마음속으로 쏟아져 내려왔다. 그래. 이 아름다운 세상 모든 것

만들어 주신 하느님 아버지가 먹여주고 입혀주시겠지.

"애들아, 아버지 말씀 잘 들어봐라."

세실리아는 마음속의 생각을 자신도 모르게 아이들에게 말했다.

"아버진 돌아가셔서 아무 말도 못 하잖아요."

다섯 살짜리 정혜가 새까만 눈망울을 반짝이며 낭랑한 목소리로 말했다.

"아니다. 잘 들어봐. 아버진 말씀하고 계셔. 오빠도."

애들은 모두 무덤에 귀를 바싹 대고 들으려 했다.

"아무 말도 안 들리는데."

정혜가 어리둥절한 얼굴로 말했다.

"어머니! 어머니 말씀 잘 듣고 열심히 기도해라 그러시는 것 같아요."

하상이 얼굴을 빛내고 어머니를 보고 말하며 그 말이 어머니 맘에 드는지 안 드는지 살피었다. 세실리아는 어린 하상의 총명하고 속 깊은 말에 가슴이 뭉클해 오며 눈물이 솟았다. 하느님과 남편이 알려준 말이라 생각됐다. 세실리아는 하상을 품에 꼭 안고 쓰다듬어 주었다. 그러다 팔을 벌려 어린 딸도 큰 딸도 며느리도 손주도 다 끌어안고 머리에 얼굴을 대고 속삭였다.

"하느님께서 우리를 돌봐 주신다, 아버지도 지켜 주시고. 이 어린 불쌍한 것들 모두 하느님 당신께 맡기나이다. 삶도 죽음도 모두 당신에게 맡기나이다. 인도하소서. '주의 기도' 다 같이 하자. 하늘에 계신……"

기도를 하고 있자니 앵자산에서 흘러내리는 바람머리가 강을 타고 맴돌며 소리치는 듯했다.

"여보! 고만 울고 일어나요. 어서 일어나시오. 어떤 고통 속에서도 항상 꿋꿋하게 일어나야 하오. 하느님이 항상 당신 옆에 계시오. 나도 함께."

그녀는 바람결에 들려오는 남편의 소리를 듣고 아이들을 감싼 손을 풀었다.

"얘들아! 일어나라, 가자."

그녀는 일어나 다시 한번 남편의 무덤을 지켜보았다.

"여보! 어떠한 일이 있어도 항상 일어나시오, 주저앉지 말고 일어나시오."

남편의 소리가 여전히 들리고 있었다.

"성인 하상 어른도 이곳 고향에서 어린 시절을 핍박받으면서 자주 저 무덤에 가서 묵상하고 기도하셨다는데 늘 일어나라, 일어나라 하는 소리를 들으셨다고 해요."

정 회장은 하늘에서 얼굴을 돌리며 여전히 어린애처럼 천진한 미소를 띠며 다정히 말하였다.

'일어나라', 나는 그 말의 의미를 새겨보았다. 절망해도 다시 일어나면 희망, 가능과 성공을 가져온다. 미움과 분노에서 일어난다는 것은 사랑과 화해를 이룬다는 것이고 불의와 악에서 일어난다는 것은 정의와 선을 행한다는 것이며 죽었다 다시 일어나면 부활해서 영원히 사는 것이다. 일어난다는 말은 최상급인 것 같다. 동물 중에서도 일어서서 다니는 건 사람뿐이 아닌가. 우리를 항상 일어서게 하는 것 그것은 무엇일까?

그것은 믿음이다.

11월 5일은 황사영이 백서사건으로 대역적 죄명을 받아 국시형을 당한 날이다. 목을 자른 후 시체를 여섯 토막 내는 형이었다.

황사영은 맏형 정약현의 사위였다.

그는 열 살 좀 넘어 마재에 와서 정약종에게 학문을 배웠다. 열여섯에 과거에 합격하여 정조 임금에게 칭송을 받은 천재다. 그런 그가 젊은 나이 스물일곱에 국시형을 받고, 아내 정란주는 제주도로 귀양가고, 두 살 난 아들은 추자도에 버려졌다.

정약현은 더 이상 천주교로 인해 가족이 죽는 것을 볼 수 없었다. 죽은 동생 약종의 부인 세실리아 가족이 아직도 신앙을 버리지 않고 숨어서 기도하고 있다는 것을 알았다. 그는 동생의 집으로 찾아가 천주교에 관한 물건을 찾아내 놓고 불태우라고 혹독하게 야단을 쳤다. 그것을 본 하인들까지 욕을 할 정도였다. 밤에 숨어서 외어 가슴속에 감춰둔 기도조차 마음 놓고 바치기 어려웠다. 세실리아와 철상의 아내는 바느질품을 팔고 길쌈을 하느라 힘들고 시간이 없어도 아이들을 데리고 자주 무덤을 찾았다. 마음 졸이지 않고 가슴 펴고 아버지와 천주 하느님을 만나는 시간이었다.

생각하면 참 우습고 기가 막히는 일이다. 이 세상을 만들고 우리를 만들어 준 하느님을 만나고 찬양하는데 사람들 눈치 보고 두려워하게 되다니 될 말이냐 이 말이다. 세상은 놀랍게도 거꾸로 된 일이 너무 많은 것 같다. 그래도 하느님은 화도 안 나시는지 아무 말 없이 바보 같이 참고만 계신다. 할 수 없이 우리도 참는 수밖에 없다.

"너희들은 큰아버님을 이해해야 한다. 사랑하는 가족들을 전부 잃고 괴로워 그러시는 거야. 그러나 우리가 제일 사랑하고 순종해야 할 분은 누구냐?"

세실리아는 질문함으로써 대답을 가르치고 있었다.

"천주님, 하느님 아버지세요."

하상을 지목하고 물은 말이었지만 대답도 늘 하상이 다 했다.

"옳은 답이다. 그런데 왜 그래야 하지?"

"아버님 어머님도 우리를 만들어 주신 어버이지만 하느님 아버지는 어머님 아버님도, 이 세상 모든 것도 만들어 주신 제일 큰아버지이기 때문입니다."

어린애다운 답변이었지만 확실한 교리 답변이었다. 세실리아는 그럴 때마다 흡족한 미소를 띠었다.

"그러니 너희들은 아무리 어려워도 참고 말없이 견디어야 한다."

"네에."

아이들은 모두 합창하듯이 했다.

"너희들보다 더 고생하신 분들이 많다. 다른 사람들보다 부모에게서 받는 박해는 더 고통스러운 법이다. 그런데 너희들은 순교하신 부모와 형, 남편들을 두었으니 영광과 행복으로 알아야 한다. 너희 제일 큰어머님 오라버니 되시는 광암 이벽 어른께서는 임진왜란 때 공신인 이정함의 7대 후손인 대단한 명문이시다. 인조 임금이 청나라에 항복을 했을 때 볼모로 잡혀간 소현세자와 함께 8년 동안 북경에서 볼모살이를 하던 이경상이란 어른이 계셨다. 소현세자가 돌아오실 때 북경에서 접한 천주교 책을 많이 가지고 오셨다더라. 그때 우리나라가 천주교가 성했을 텐데, 소현세자가 오신 지 70일 만에 돌아가셨기 때문에 끝이 나버렸다. 그때 이경상 어른께서도 천주교 책 몇 권을 가지고 오셔서 가보로 내려왔는데 바로 이벽 어른께서 그 책을 보고 천주교를 연구하시게 된 거란다.

그 진리가 유교 도교 불교와는 아주 달라서 모순됨이 없고 확실했거든. 그래서 바로 이 진리야말로 이 어지러운 세상을 구원할 수 있는 참된 진리라 믿고 조선 천주교를 창설하셨던 거다. 이때에 함께 활약해 주신 분이 너의 아버님이시다. 둘째 삼촌(정약전)도 함께하셨다. 앵자산 주어사에 들어가셔서 10여 일 동안 연구하고 토론하셨다 하더라. 이벽 어른은 저 유명한 〈천주공경가〉를 지었고 너희 아버님은 〈십계명가〉를 지어서 널리 퍼뜨렸지. 그런데 교리에 잘 모르는 것들이 많아서 너희 고모부이신 이승훈 어른을 북경 동지사 가는 길에 보내 공부하고 오시게 했어. 어른께선 세례를 받고 많은 책을 가지고 와서 사람들 가르치고 세례를 주셨다. 너희 두 삼촌 약전, 약용 어른과 이벽 어른, 권일신 어른들이 제일 먼저 세례를 받고 신부가 되셨지. 그리고 교회를 세워 맹활동들을 하셨다. 그런데 나중에 신품을 받지 않고 신부가 되어 세례를 주는 것이 잘못인 것을 알고 모두 그만두었다.

나라에서 통문을 돌려가며 심하게 박해를 하자 우리 부모 형제들도 자식들을 죽이지 않으려 더 무섭게 반대를 하였다. 구원이 확실한 진리인 줄 아는데 부모들이 목숨을 걸고 반대하니 그 고통이 오죽했겠냐. 이벽 어른 아버님께서도 집안이 망하는 것을 보느니 대들보에 목을 매달고 죽겠다고 하셨어.

부모와 나라, 진리, 어떤 것을 버릴 수 있겠냐? 곤란하지. 그러니까, 이벽 어른은 단식기도하며 자기가 죽게 되기를 기원하셨어. 33살 예수님이 돌아가신 바로 그 나이에 결국 병을 얻어 3일 만에 돌아가셨다. 예수님처럼 희생제물이 되신 게야. 너희 숙부님들도 견디다 못해 신앙을 감추고 귀양 가시게 된 것 아니냐. 할아버님의 야단에도 너희 아버님만은 겸손한 침묵과 인내 기도로 순교의 영광을 받게 된 거다. 철상 형도 제사에 참여하라고 친척 어른들이 송곳으로 무릎을 마구 찔러대도 믿음으로 참아 받았다. 이벽 어른은 자기가 가족에게 고통을 준다는 이유 때문에 더 괴롭다 하셨어. 그런데 너희들은 아버지와 형이 순교하셨으니 그런 고통은 없지 않느냐. 얼마나 축복이고 행복이냐. 그렇지 않으냐?"

세실리아는 아이들이 어떻게 받아들이는지 유심히 살펴보았다.

"예! 어머니."

아이들은 마음을 다해 정성스럽게 대답하며 눈을 빛냈다.

마을에 유행병이 돌기 시작했다. 가난해서 잘 먹지도 못하고 일은 많고 어린 것까지 딸려있어 쇠약할 대로 쇠약한 철상의 아내가 병에 걸렸다. 약도 없는 형편이어서 병이 깊어지자 어린 것까지 병들어 결국 다 죽고 말았다. 원래 허약했던 세실리아의 큰딸도 그때 죽었다. 한 무렵에 세 식구를 잃자 그토록 신앙이 깊고 강건하던 세실리아도 실의에 빠졌다. 남편 순교 때와는 다른 큰 충격이었다. 다시는 실망할 일 없이 버릴 것 다 버리고 죽었다고 생각했었는데 아직도 세상에 대한 희망과 두려움이 남아 있었던 모양이다. 아니다. 그것은 아니었다. 가난해서 잘 먹이지도 못하고 약도 쓰지 못하고 자신이 잘못해서 죽인 것 같은 죄책감이 사로잡았던 것이다. 무덤에 찾아가 기도를 해도 가슴을 할퀴는 그 고통은 사그라들지 않았다. 밤잠을 못 자고 뒤척이다 새벽녘에 잠이 혼곤히 들었던 모양이다. 남편이 찾아왔다. 여러 색의 꽃들이 화려하게 펴 있는 들판에서 안개 같은 구름에 쌓여 서 있었다. 미풍에 꽃들이 흔들거리고 짙은 향내가 퍼져 나왔다. 그는 화평한 얼굴로 아내를 바라보았다.

“여보 너무 괴로워하지 말아요. 당신의 잘못이 아니오. 내가 천국에 방 여덟 있는 집을 하나 마련했는데 다섯은 벌써 차고 셋만 남았소. 그러니 생활의 곤궁함을 잘 참아 받으시오. 그리고 꼭 우리를 만나러 오시오.”

세실리아는 깜짝 놀라 눈을 떴다. 아직도 캄캄한 밖에서 바람이 나뭇가지를 흔들고 문풍지를 훑어대고 있었다.

사랑하는 남편을 갑자기 놓쳐버린 것 같은 허전함 가운데 가슴을 할퀴어 대던 통증이 희한하게 사라진 것을 깨달았다. 그녀는 마음을 거머잡았다. 새 힘이 솟았다. 하느님도 남편도 자기를 버린 것이 아니라 고통이 심할수록 더 지켜보고 사랑하고 있다는 확신이 섰다.

그녀는 벗지도 않고 잠들었던 옷매무새를 가다듬고 허리띠를 졸라 맸다. 잠들어 있는 남매의 얼굴을 살펴보며 하상의 머리를 쓸어주고 정혜의 뺨에 얼굴을 대었다.

“여보, 이 두 아이는 정말 잘 키우겠어요.”

그녀는 등잔불을 켜고 일감을 잡았다.

어머니께 꿈 이야기를 들은 하상도 큰 감동을 받고 기뻐했다. 그는 곧바로 아버지 약종의 무덤을 찾아가 언 땅에 무릎을 꿇고 앉았다. 늘 자신의 속에서 끓어오르던 생각들을 신중하게 털어놓았다.

“아버지, 저는 무언가 더 배워야 하겠습니다. 한 권의 종교 서적도 갖지 못하고 다른 교우와 접촉도 전혀 없이 오직 어머니의 입으로부터 전수 교육을 받으니 너무 부족감을 느낍니다. 아무것도 모르는 우물 안 개구리 같습니다.”

그리고 하상은 아버지의 대답을 기다리듯 침묵 가운데 한참 앉아 있었다. 두물머리 강에서 불어오는 세찬 바람이 그의 몸을 휘감고 맴도는 가운데 한 소리가 그의 귓가에 울려 퍼졌다.

“일어나 가거라. 서울로 가거라. 교회를 위해 참으로 몸 바쳐 일할 일꾼이 필요하다. 이 교회를 이끌어갈 지도자가 필요하다. 1801년 신유박해 이후 목자 없는 교회가 풍전등화 같지 않느냐? 너는 교회를 다시 재건시켜야 한다.”

무덤에서 들려오는 아버지 목소리 같기도 하고 하늘에서 들려오는 하느님의 소리 같기도 했다. 아니 그의 깊은 내면에서 들려오는 자신의 소리인지도 모른다. 어쨌든 그 셋이 모두 일치한 소리였다. 그렇다면 더욱 좋고 꼭 해야 할 일이다.

너는 이제 스물이 가깝지 않느냐? 천주교의 본분을 지키기 어려운 큰집에 기대 천덕꾸러기 노릇이나 하기보다는 참으로 필요한 하느님의 일꾼으로서 내 몫의 일을 해야 한다고 그는 결심했다.

큰집에서는 그를 결혼시켜 조용한 생활을 하게 하려 했다. 아직도 지체 높은 양반집에서 청혼이 이어 들어왔지만 그는 능력이 없다는 이유로 허락하지 않았다. 속히 이곳을 떠나야 한다고 다짐했다.

얼마 후 그는 서울로 올라갔다. 사촌 누이뻘 되는 조증이 발바라의 집에 머물면서 교우들과 접촉하며 신덕을 쌓고 책을 구해 공부에 열중했다. 그러나 그를 제대로 교육시켜 줄 만한 사람을 찾기가 어려웠다. 이때 유명한 교우 조동섬 아우구스띠노가 신유박해 때 함경도 무산으로 귀양 가 있다는 소식을 알아냈다. 그는 아버지 삼촌들과 이벽, 이승훈, 권철신과 함께 일한 양근 땅의 학문과 도덕을 함께 갖춘 분이었다. 이분이야말로 자신의 스승이 될 수 있다고 믿고 낯설고 험악한 천리 길을 혼자서 찾아 떠났다. 외롭고 두려운 길이었다. 그동안 고통을 통해 얻은 끈기로도 어려운 여행이었다. 고생 끝에 찾아간 그를 조동섬은 진심으로 반갑게 맞아주었다.

아버지가 죽은 이래 처음 진심으로 사랑을 받아본 느낌이다. 몇 달 동안 그는 교리와 한문을 잘 가르쳐 주었다. 그리고 서울로 돌아가 신자들을 깨우쳐 주고 신부를 맞아들이라고 지도해 주었다. 곧 서울로 올라온 그는 동지를 모았다. 우리나라 두 번째 동정 부부이며 많은 자선사업을 하던 조동섬의 친척인 조명수 베드로와 그의 부인 권일신의 맏딸 권 데레사가 그를 자기 집에 하숙시키고 적극 밀어주었다. 그 무렵 전라도 신지도에서 우이도로 유배 간 삼촌 정약전의 부음을 받았다. 그 부음은 그에게 어떤 일이 있어도 배교하지 않고 순교해야겠다는 결심을 더 굳게 다지게 했다.

여비를 마련한 정하상 바오로는 1816년 10월 24일 통역관의 종이 되어서 동지사의 일행에 끼어 북경으로 향했다. 그 시대 명문 양반 자제가 종으로 변신한다는 것은 있을 수 없는 일이다. 그러나 사람은 누구나 다 하느님의 자녀라는 천주교 신앙 때문에 별 동요 없이 잘 해낼 수 있었다. 이미 그들에겐 양반 쌍놈이 따로 없었던 것이다. 그의 좋은 머리로 짜낸 빈틈없는 계획으로 목적지에 무사히 도착할 수 있었다. 그러나 밀어주던 구베아 주교님이 돌아가셨고 불란서 대혁명의 여파와 청나라의 교회 박해로 신부를 파견할 수 없다고 했다. 하상은 몹시 실망했으나 북경 교회와 길을 튼 것으로 만족해야 했다. 이듬해 봄 서울로 돌아가던 길이었다. 외주에서 갑자기 짐을 싣고 가던 말의 발이 병이 나서 하루 늦게 서울에 도착하게 됐다. 바로 그 전날 조명수와 부인 데레사가 축일표가 발각되어 형조에 잡혀갔다. 그들은 하느님의 돌보심으로 늦게 도착해서 변을 면했다고 감사했다.

5년 후 1821년 27세가 된 정하상이 조선 교회의 사무장 격이 되었다. 그는 현석문 가롤로, 이경언 바오로 등 몇 사람과 손을 잡고 교우들을 지도하며 북경에 가서 영세 견진 고해성사를 받고 신부 영입 운동을 계속했다. 북경에서 신부 영입이 어려워지자 1825년 이여진 요한 등과 함께 직접 로마 교황청에 편지를 올려 조선 교회의 딱한 사정을 알리기로 했다.

다섯 번째 정하상의 방문을 받은 북경 주교는 그의 지극한 열성에 감동해 다음 해 신부를 보내주겠다고 약속했다.

그런데 1826년 오기로 약속된 심 신부가 도중에 죽고 말았다.

1827년 정하상은 다시 북경 주교를 찾아갔다. 박해로 괴로움을 받고 있던 주교는 화를 냈다. 비신자 집에 맡겨둔 어머니와 누이를 잘 돌보고 구령에 힘쓰고나 있으라고 하였다. 사실 오직 신부 영입 문제에만 너무 골몰했던 탓으로 비신자인 큰삼촌에게 의탁하고 있는 가족의 영적 돌봄에 너무 소홀했던 것 같았다. 가족에게도 좀 더 신경을 쓰기로 결심했다. 그러나 그 어려운 일이 거의 다 된 듯싶었는데 고통의 북경 방문 여섯 번째에 와서 끝장이 나는 게 아닌가 싶어 무척 괴로웠다. 끈질기게 일어나기만 하던 그도 좌절했다. 그래도 아직은 하느님이 주신 때가 아니라고 믿기로 했다. 주교의 명에 순종도 해야 하고 허탈해진 마음을 달래려 고향으로 내려가서 어머니와 누이를 데리고 서울로 올라왔다. 그와 마찬가지로 교우들도 너무 실망하고 있었기 때문에 보기 미안했다. 서울은 가난한 살림살이와 영신 생활을 하는 데 별로 도움이 되지 못했다. 그는 다시 가족을 데리고 고향으로 돌아갔다.

마재 고향에는 1818년 귀양에서 풀려난 삼촌 정약용이 돌아와 있었다. 그는 귀양지 강진에서부터 배교를 크게 뉘우치고 고신 극기하여 허리를 철사 줄로 감고 죽을 때까지 고생할 결심을 했다. 대재를 지키며 매일 기도와 묵상 속에서 살았다. 약용은 조카 정하상을 도와 교회 재건 운동을 일으키기로 했다.

정하상은 삼촌에게 많은 것을 배우며 온 마음과 힘을 다해 신덕을 쌓아갔다. 해마다 두 차례의 사순절을 지키고 단식하며 가난한 가운데에서도 자선사업에 힘썼다.

그 당시 정약용은 참회의 증거로 『조선복음전래사』를 저술했다. 초창기 학문에서부터 시작한 교회 인물과 사건이 상세히 기록되었다. 거의 마재, 그의 가정을 중심으로 한 친척들의 활약이었다.

하상은 모든 진실을 파악할 수 있었다. 배교 아닌 배교도, 박해자들까지도 이해할 수 있었다. 모든 것은 이 땅에 복음의 씨를 뿌리고자 하는, 역사를 주관하시는 하느님의 섭리였던 것이다. 고려 시대 불교의 타락으로 유교가 조선의 구원이 되었듯이, 유교의 부족한 진리의 모순성, 당쟁의 심화로 천주교의 구원이 부득이했던 역사의 굴레, 모두가 하느님의 손길이었다.

"삼촌, 배교하신 어른들을 충분히 이해하겠습니다."

"그러나 너는 배교하지 말고 순교해라. 배교한 다음의 고통은 순교하는 고통보다 더 큰 것 같다."

삼촌이 깊은 한숨으로 말했다. 삼촌의 아픔이 마음에 와닿았다. 그는 진실로 삼촌과 한마음이 되어서 신덕을 쌓는 데 정성을 다했다. 5~6년 동안 그렇게 살면서 그를 박해하던 친척들에게 전교를 했다. 자신들을 미워하지 않고 덕과 사랑으로 전교하는 그들을 보고 많은 친척들이 입교하였다.

드디어 1831년 9월 9일 조선 교구가 설정되었다는 소식이 날아왔다. 하상은 더 이상 시골에 묻혀 살 수 없었다. 약용 삼촌도 어서 서울로 올라가 주교와 신부를 모셔다 교회를 재건하라고 하였다.

그는 다시 아버지 무덤을 찾아갔다. 무덤 주위엔 갈대가 무성했다. 바람에 흔들리는 갈대의 모습은 마치 핍박받고 있는 하얀 옷의 수많은 교인들 같았다. 어서 빨리 와 도와달라고 손짓하고 있는 것 같았다.

"드디어 됐습니다. 아버님! 조선 교구가 설정되었습니다."

그는 높푸른 가을 하늘을 보고 힘차게 소리쳤다.

"그래, 장하다. 이제 시작이다. 어서 일어나 가거라. 일어나 가거라."

갈대 부서지는 바람 소리 속에서 아버지는 여전히 소리치고 있는 것 같았다.

처음 서울에 간 그는 사람들 앞에 잘 나타나지 않았다. 그러나 교우들은 곧 그를 알아보았다. 그가 고향에서 신심, 덕행, 강직한 성격과 재주, 깊은 사려 등이 더욱 빛나게 다져졌다는 것을 한눈에 알아보았던 것이다. 결국 그는 조선 교회의 일을 대부분 다 맡아 처리하고 지도하게 됐다.

1834년에는 다시 북경에 들어가 유방제 신부를 영입해 왔고 1836년 1월 25일에는 모방 신부님이 서울에 들어왔다. 신부님은 먼저 신학생이 될 만한 청년을 뽑기 시작했다. 제일 먼저 최양업 토마가 뽑혔다. 그는 하상의 집에 머물면서 라틴어 공부를 하였다. 신부를 모시고 정신없이 돌아다닐 때 일흔다섯의 삼촌 약용이 노환으로 임종이 가까워 종부 성사를 청해왔다. 하상은 그동안 삼촌과 친분이 있던 유방제 신부와 함께 마재로 갔다.

자색 보료에 반듯이 누워있는 약용은 깨끗했고 정신은 아직도 맑아

보였다. 엷은 미소로 유 신부와 하상을 맞이했다. 약용은 오래도록 성사를 보았다. 끝난 뒤 하상이 들어가자 손을 내밀어 하상의 손을 꼭 쥐었다. 무릎을 꿇고 또 한 손을 저고리 앞섶에 올려놓던 하상은 흠칫 놀랐다. 아직도 굵은 쇠 철사를 동이고 있었다.

"삼촌, 이 철사를 이젠 풀으세요."

항상 반성하며 괴로운 중에 살아오신 분이다. 하상은 눈물을 흘렸다.

"아니다. 내가 죽어도 이 철사 줄을 풀지 말아 다오. 내가 매일같이 반성한 바를 적어둔 글이 저기 있다. 형님은 천국에 계시겠지."

약용은 동경심이 가득한 슬픈 눈으로 하상을 바라보았다.

"삼촌 안심하세요."

하상의 눈에선 눈물이 걷잡을 수 없이 흘렀다. 일곱 살에 아버지를 잃고 고생하다 고향에 돌아와서 있을 때 아버지의 정을 느끼게 해 줬던 참으로 온유하고 다정하신 분이다.

"하느님께서는 이미 모든 것을 다 용서해 주셨습니다. 천국에서 부르고 계십니다."

유방제 신부가 뒤에서 확신에 찬 목소리로 말했다.

2월 22일 약용은 아주 평화로운 얼굴로 조용히 눈을 감았다.

모방 신부는 3월 7일에 최방제 프란치스코 사베리오, 7월 11일에 김대건 안드레아를 뽑아서 라틴어를 가르쳤다.

유 세실리아와 정정혜는 그들과 신부님을 정성껏 돌보았다. 그들이 장차 우리나라 신부가 된다는 사실에 그저 기쁘고 흐뭇하여 팥 방구리 쥐 드나들듯 먹을 것을 날라다 주고 입을 것, 건강, 마음까지 살폈다. 어머니보다 더 마음 쓰고 챙겨주었다. 그들 생애 중 가장 기쁘고 보람

찬 시간이었다.

유감스럽게도 유방제 신부가 불미스러운 일로 12월에 중국으로 다시 돌아가게 되었다. 그가 가는 길에 최양업, 최방제, 김대건 세 신학생들도 유학길에 올랐다. 오는 길에 하상은 샤스땅 신부를 모시고 왔다. 이어서 앵베르 주교도 영입하였다. 왕복 5천 리 눈보라 빙판길을 아홉 차례나 다닌 결과였다.

그는 항상 강가 아버지의 무덤 앞에서 바람 소리처럼 들려온 일어나란 소리를 가슴에 묻고 진리의 나팔처럼 불어대며 살아왔던 것이다.

앵베르 범주교는 하상을 성직자가 되게 하려고 속성 신학 교육을 하였으나 1839년 주교와 함께 잡힘으로 뜻을 이루지 못했다.

그는 심문을 받을 때 박해에 대비해 써둔 호교론 상재상서를 포장대리에게 바쳤다. 상재상서는 천주교 입장을 잘 밝혀 박해자에게 박해를 그치도록 주장한 글이다. 가장 요령 있게 천주교 도리를 편 2,000여 자의 명문이었다.

사흘 후 포장은 그를 불러 문초했다.

"비록 네 말이 옳다 해도 동지들을 모아 국왕이 금지하는 것을 가르친단 말이냐?"

"그 말씀에는 대답할 말이 없으니 내게는 죽음만이 남았을 뿐입니다."

"너는 죽음이 두렵지 않느냐?"

"죽음은 부활의 문으로 들어가는 길입니다. 승리의 월계관을 쓰는데 무엇이 두렵겠습니까? 오히려 기쁠 따름입니다."

하상은 옷깃을 여미고 하느님 앞에서 대답하듯이 진정을 다해 또렷이 말했다.

포장은 내심 그의 진리에 대한 확신에 감복해서 할 말을 찾지 못했다.

포교들이 그의 집에 가서 그의 노모 세실리아와 정혜도 잡아갔다.

박해가 일자 조카가 집까지 장만하고 피신을 권했으나 세실리아는,

"나는 항상 순교하길 원했네. 이젠 그 기회가 왔으니 내 아들 하상 바오로와 함께 순교하고 싶네."

하고 대답해 돌려보냈다.

감옥에서 세실리아는 미소를 잃지 않고 사람들을 격려하고 돌봐 주었다. 길고 긴 신앙의 괴로운 여정에서 자신의 길을 다 마치고 비로소 약속한 남편의 곁, 하느님 곁으로 갈 수 있다는 기쁨이 컸던 것이다. 그들이 가던 날들은 하늘에 검은 구름이 몰려오고 시리고 매서운 흙바람이 미친 듯 불어댔다. 그들은 하나같이 하늘을 보고 미소를 띠며 차례로 갔다.

"두물머리 이곳 마당엔 항상 순교자의 바람이 입니다. 일어나라! 일어나라!

우리 마음을 깨우쳐 주고 하느님을 증거하게 하는 바람머리의 소리가 있는 곳이죠."

정 회장은 여전히 천진한 어린이처럼 웃으며 큰 호흡으로 바람을 가슴 가득 받아들이었다.

이곳은 신비한 곳이다. 유교와 천주교가 만난 곳. 동양과 서양의 물결이 만나 합쳐 흐르고 동양과 서양의 바람이 만나 섞여 부는 곳이다. 나도 순교자들을 받아안듯 가슴속 깊이 바람을 호흡해 들였다. 바람머리들 순교자들의 씨가 내 가슴속 깊이 심어지도록.

조각이불의 환생

아침에 무거운 눈을 겨우 뜨니 얼룩진 창문에 인상을 쓴 햇살이 기분 나쁜 듯 기웃거리고 있다. 나는 창을 등지고 돌아누웠다. 애써도 일어나기 힘들 것만 같고 일어나기도 싫었다. 천정 여기저기에 늘어진 거미줄처럼 내 마음에도 거미줄이 가득 차 있는 모양이다.

나는 몇 번이나 실패하고도 또 창업을 하겠다고 속을 썩이는 아들 때문에 화병이 나 몸져누운 지 오래되었다. 처음엔 어깨가 아파 오십견인 줄로만 알고 병원을 오래 다녔었다. 아무리 해도 낫지를 않았다. 의사도 왜 그런지 잘 모르겠단다. 그러다 여기저기 다른 병이 막 생기고 내 몸은 완전히 종합병동이 돼버리고 말았다. 이젠 거동하기도 힘들다. 몸도 마음도 다된 모양이다.

나는 아들에게 내 엄마처럼 냉정하고 무관심한 사람이 되지 않으려고 무척 노력했다. 온 힘을 다하여 기도하고 지혜를 쏟아부었다.

진심을 다하여 대화를 시도하고 풀어나가려 했다. 그러나 아무리 해도 결론이나 해결이 나지 않았다. 그 고집을 꺾을 수 없다. 막을 재간이 통 없다. 자식을 키운다는 것이 이렇게 힘들 줄은 몰랐다. 내가 엄마처럼 자식을 버린 것도 아니고 잘 키우려고 온갖 노력을 다하건만 도대체 무엇이 못마땅한지 모르겠다. 돼먹지 않은 운명인가 보다.

몇 년을 그렇게 지내다 보니 집에는 관심도 안 가고 거의 손을 놓다시피 하게 되었다. 자연 집안은 엉망이 되고 말았다. 천정 가에 늘어진 거미줄을 바라보고 있자니 방 안이 무덤 속 같아 보였다. 순간 자신이 어두컴컴한 지하 무덤에 누워있는 것 같은 느낌이 몰려들었다. 이러다 내가 금방 죽기라도 한다면? 사람은 언제 어떻게 될지 모른다. 마지막에 아이들에게 이런 추한 꼴을 보여서는 안 된다는 생각이 들었다. 나는 가까스로 정신을 차리고 일어나 앉았다. 밥을 한술 먹고 조금씩 집 안을 정리해나가기 시작했다.

장롱 깊숙한 곳에서 꽁꽁 싸놓은 황금색 작은 보자기가 하나 나왔다. 무엇인가 몰라 펼쳐보았다. 분홍색 면 아기 조각이불이 드러났다. 순간 나는 어느새 그곳으로 완전히 빨려 들어가고 있었다. 그동안 내가 어떻게 이것을 완전히 잊고 있었는지 모르겠다. 얼마나 고통스러웠으면 이것까지 까맣게 잊고 살았나 싶다.

나는 조각이불을 조심조심 방바닥에 펼쳐놓았다. 이것으로 두 아이를 키웠는데도 아직도 새것 같다. 조각보 속에 있는 라인 자수들이 하나씩 살아서 튀어나온다. 코스모스, 장미, 튤립 나무들이 있는 정원 가운데 빨간 지붕의 집이 있다. 엄마 아빠와 손잡고 활짝 웃고 있는 아이와 호숫가에서 새와 강아지, 사슴들이 뛰어노는 숲속의 세상이다. 내가 꿈꿔왔던 세상, 나의 정원, 내 인생의 지표 같은 것이다. 별로 순탄치 못했던 내 어린 생에서 조각이불은 내 몸에 새겨진 문신처럼 희망의 지도 같은 것이었다. 내 꿈의 조각 작품 같은 것이기도 했다.

사실 그 꿈과 희망은 어둠의 가림막이었는지도 모른다.

내 생에 언제나 묻어 다니는 짙은 어둠을 나는 보려 하지 않았다. 그 조각이불 한가운데, 내 생의 지도 한복판에는 지옥처럼 어두운 구멍이 있었던 것이다. 그러나 나는 그것을 늘 가림막으로 덮어두고 모른 척했다.

조각이불은 이 분홍색과 옥색 두 개가 있었다. 나는 고등학교 시절에 서툰 솜씨로 옥색 조각이불을 만들었다. 처음에는 하나만 생각을 했었다. 왜냐하면 조각이불은 나에게 유일해야 했기 때문이다.

"강현이!"

"네!"

선생님이 부르는 소리에 나는 발딱 일어나 대답을 하고 총알처럼 튀어나갔다. 언제 이름을 부르나 잔뜩 긴장하고 앞만 바라보고 있다가 상장이라도 받으러 나가는 기분이었다. 선생님은 두툼한 수예품을 내밀며 잘했다고 칭찬까지 한마디 얹어주셨다. 나는 예상했던 것이 이루어진 것 같아 절로 함박꽃 같은 미소가 활짝 피어 나왔다.

칭찬의 소리를 안고 자리에 돌아오니 친구들이 선생님의 눈치를 보며 슬금슬금 모여들었다.

"얘! 어디 좀 보자. 얼마나 잘했나? 깡짜 선생님이 칭찬을 다 하니."

까탈스러운 친구가 수예품을 빼앗아 펼쳐보며 많이 놀란다.

"야! 나도 모르게 너 언제 이렇게 했니? 책상보 만들면 쉬울 텐데 고생을 사서 하다니? 어려운 것 해서 수秀 받으려고 그랬지?"

내 짝은 심술이 나 이상하다는 듯 나를 유심히 바라보며 비쭉거렸다. 나는 그저 빙긋이 웃기만 했다. 우리 반에서 조각이불을 한 사람은 나 하나뿐이다. 모두들 그걸 어떻게 하냐고 거들떠도 안 보았지만 나는 조각이불 말을 듣자 가슴이 뛰기 시작했다. 예쁜 이부자리를 깔고 덮고 자보는 것이 내가 어렸을 때 늘 바라던 꿈이었다. 우리 집이 가난해서도 아니고 그건 순전히 내 탓이었지만 아물지 않는 상처였다. 나는 일곱 살까지 오줌을 가리지 못하는 버릇이 있었다. 나는 어려서 동네 사람들한테 예쁘고 똑똑하고 영악스럽기까지 하다는 소리를 들었었다. 한데 그 버릇만큼은 도저히 헤어 나올 수 없는 함정 같은 것이었다.

할머니는 내가 엄마 아버지가 없는 천덕꾸러기라 그렇다고 했다. 아버지는 내가 태어나자마자 6·25전쟁이 일어나 행방불명이 되었고 엄마도 개가를 했던 것이다. 나는 사실 작은아버지 작은엄마 손에서 눈치를 보며 천덕꾸러기로 자라야 했다. 그래서 나는 나름 무척 노력을 했지만 그 함정에서 도저히 빠져나올 수가 없었다. 아침마다 목화솜 요에 커다란 애가 싸놓는 노란 오줌 지도는 요란했고 악취는 더 고약했다. 세탁기도 없는 그 시절에 자주 빨 수도 없는데 카시미론 솜도 아닌 목화솜 요는 아예 빨 수 없는 물건이었다. 햇빛에 널어 말리는 일이 고작이었다. 햇볕에 널려있는 그 지도를 볼 때마다 나는 숨고 싶도록 자신이 싫었다. 반면 친엄마 친아빠가 한없이 그리웠다. 아니 그리움보다 몇 곱 더 원망스럽고 미웠다. 아마 친엄마 친아빠 밑이라면 야단을 맞아도 덜 부끄럽고 덜 창피하고 덜 미안했을 거라고 생각해서인지 모른다. 내가 시무룩해 있을 때 고모는 가끔 엄마 아빠 얘기를 해 주었다. 아마 내가 엄마 아빠를 그리워하는 줄 아는 모양이다.

"현아! 엄마 아빠 보고 싶지? 나도 오빠가 참 보고 싶어. 현이 아빠는 참 좋은 사람이야. 고모가 어릴 땐 가끔 나를 업고 노래를 불러주었어. 또 예쁜 모자와 구두를 사서 신겨가지고 카메라로 사진도 많이 찍어 주었지. 그리고 내 손을 잡고 핑글핑글 맴돌리면서 여자대학교도 보내주겠다고 약속했거든. 눈은 사슴처럼 크게 쌍 겹 져서 너같이 예쁜 미남이셨어."

고모는 오빠를 그리는 듯 내 눈을 깊숙이 바라보며 말했다. 나는 눈을 내리깔았다. 그러면 뭘 해? 자식은 낳아 놓고 찾아오지도 않으면서. 나하곤 아무 상관도 없는 사람인데. 자식을 버린 사람이잖아? 봐! 엄마도 나를 버리고 당당히 가버렸잖아? 뭐가 좋은 사람야? 엄마 아빠만 내 옆에 있었어도 내가 이 꼴은 아닐 텐데. 나는 엄마 아빠를 미워해. 나는 그들을 증오했다.

나는 내가 낳는 아이에게는 꼭 산뜻한 요에서 예쁜 이불을 덮고 자게 하고 싶었다. 나는 조각이불을 심혈을 기울여 만들었다. 마침 외갓집에 다니러 갔다가 큰이모한테 받은 용돈도 있고 해서 작은엄마한테 손을 내밀지 않아도 되어 큰마음을 먹었던 것이다. 남대문시장에 가서 아기 피부에 좋을 부드러운 면을 골랐다. 색깔도 너무 진하지 않고 아기에게 어울릴 아련한 아이보리 노란색과 연녹색을 택했다. 녹색은 아마도 딸이 아닌 아들을 염두에 두었던 것 같다. 여자인 나보다 더 대우를 받는 남자아이가 더 좋을 것 같았던 것이다. 자른 조각에 프랑스 라인 자수로 귀엽고 예쁜 다람쥐, 토끼와 노루, 코스모스, 장미꽃과 나무들을 하나하나 따로 수놓았다. 동화책에 나오는 숲속의 잠자는 공주와 왕자를 그 속에 숨겨 두었다. 내가 다시 봐도 참으로 만족스러울 만큼 훌륭한 조각이불이다. 집에 가지고 온 나는 자랑하고 싶은 마음이 굴뚝같았지만 부정이라도 탈 것만 같아 아무도 모르게 보자기에 잘 싸서 장롱 깊숙이 숨겨두었다. 내가 시집갈 때 갖고 갈 보물 1호였다.

고모의 함이 들어오는 날이었다.

초겨울 날씨가 꾸물거리며 어두워지기 시작하자 일찍 함진아비가 당도했다. 가난한 우리 집 형편을 생각해 고모부 될 나이 많은 신랑이 조용히 하는 것이 좋다고 단짝 친구와 단둘이만 왔다. 곧바로 안으로 들어와 내려놓은 함 속에서는 내가 태어나서 처음 보는 참으로 진귀하고 아름다운 보석들이 한 상자 가득 들어 있었고 봉황이 수놓인 황금색 비단 치마저고리와 청홍색 치마저고리, 두루마기 그리고 또 좋은 비단 옷감이 가득 들어 있었다. 들여다보던 가족들은 모두 상기된 얼굴로 환하게 웃으며 몹시 기뻐했다.

고모는 부잣집으로 시집을 가나 보다. 그런데 고모는 고학으로 공부만 했지 준비한 것이 아무것도 없다. 맨손으로 와도 좋다고 했다지만 어쩐지 마음이 짠하다. 사실 고모는 맨손으로 가도 하나도 꿀릴 것이 없다. 학벌이나 인물이나 인품이나 다 너무나 훌륭하니까. 그래도 나는 왠지 자꾸 가슴이 시리다. 몇 년 전에 돌아가신 할머니만 살아계셔도 이렇지는 않을 것 같았다. 고모는 어릴 때 아버지도 돌아가셔서 부모가 다 없다. 나와 같은 형편이다.

고모는 나의 엄마나 다름없었다. 내가 어려서 오줌을 쌀 때 할머니는 나를 많이 야단쳤다. 작은며느리 보기가 미안해서 더 그랬을 거다.

빨리 버릇을 고쳐야 하는데 할수록 나는 더 주눅이 들 뿐 조금도 나아지지 않았다.

그런데 나와 한 방에서 한 이불을 사용하는 고모는 그러한 나를 한 번도 야단친 적이 없다. 신기하게도 밤중에 내가 오줌을 지리기 시작하면 고모는 용케 알아차리고 바로 일어나 조용히 나를 깨워 오줌을 뉘었다. 불쌍하다는 듯이 부드러운 얼굴로 깨끗이 씻겨 팬티를 갈아입혔다. 젖은 요는 마른걸레로 닦아내고 수건을 깔아서 다시 재웠다. 나보다 나이는 열 살쯤 더 많았지만 고모도 어른은 아니었다. 나를 사랑하는 마음이 지극하지 않으면 그럴 수가 없다는 것을 어린 나도 알 수 있었다. 그런데 나처럼 엄마 아빠도 없이 맨몸으로 부잣집에 시집가서 구박이라도 받으면 어쩔 것인가 좀 걱정이 된다. 물론 현명하고 성품 좋은 고모가 잘 하리라 믿지만 걱정을 떨칠 수가 없다.

신랑과 함진아비가 가고 난 뒤 식구들은 다시 진귀한 보석함을 둘러싸고 앉았다. 좀 더 본격적으로 패물과 함 속의 옷들을 살펴보려는 모양이다. 기쁨에 들뜬 얼굴들이 물건을 향해 한마디씩 폭죽을 터트려댄다. 그럴 때마다 터져 나오는 환성을 뒤로하고 나는 슬쩍 내 방으로 돌아왔다. 할머니가 쓰던 검은 머릿장 속 밑바닥을 힘겹게 뒤져 보따리를 하나 찾아 꺼내 놓았다. 그리고 고모가 시집가서 없는 이 집에서의 나 혼자의 생활이 얼마나 고달프고 외로울까 하는 생각에 빠져들고 말았다.

한참 만에 고모가 방으로 들어왔다. 고모는 우울한 얼굴로 앉아 있는 나를 보자 말없이 다가와 살포시 안아주었다. 나는 눈물이 나오려는 것을 겨우 참았다.

"고모는 부잣집에 시집가서 좋겠다."

나는 괜히 엉뚱한 소리를 했다.

"괜찮아! 고모가 먼 데로 가는 것도 아니고 같은 서울인데 뭐, 자주 올 거야."

고모는 내 마음을 다 안다는 듯이 나를 이윽히 바라보며 등을 쓸어 주었다.

"그치 뭐! 고모 이거!"

나는 보자기를 고모 앞으로 쓱 밀어놓았다.

"이게 뭔데?"

"풀어 봐!"

조심스러운 손길로 보자기를 풀어보던 고모의 얼굴이 화들짝 놀란다.

"아니 이거 조각 이불 아니니? 어디서 이렇게 예쁜 조각 이불이 났니? 아! 학교에서 네가 만든 거구나."

고모는 무슨 큰 비밀이라도 캐내려는 듯이 내 눈을 똑바로 쏘아보았다.

"응! 내가 가사 시간에 만든 거야. 고모 애기 나면 덮어 줘. 예쁘잖아?"

나는 눈을 방바닥에 깔고 중얼거리듯이 말했다.

"그래! 참 예쁘다. 헌데 이건 뒀다가 너 시집갈 때 가지고 가야지."

고모는 내 속을 훤히 들여다보는 듯 슬픈 얼굴로 천천히 말했다.

"아니야."

나는 비밀을 들킨 듯 우물거렸다.

"현아! 네가 정성을 다해 만든 첫 작품인데 네 아기 덮어줘야지."

고모가 진정으로 나를 달래듯이 말했다. 고모는 진심으로 나를 설득하려 할 때는 내 이름을 꼭 불렀다.

"그래도 나는 고모 선물로 꼭 주고 싶어서 그래. 나는 또 만들면 되잖아?"

나는 팍! 소릴 쳐버렸다. 화를 내서라도 고모가 받게 하고 싶었다. 조각이불은 내 소중한 보물 1호지만 고모는 그보다 훨씬 더 소중했다.

"그래! 네 마음이 정 그러면 받을게. 고맙다. 정말!"

고모는 눈물이 나오는 것을 감추려는 듯 고개를 슬쩍 돌린다. 아직 이른 봄 동산에 한두 송이 피어난 진달래꽃처럼 시린 미소가 서려 있었다.

고모가 시집가고 난 집은 빈집처럼 쓸쓸했다. 고모가 그리워 찾아가고 싶어도 고모네는 시부모님과 시동생들이 있어 그리할 수가 없었다. 고모 시집살이가 보통이 아닌 것 같아 마음이 사뭇 무겁다.

외로움을 달래고 싶었던지 나는 자연스레 외갓집을 자주 들랑거리기 시작했다. 외갓집에는 근처에 있는 이모들이 늘 와서 살았다. 이모들은 나한테 참 잘했다. 엄마는 좀체로 나타나지 않지만 외갓집의 대소사 살림을 도맡아 해주는 대장이었다. 이모들도 엄마의 도움을 받고 사는 형편이었다. 해서 나를 잘 보살펴야 한다는 무언의 약속 같은 것이 있었는지 모른다.

엄마는 되도록 나를 안 만나려 했다. 새아버지도 새 동생들도 한 번도 본 적이 없다. 숫총각한테 처녀 행세로 시집을 가서 그럴 수밖에 없단다. 새아버지 혼자만 알고 있지 동생들은 내가 존재하는 것도 모른단다. 엄마는 너무하는 것 같다. 해도 나는 새아버지도 은근히 보고 싫고 새 동생들도 보고 싶었다.

한데 어쩌다 엄마를 만난 어느 날 나의 그런 은근한 소망은 절대로 해서는 안 된다는 것을 알게 되었다.

"현아! 너 이제 나를 만날 생각 하면 안 돼. 나는 이제 네 아빠가 아닌 다른 남자의 아내고 다른 집 아이들의 엄마니까. 너 여기 올 때도 반드시 온다고 미리 얘기하고 와야 해."

엄마는 부해진 몸에 값비싼 귀금속으로 치장을 하고 거만하고 냉정하게 말했다. 부티가 났지만 전과 달리 어딘가 초조하고 불안해 보였다. 나는 무심히 가던 골목길에서 느닷없이 뒤통수를 한 대 얻어맞은 것처럼 멍했다.

"언니는 여기 오는 것까지 그렇게 단속할 필요가 뭐 있어?"

큰이모가 너무한다 싶은지 힘없이 말했다.

"뭐라구? 너 그러다 여기서 우리 애들하고 부딪히기라도 하면 어쩔 거야? 그래야 서로 부딪히지 않지."

엄마는 이모들을 무섭게 쏘아보며 냉정하게 말했다. 이모들은 죄인처럼 고개를 푹 수그리고 있었다. 나는 눈물이 확 쏟아질 것 같았다.

"내가 너를 도와야 할 땐 이모들한테 연락을 해. 필요하면 만나 줄 거야. 그래야 너와 우리 집이 다 평안히 살 수 있기 때문에 그러는 거야. 알겠지?"

나를 쳐다보는 모습이 마치 얼음 조각 같았다. 엄마는 엄마가 아니다. 자기만 생각하는 인간이다. 나는 다시는 엄마를 만나지 않겠다고 속으로 굳게 결심하였다. 이모들은 엄마의 진짜 마음은 그게 아니라고 했다. 속으로 너를 얼마나 생각하는지 모른다고 위로를 했다. 하지만 나의 마음은 엄마에게서 완전히 돌아섰다. 집으로 가는 차 안에서 하염없이 눈물이 쏟아졌다.

나는 외갓집과는 인연을 끊고 공부에 열중하였다. 고모가 그리워도 고모네 시집으로 찾아가서 눈치를 보기는 싫었다. 시집살이로 가뜩이나 힘든 고모를 더 힘들게 하기는 정말 싫었다. 아쉽지만 가끔 고모가 친정에 오는 날 만나는 것으로 만족하기로 했다. 고모는 첫아들을 낳았다. 내가 조각이불을 만들며 바라던 대로 고모가 첫아들을 낳았다는 것이 참 신기하고도 즐거웠다. 아기 백일잔치에 처음 찾아가 보았다. 조각이불을 덮고 잠든 아기를 보니 참으로 평화로워 보였다. 나는 큰일을 해낸 듯 참 기뻤다. 나의 보물 제1호 조각이불을 잘 선물했다고 생각했다.

나는 다시 두 번째 조각이불을 만들어야겠다는 생각이 들었다. 나는 곧 남대문시장으로 가서 천을 끊기로 했다. 이번에는 아이보리에 분홍색 바탕을 할 생각이다. 엄마 때문일까, 전과 달리 내가 많이 사랑해 줄 첫째 딸을 갖고 싶어졌다. 딸이라면 분홍색이 예쁠 테니까 딸을 낳아서 공주처럼 잘 키워보고 싶었다. 절대로 나처럼 이렇게 천덕꾸러기가 되지 않게 아주 귀하고 훌륭하게 키울 것이다. 천대받지 않을 남자보다는 천대받기 쉬운 여자를 잘 키우는 것이 더 좋을 것이라고 생각했다.

구성도 많이 생각해서 더 철저히 규모 있게 하였다. 조각이불 정중앙에다 빨간 양옥집과 즐겁게 노는 아이들을 놓고 다음 라인에는 잔디에서 뛰노는 동물들을 두기로 했다. 동물들은 사슴, 노루, 강아지, 토끼, 다람쥐, 병아리와 오리들이다. 그다음 라인에는 꽃나무 울타리를 칠 생각이다. 개나리, 장미. 수선화, 코스모스, 목련, 모과, 포도,

감나무를 놓을 생각이다.

오래도록 정성을 다해서 드디어 제2호 조각이불을 완성해냈다. 만족스러운 작품이 되었다. 나는 보자기에 잘 싸서 또 할머니 머릿장 깊숙이 넣어두었다. 외로울 때면 가끔씩 꺼내 들여다보며 행복한 환영幻影에 빠지곤 했다.

이모들을 만난 지가 언제인지 모른다. 어느 날 내가 좋아하는 큰이모가 오라고 연락을 했다. 외할머니가 나를 무척 보고 싶어 한다는 것이다. 나는 가야 할지 말아야 할지 한참 고민을 하였다. 나는 사실 외할머니도 보고 싶고 이모들도 보고 싶었다. 엄마만 보지 않으면 되는 거 아닌가 싶어 찾아가기로 했다. 외할머니네는 다른 이모들도 다 와 있었다. 누구 생일인가 맛있는 음식을 잔뜩 차려놓고 잔치를 하고 있었다. 나는 딱히 알려고도 하지 않았다. 한쪽 구석에 앉아 하는 대로 구경하며 주는 대로 먹기만 했다.

"현아! 이거 엄마가 너한테 주는 선물이야."

큰이모가 커다란 박스를 하나 내밀었다. 갑자기 선물은 무슨? 나는 어리둥절해서 이모를 뻔히 쳐다만 보았다.

"얘! 어서 받아."

이모는 아주 진지한 얼굴로 눈을 끔벅였다. 할 수 없이 받아서 옆에 놓으며 보니 이모들 옆에도 하나씩 선물 꾸러미가 놓여 있었다.

"재는 받았으면 풀어 봐야지. 어서 풀어 봐!"

이모들이 모두 눈을 반짝이며 소리쳤다. 나는 못내 내키지 않는 얼굴로 그냥 앉아 있었다.

"얘! 네가 풀어 봐라!"

큰이모가 내 옆의 막내이모를 가리키며 말했다.

"그럴까."

막내이모가 서둘러 상자를 뜯었다. 안의 것을 꺼내 하나씩 펼쳐 보였다. 곤색 코트와 바지, 자색 스웨터와 검은 구두 그리고 시계도 나왔다.

"야! 큰언니가 정말 현이 생각 많이 하는구나!"

모두들 깜짝 놀라며 말했다. 사실 나도 뜻밖이었지만 뭐 그게 대순가 싶어 대꾸도 안 했다.

"아! 근데 내 건 이게 뭐야?"

막내이모가 불만이다.

"야! 너는 큰언니네 이사 가는 데 가서 도와주지도 않고 그만해도 고맙지 뭘 야단이야."

"뭐 내가 가기 싫어서 안 갔나? 어린애 업고 시집살이하느라 못 갔지."

"그러니까 됐어."

"큰언니는 언제나 나한테는 짜. 현이한테도 그렇지. 그렇게 좋은 대저택으로 이사 갔다면서, 그게 다 현이 아빠 집 판 돈을 종자로 번 돈 아냐?"

막내이모는 나를 가여운 듯 쳐다보며 입을 삐죽였다.

외할머니가 막내이모를 바라보며 눈을 흘긴다.

"너 지금 무슨 소리를 하는 거야?"

큰이모도 깜짝 놀라서 막내이모 입을 틀어막으려고 소리쳤다.

"사실이 그렇지 않아? 언니들은 큰언니한테 잘못 보일까 봐 그러지만 난 안 그래. 큰언니가 아무리 수완이 좋아도 그 돈 아니면 어떻게 그렇게 할 수 있겠어. 형부도 쥐꼬리만 한 월급쟁이인데."

작은이모는 끝까지 할 소릴 다 하겠다는 표정이다. 다른 이모들은 쥐구멍을 찾는 얼굴이다. 나는 기가 찼다. 나만 몰랐었구나. 아버지 재산 가지고 그렇게 기고만장이었어? 나는 숨이 콱! 막힐 지경이다. 그런데 나한테 그렇게 냉혹하게 굴었어? 나는 눈물이 나오는 것을 억지로 참았다. 가슴에서는 불덩이가 타오르고 있었다. 눈물이 가슴속 어두운 동굴로 용암처럼 흐르고 있었다.

"우리 것도 별것 아냐. 자! 봐라. 봐! 쟤는 괜히 야단이야."

큰이모가 얼른 이 상황을 수습하려고 쇼핑백 속에서 선물을 꺼내 들이대며 흔들었다. 다른 이모들도 모두 선물을 탈탈 털어 흔들어 보였다. 모두 엇비슷한 선물이었다.

"그렇게 집이 좋다구? 나도 가보게 주소나 알려 줘."

막내이모는 자기가 좀 심했나 싶었던지 딴청을 떨었다.

"흑석동 7번지래. 너 혼자 찾아가 봐."

큰이모는 보기도 싫은 듯 외면을 하고 소리쳤다. 주소가 간단해서 한방에 내 머리에도 입력이 돼버렸다. 엄마 같지도 않은 인간이 그렇게 좋은 집을 샀다고? 있어서는 안 될 일이다. 나도 눈 똑바로 뜨고 봐야 할 것 같았다.

나는 선물 보따리도 놔둔 채 그냥 외할머니 집을 나왔다. 이모들이 선물 쇼핑백을 들고 쫓아 나오며 가지고 가라고 야단이었지만 뒤도 돌아보지 않고 뛰었다. 그리고 곧바로 흑석동행 버스에 올라탔다. 버스에 앉아 있자니 오만가지 생각이 다 났다. 아빠 집 판 돈 가지고 나도 내버리고 혼자 떵떵거리고 잘 먹고 잘사니까 그렇게 행복하냐고? 엄마 멱살을 잡고 따지고 싶다. 거기엔 내 몫도 있는데 왜 도둑

고양이처럼 몰래 혼자 다 먹으려고 하냐? 내 몫은 줘야지? 당신이 엄마야? 철면피 도둑년이지. 소리소리 마구 고함치고 싶었다. 엄마는 절대로 그렇게 잘살아서는 안 되는 것이다.

집은 찾기 쉬웠다. 집 문패가 엄마 이름으로 돼 있어서 더 찾기 쉬웠다. 그런데 집은 기차게도 너무나 좋고 아름다웠다. 나는 철문 뒤에서서 낮은 언덕 위에 정원을 한참 지나서 우뚝 서있는 2층 석조건물을 바라보았다. 대저택이라고 들은 게 있어 어느 정도 그러려니 했지만 숨이 막힐 정도다. 정원엔 잔디가 깔려 있고 담을 끼고 멋진 바위 사이로 노송과 사철나무, 목련 주목에 호두, 사과나무까지 조경도 잘 되어 있었다, 2층 창문에는 고급스러운 하얀 커튼이 걸려 있었다. 저 방에서는 누가 살까? 엄마에게는 남매가 있는데 엄마 딸? 속이 뒤틀린다. 내가 조각이불에 수놓아 온 낙원 같은 동산보다 더 좋아 보인다. 아니다. 그럴 수는 없어. 없어! 나는 더 볼 수가 없었다. 휙! 돌아서 버스정거장으로 향했다.

그때 나는 왜 그렇게 휙 돌아서 왔는지 나도 모른다. 그 후 나는 내 속에 그날의 원망과 원한을 한없이 쌓아가며 살아왔다. 사랑하는 사람을 만나 살아가면서도 그 어둠의 그림자는 사라지지 않았다. 나는 내가 꿈꾸던 대로 첫딸을 낳았다. 아기는 인형같이 예뻤다. 그 아기에게 내가 만든 조각이불을 처음 덮어주었을 때 행복감은 바로 천상天上 그것이었다. 넉넉하진 않아도 정말 공주처럼 예쁘게 귀하게 키웠다. 동생은 아들이었다. 아들도 그 조각이불 속에서 꿈을 실어주며 왕자처럼 키웠다. 나에게 참 행복한 시절이었다. 그러나 그 시절은 길지 못했다. 남편이 폐암에 걸려 모아 놓은 돈 다 써버리고 저세상으로 가버리고 만 것이다. 나는 당장 우리 세 식구 살 궁리를 찾아야 했다. 아직 아이들은 어리고 나는 어떻게 해야 할지를 몰랐다. 내 운명은 어째서 이럴까 죽고만 싶었다. 그러나 보석 같은 아이들이 있었다. 어떻게 하든지 애들을 잘 키워야 한다. 한데 어디 손을 내밀만 한 곳도 하나 없었다. 내가 제일 믿는 고모네도 요즘 사업이 망해 쪼들리고 있는 형편이었다. 나는 몇 날 며칠을 고민하고 생각하다 엄마에게 찾아가기로 했다. 엄마는 아빠의 재산 중에서 내 몫을 주지 않았다. 내 몫의 것을 가지고 있는 것이다. 나는 큰이모에게서 엄마의 전화번호를 받아 만나고 싶다고 했다.

"할 말이 있으면 그냥 지금 해. 내가 요즘 바쁜 일이 있어 만나긴 어려워."

엄마는 전화에 대고 여전히 냉정하게 말했다. 나는 이모에게서 엄마가 요즘 많이 힘들다는 얘기를 들었다. 공주처럼 키우던 엄마 딸이 가출로 행방불명이어서 찾지를 못한다는 것이다. 엄마가 명문대 가라고 너무 채찍질한 탓이란다. 나는 엄마가 벌받은 것 같아 고소했다.

"그래도 꼭 만나야 돼요. 내일 우리 동네 〈세월다방〉으로 3시에 오세요. 안 나오면 내가 그 집으로 쳐들어갈 거니까요."

나는 엄마보다 더 차고 험악하게 말했다.

"네가 우리 집을 아니?"

"그럼요. 어마어마한 대저택이던데요."

내 목소리가 비양거리듯 나왔다.

"나가마."

엄마는 풀이 죽어 대답하고 전화를 툭! 끊었다.

나는 다음날 일부러 좀 천천히 나갔다. 엄마가 미리 와 기다리고 있었다. 가까이서 보니 엄마는 전의 당당하고 거만한 귀부인의 모습이 아니었다. 머리가 하얗게 센 초췌한 노인이었다. 몹시 초조하고 불안해 보인다. 공주처럼 키운 가출한 딸 때문이라 싶었다. 나한테는 그렇게 냉혹하더니 불쌍하기보다 미움이 더 앞선다.

"할 말이 뭐니?"

엄마는 참 오랜만에 만난 딸을 유심히 살피는 기색 하나 없이 말했다. 오히려 좀 귀찮다는 표정을 하고 있었다. 빨리 자리를 벗어나고 싶은 모양이다. 내 가슴이 부글부글 끓어올랐다.

"나도 웬만해선 이런 말 안 하고 살려 했는데 어쩔 수가 없어요. 나 혼자 아이들을 길러야 하는 엄마가 돼서. 우리 아빠 집 내 몫도 있잖아요?"

나도 군더더기 없이 말을 쏟아 내고 엄마를 쏘아볼 수 있었다. 엄마는 흐린 눈으로 한참 말없이 나를 바라보았다.

"너도 참! 안됐다."

의외로 엄마는 담담히 한마디 했다. 곧 검은 악어 백을 열어 봉투 하나를 꺼냈다. 그대로 탁자 위에 내려놓고 내 앞으로 밀었다.

"이거 네가 필요하다고 할 때 주려고 준비해 뒀던 거야. 얼마 안 된다. 봐라."

순간 이상한 감정이 일었다. 나는 얼른 봉투를 빼 보았다. 내 이름으로 된 도장과 통장이었다. 그래도 엄마는 나를 아주 잊고 있지는 않은 모양이다. 나는 잠시 혼돈 속의 감동 같은 것이 일었다. 나는 통장을 펼쳐 보았다. 내가 바라던 바하고는 거리가 멀다. 그걸로는 큰 도움이 될 것 같지는 않다. 역시 엄마는 나한테만은 진정한 마음을 열지 않는구나 싶다. 나는 침울한 얼굴로 통장을 한참 바라보았다.

"나도 요즘 형편이 없어 더는 안 돼. 그리고 앞으로도 또다시 한 푼도 더 줄 수 없어. 이게 끝이다. 약속이 있어서 난 가야 돼."

내 마음을 읽은 엄마는 더는 말도 못 붙이게 칼로 베듯이 말하고 나가버렸다.

누가 거지처럼 매달릴까 봐 당부를 하고 가? 나는 또 한방 되게 얻어맞은 듯 뻥했다. 자존심이 몹시 상했으나 간신히 버티고 선 벼랑 앞을 모면한 것 같아 조금 안심이 되기도 했다.

복잡한 마음을 안고 집으로 오니 왠지 창밖으로 총총히 걸어가던 엄마의 초췌한 모습이 자꾸 떠올랐다. 엄마가 좀 안돼 보였다. 그래도 엄마는 나를 아주 잊지는 않고 있었던 거야. 어떤 따스한 기운이 잔잔히 몸을 물들이고 있었다.

나는 며칠을 고민해서 뒷골목에 작은 가게를 하나 구했다. 내가 잘할 수 있는 수공방을 차렸다. 전부터 관심이 있어 배워두었던 것이다. 종이공예, 수예품, 아이들과 엄마들이 재미있게 갖고 놀며 만들 수 있는 것들이다. 가게는 차츰차츰 잘되어갔다. 나는 사람들을 모아 가르치기도 하며 가게를 늘려갔다. 나도 엄마의 수완을 좀 닮은 모양이다. 부자는 못 돼도 아이들과 엄마들을 가르치고 편히 먹고살 만했다. 그동안 나를 잘 보살펴주고 몹시 아껴주는 남자가 생겨 재혼도 하게 되었다.

딸은 새아빠를 잘 따랐다. 내가 바라던 대로 공부도 잘하고 예쁘게 대학을 나와 좋은 직장도 구했다. 그런데 아들이 문제였다. 새아빠를 미워했다. 내 바람과 내 기도와는 딴판으로 엇나갔다. 대학도 안 가고 군대 갔다 와서 놀며 속을 썩이고 있는 것이다. 요새는 무슨 사업을 하겠다고 사업비와 차를 사달라고 야단이다. 그전에도 몇 번 돈을 대 준 적이 있었지만 모두 말아먹고 말았었다. 내가 그렇게 힘들여 만들어 놓은 재산을 한 번씩 뭉텅뭉텅 갖다 버리고 마는 것이다. 나는 그 아이로 인해 병이 들고 늙어가고 있는 것이다.

그 아이는 나를 미워한다. 내가 저보다 누나만을 사랑하고 편애한다고 믿는 것 같다. 아마 내가 나도 모르게 딸보다 그 애에게 등한히 한 것 같다. 그러나 나는 내가 못 받은 사랑과 관심을 보이려고 했을 뿐이다. 그래서 엇나가는 아들에게 더욱 잔소리가 심해졌고 너무 심하게 다뤘는지도 모른다. 지나친 사랑과 관심이 독이 된 격이랄까.

엄마 생각이 난다. 자기 생활에 완벽하려던 엄마, 그래서 전 남편의 딸과의 사이에도 금지선을 그어놓고 절대 그 선을 넘지 않으려고 냉혹했던 엄마……. 인간이란 모두 그리 정확하지도 않고 완벽하지도 못하다. 모두 실수하고 모두가 잘못을 저지르는 죄인이다. 나도 분명 잘못했을 것이다. 나에게도 아들 그 애에게도 모두 잘못이 있는 것이다. 하니 앞으로는 너무 괴로워하지 말아야 할 것 같다. 너무 불안해하지도 말고 있는 그대로의 그 애를 사랑해야겠다는 생각이 일기 시작했다.

나는 깊은 한숨을 조각이불 위에 내뿜었다. 한숨이 조각이불 위에서 안개처럼 감돌다 스러져간다. 아직도 깨끗한 조각이불에서는 그 애들의 어렸을 때의 체취가 풍겨 나왔다. 아직도 꿈과 희망이 사랑스럽게 무럭무럭 피어나고 있다. 나는 다시 조각이불을 쓰다듬어본다.

그래도 그만하면 애들이 무탈하게 잘 자라준 것이다. 범죄 같은 큰 사고를 낸 적도 없고 건강하게 살아 있으니……. 아빠를 보지도 못하고 자란 나는 남편마저 보내고 나서 가족이 건강하게 살아있기만을 기도하지 않았던가? 그런데 언제부턴가 아이들이 건강하게 살아있다는 것만으로 감사하지 못하게 됐지?

그것을 잊고 왜 그렇게 고통만 붙안고 속을 태우며 살아왔는지 모르겠다. 내가 희망과 사랑만 놓지 않는다면 아들은 반드시 제 길을 찾을 것이다.

감사해야겠다.

엄마는 행방불명이 된 딸을 아직도 찾지 못하고 있다고 했다. 그런데 유학 다녀와서 잘나가던 온갖 희망이고 기대이던 아들마저 병에 걸렸다고 한다. 엄마들의 삶은 대개 엇비슷한 모양이다. 내가 아이들에게 나 같은 운명을 주지 않으려고 그렇게 애썼는데도 이 모양이 아닌가? 엄마도 마찬가지다. 이젠 엄마가 불쌍하단 생각이 든다.

나는 폰을 꺼내 엄마한테 문자를 쓰기 시작했다.

"엄마! 저 현이에요.
전에 주신 것으로 잘 지내고 있어요.
일찍 감사하단 말 못 드려 죄송합니다.
건강하세요."

오랜만에 해 보는 엄마 소리다. 어색하고 벅차다. 조심하여 여러 번 가다듬어 놓고도 머뭇거리다 전송을 했다. 오래도록 내 가슴속에서 검은 연기를 뿜으며 끓어대던 용암 덩어리가 다 쏟아져 나간 것같이 시원했다.

있는 그대로 받아들이고 사랑하기까지 얼마나 긴 세월이 흘렀는가?

내가 그토록 숨기고 막으려 했던 그 어둡고 고통스럽던 것들이 척박한 땅을 썩히고 썩혀 좋은 토양이 되게 한 것이다. 좋은 토양에 양분이 되어서 이렇게 성장할 수 있었던 것이다. 나는 이제야 그것을 확실히 깨닫는다.

빛의 눈물

명자는 벼르고 벼르다 끝내 천주교회로 가기로 결심을 했다. 팔십이 가까운 나이에 사귀던 친구들도 다 등지고 몇십 년 다니던 교회를 떠나 천주교회로 간다는 것은 결코 쉬운 일이 아니었다. 거기에는 당연히 그만한 이유가 있는 것이다. 젊어서는 고생을 하면서도 열심히 일해서 누구 못지않게 십일조를 교회에 봉헌했었다. 지금은 늙어서 수입이 적어 그만 못하게 되었다. 그런데 목사님이나 권사들까지 은근히 무시하고 깔보며 강요하는 눈치다.

"꽁꽁 뭉쳐뒀다 무덤에 가지고 갈려고 그러시오? 천국에 가려면 젊어서보다 더 많이 하나님께 봉헌해야지요. 안 그래요? 허허, 하하, 하하."

오가며 만날 때마다 농 삼아 던지는 말들이 몹시 자존심을 건드렸다. 그런데 지지리 궁상떠는 것 같아서 시원하게 대꾸해 줄 말도 찾기 어려웠다. 더 있다가는 아무래도 바보 멍청이 천덕꾸러기가 될 것만 같았다.

사실 배운 것 없이 일찍 혼자되어 안 해 본 일이 없다. 죽어라고 열심히 일만 해 자식들 공부시켰다. 아들딸 모두 미국에서 자리 잡고 잘산다. 그녀도 명동에 유니클로 상점이 몇 개 있어서 그 수입으로 살 만하다. 하나 이젠 늙고 병들어 쓸데는 많고 수입은 빤하니 쓰임새를 줄이는 수밖에 없는 것이다.

때마침 딸과 사위가 두 집 살림을 합쳐 사는 게 좋겠다고 권해왔다. 딸은 애들과 미국에 있고 사위 혼자만 여기 남아서 직장을 다닌다. 그러니 외롭고 경비도 많이 드는 것이다. 두 집 살림을 합치면 서로 덜 외롭고 절약도 되고 괜찮다 싶었다. 명자는 수유리 근처 단독집을 얼른 팔았다. 사위와 반반씩 돈을 내 아파트를 하나 사서 살림을 합쳤다.

집도 이사 한 이참에 핑계 삼아 아주 천주교회로 가버리자고 고민 끝에 결심을 하게 된 것이다. 천주교회는 십일조 같은 것도 없고 신자들한테 돈에 대해서 별로 말하는 법이 없다고 한다. 교회에서 돈으로 사람을 평가해서야 쓰겠는가?

명자는 혼자 근처에 있는 성당을 찾아가 보고 친구에게 결심을 말했다.

"천주교는 교리라는 거를 한 1년은 배워야 한대. 그리고 세례받을 때 대모라는 거를 세워야 한다는데 아는 사람도 하나 없는 너같이 늙은 사람한테 누가 대모를 해 주겠어? 생각도 말아. 안 될 거야."

친구는 머리를 절레절레 흔들며 극구 반대를 했다. 그래도 명자는 주일 날 성당으로 찾아갔다.

"안녕하세요?"

문 앞에서 쭈뼛거리는 명자에게 안내하는 여자들이 웃으며 인사를 해왔다.

"저어, 내가 성당엘 다녀보고 싶어서 왔는데요."

명자는 용기를 내서 친절해 보이는 여인에게 다가가 말했다.

"아! 그러세요? 정말 잘 오셨어요. 환영합니다."

여인은 그 자리에서 명자를 수녀님이 가르치는 교리반으로 안내해 주었다. 명자는 한 번도 빠지지 않고 열심히 교리 공부를 하였다. 교회에 다닐 때 몰랐던 하느님에 대한 새로운 지식도 많이 얻게 되었다. 친구는 1년이라고 했는데 6개월 만에 세례를 준다고 한다. 그것도 감사할 일인데 구하기 힘들 거라던 대모님도 안내해 주던 분이 소개를 해 주었다. 대모는 신앙의 선배로서 신앙의 어머니 역할을 하는 분이라고 한다. 대모님은 나이도 많다는데 젊어 보였다. 이 성당에서 제일 지식과 덕망이 훌륭하다는 점잖은 미인이셨다.

"저는 아무것도 몰라요. 수녀님이 하라는 대로 그냥 열심히 하고 있어요."

명자는 왠지 좀 주눅이 드는 것 같아 그렇게 말했다.

"모르셔도 괜찮아요. 성당에 다니다 보면 자연히 다 알게 되어요. '주님의 기도'랑 외우라는 기도 몇 개만 외우시면 돼요."

대모님은 환하게 웃으며 부드러운 음성으로 편하게 해주었다.

"그건 벌써 다 외웠어요. 수녀님이 칭찬해 주셨어요."

"그럼 걱정할 거 하나도 없어요. 아주 잘 하고 계시네요."

대모님은 자상하고 겸손하셨다. 명자는 기분이 좋아서 웃었다.

"어디 사세요? 가족은? 따님하고 사시나요?"

대모님은 상냥히 웃으며 단숨에 물어 왔다. 빨리 가까워지고 싶은 표정이다.

명자는 너무 황송해서 어쩔 줄을 몰랐다. 모든 것이 하느님이 넘치게 주시는 은총이라고 감사했다.

"아들은 미국으로 이민 갔고요. 딸도 회계사인데 좋은 직장이 있어 손주들 공부시킨다고 미국에서 살아요. 단독에 살다가 여기 아파트로 이사 온 지 얼마 안 돼요. 사위만 직장 때문에 여기서 혼자 사는데, 딸 내외가 이제 내가 늙고 병들어서 외로울 테니 함께 살라고 자꾸 그러더군요. 나도 혼자 살다 아무도 모르게 죽으면 어쩌나 싶은 생각도 들고 해서 합쳤죠. 수유리에 단독을 팔아서 사위하고 반반씩 돈을 대서 아파트를 샀어요."

"아휴! 자식들이 다 잘되셨네요? 행복하시겠어요. 부럽네요."

점잖으신 대모님이 정말 부러운 눈으로 바라보았다. 명자는 으쓱해졌다.

"나는 배운 것도 없이 가난한 집에 시집가서 아이들 공부시키느라 안 해 본 일이 없어요. 고생해서 키웠지만 애들이 다 잘돼서 만족하고 나도 살 만해 걱정은 없죠. 헌데 몸이 다 망가져서 힘들어요. 여기저기 안 아픈 데가 없어요. 허리도 수술했죠. 다리도 수술했죠. 머리도 두통이 심해요. 근데 사위가 좀 깐깐하고 구두쇠가 돼 나서 잘 지낼까 좀 걱정이 되긴 해요. 뭐 살다가 맘에 안 들고 싫으면 나가면 되겠죠. 그렇게 약조했거든요."

명자는 사위 흉을 좀 본 것 같아서 말하고 혼자 쿡쿡 웃었다. 믿을 만한 사람이 생겨서 그동안 말 못 하고 걱정하던 일들을 다 풀어 놓으니 속이 시원하고 즐거웠다.

"사위가 깐깐해봤자 장모님한테 어쩌겠어요. 걱정하실 필요 없어요."

대모님은 아무 일도 아니라는 듯 쾌활하게 웃어 보였다. 명자도 그러겠지 싶어 따라서 즐겁게 웃었다.

드디어 6개월이 지나 세례를 받게 되었다. 대모님은 선물을 한 아름 사주셨다. 신자들이 머리에 쓰면 천사처럼 보이는 하얀 미사 보와 아가씨들이나 받을 것 같은 아름다운 꽃다발을 안겨 주어서 너무 감격스러웠다. 생애 처음 받아보는 꽃다발이다. 참으로 행복했다. 그리고 특별히 좋은 가정의 모범이 되라고 성가정 상도 사주셨다. 아기 예수님을 안고 있는 마리아와 요셉 성인이 나란히 서있는 참으로 아름다운 석고상이었다. 이렇게 기쁜 선물을 많이 받아보기는 처음인 것 같다. 교회에서도 세례를 받았지만 어떻게 받았는지 잘 기억이 안 나는데 죄를 깨끗이 씻고 이 세상의 고통에서 벗어나 천상에라도 올라간 듯 참으로 기념할 만한 날이었다. 명자는 주일에 한 번도 빠지지 않고 열심히 다녔다.

행복하고 편안한 날들이 지속되나 싶었는데 지병이던 허리와 다리에 다시 이상 신호가 심하게 왔다. 견디다 못해 명자는 허리를 수술한 병원으로 다시 찾아갔다. 검사를 한 결과 수술한 곳이 재발했다는 것이다. 이해가 되지 않았다. 수술이 잘돼서 다 나아 나왔는데 암도 아니고 왜 재발을 한단 말인가? 아무리 생각해 봐도 그때 수술이 잘못된 것만 같았다. 명자는 엄습해 오는 불안과 화를 누를 수가 없었다. 그때 수술이 잘못된 것이 아니냐고 의사를 찾아가 따지고 물었다.

"수술은 잘못되지 않았어요. 재발할 수도 있는 거예요. 다시 수술하시면 됩니다."

의사는 아무것도 아니란 듯 담담한 얼굴로 천천히 단호하게 말했다. 하지만 명자는 의심이 도무지 풀리지 않았다. 한데 재발은 수술이 더 힘들어서 입원도 더 오래 해야 되고 돈도 더 많이 700만 원이 든다고 했다.

"아무리 그래도 이 병원에서 수술해서 잘못돼 다시 수술해야 한다는데 그냥은 못 해 줄망정 돈을 더 많이 받는다는 것은 말이 되지 않잖아요."

명자는 화가 나서 자기 나름대로 따지지 않을 수 없었다.

"그때 수술이 잘못된 것이 아니라고 분명히 말씀드렸죠, 배 아파서 한 번 나았으면 생전 배가 안 아픈가요? 여기서 수술하기 싫으면 다른 병원으로 가보세요."

의사는 짜증스러운 얼굴로 수술칼보다도 더 무서운 칼을 냉혹하게 들이댔다. 다른 병원으로 가면 또 새로 검사하게 될 것이다. 그러면 시간은 시간대로 더 걸리고 돈은 돈대로 더 들게 될 것이다. 한시가 지겹도록 고통스러운데 어떻게 견디겠는가? 못마땅해도 여기서 다시 수술을 받는 수밖에 별도리가 없다고 생각했다. 여러 가지 걱정과 불안을 감수하고 그냥 재수술을 받았다. 그런데 수술 후에도 깨끗이 낫지 않고 고통은 오래 지속돼 또 잘못된 것이 아닌가 불안이 가시질 않았다.

어쩌다 한 번 찾아온 사위는 장모보다 더 불만이 심한 듯 마구 야단이다.

"처음부터 이건 확실히 의료사고예요. 잘 알아보시지도 않고 덥석 재수술을 하시면 어떻게 해요? 그것도 돈을 더 많이 700만 원이나 내고서요."

"그럼 아픈데 어떻게 하나? 자네가 좀 잘 알아보지 그랬어?"

가뜩이나 속상한데 부아가 나 명자는 쏘아붙였다.

"좀 기다리셔야죠. 나도 바쁘니까. 늙으면 다 그런 거예요. 여기저기 다 아프고. 아픈 것도 좀 참으실 줄 아셔야죠."

사위는 시큰둥한 표정으로 창밖을 바라보며 내뱉었다.

"늙으면 다 그런 거라고? 네가 늙어서 아파 봤냐? 너더러 돈 내라고 했어? 내 돈으로 내가 내 병 고치겠다는데 웬 잔소리야. 나가! 여기 다시 오지 마라."

명자는 가뜩이나 속상한데 사위까지 속을 긁는다 싶어 쏘아붙였다. 화가 난 사위는 휙! 병실을 나가버렸다. 나갔다 화가 풀리면 다시 오려니 했지만 사위는 주일이 넘도록 정말 오지 않았다. 단단히 삐진 모양이다. 딸년도 아들놈도 손주들까지 전화 한 통화가 없다. 아무리 바쁜 미국 생활이라 해도 너무하는 거 같다. 어미가 존심 상하게 먼저 전화하랴 싶어 기다려 보았지만 헛일이었다. 사위놈이 어머니 아프다고 알리지도 않은 모양이다. 한없이 외롭고 고통스러운 병원 생활이었다.

그럴 때 대모님한테서 전화가 왔다.

"왜 요새 성당에서 안 보여요? 어디 아파요?"

사뭇 걱정이 된다는 음성이다.

"예! 전에 허리 수술한 것이 도져서 병원에 입원해 있어요."

얼마나 반가운 분인가? 한때 믿을만한 분으로 속을 다 털어놓았던 분인데 그 대모님조차 왠지 그리 반갑지가 않았다. 마음이 우울해서 의사도 무섭고 간호사도 싫다. 모든 사람들이 다 함께 짜고 어두운 함정 속으로 자기를 몰아넣으려고 하는 것만 같았다.

"그랬군요. 얼마나 힘드세요? 난 그것도 모르고 있었네요. 거기 어느 병원이에요? 기도해 주러 갈게요."

대모님이 무척 걱정스러운 음성으로 말했으나 모두 달갑지가 않았다.

"아녜요. 대모님! 오시지 마세요. 곧 나갈 거예요. 걱정하지 마세요."

명자는 늙은 대모님이 힘들게 찾아올 일이 미안해서 더 싫었다. 무엇보다 기쁘게 대면할 자신이 없어 병원을 알려 주지 않았다.

"그래요? 그럼 빨리 건강 회복하고 곧 성당에서 봐요. 늘 하느님 안에서 기도하시고 나도 기도할게요."

대모님은 아무래도 마음이 놓이지 않는 듯 한숨을 내쉬었다.

"네에!"

명자도 무거운 마음이어서 천천히 대답을 하고 끊었다. 그러자니 세상에서 완전히 혼자가 된 것 같은 외로움이 밀물처럼 밀려들었다.

병원에서 퇴원해서 집에 왔으나 사위는 있으나 마나 혼자 살 때만도 못했다. 사위 눈치만 봐야 하고 성치 못한 몸으로 부자유스럽기 짝이 없었다. 사위는 잘 도와주지도 않으면서 오밤중에 회사에서 돌아와 잔소리만 했다.

"잘 먹어야 빨리 나아요. 맨날 이렇게 배달만 해서 한 끼 때우시면 어떻게 해요? 힘들어도 운동 겸 일어나서 죽이라도 쑤어 먹어야지요."

"입맛이 없어서 못 먹겠어."

명자는 맛있는 것 한 번 사 오지 않고 죽 한 번 쑤어주지도 않고 잔소리만 늘어놓는 사위가 미워 소리쳤다.

"누워만 있지 말고 일어나 집 안에서라도 자꾸 움직여요. 그래야 입맛도 돌고 병도 빨리 낫게 되죠. 슬슬 청소도 해 보세요. 아이! 집 안 꼴이 이게 뭐람."

사위는 짜증을 내며 집 안을 치우기 시작했다.

"걷기도 힘든데 나더러 청소를 하라고?"

명자는 사위를 쏘아보며 소리쳤다.

"이달엔 전기세도 몇 곱이 나왔잖아. 누워서 전기는 왜 켜고 있는지 몰라.

하루 종일 TV만 보고 있나. 물세는 또 왜 그렇게 많이 나오는지 참. 나 도통 알 수가 없네."

사위는 아랑곳하지 않고 계속 혼잣소리처럼 투덜거리며 청소를 했다. 장모가 듣도록 일부러 크게 투덜거리는 것 같았다. 명자는 더 이상 참을 수가 없었다.

"물은 내가 쓰지도 않는데 왜 많이 나와, 다 네가 쓰는 거지. 나하고 사는 게 그렇게 불편하고 손해가 나면 쓰겠나? 나도 싫으니 내가 나가지. 괜히 합치자고 지랄들을 해가지고. 하루라도 빨리 나가고 싶으니 내 집값 얼른 빼 주게."

이렇게 빨리 파투가 날 줄은 정말 몰랐다. 명자는 화가 머리 꼭대기까지 치밀어서 단호하게 말했다.

"장모님 집값요?"

사위는 어처구니없다는 듯 능청을 떤다.

"그래! 빨리 빼줘. 빨리 나가고 싶어."

명자는 사위를 쏘아보았다.

"장모님 무슨 집값이 있어요?"

사위는 징그럽게 비죽이 웃어 보였다. 이게 무슨 상황인가? 명자는 알 수 없는 어둠의 그림자가 몸을 휘감아 부르르 떨었다.

"이 아파트 살 때 너하고 나하고 반반씩 내서 사지 않았냐?"

명자는 벌떡 일어나 고함을 질렀다. 혈압이 올라 죽을 것 같았다.

"그렇죠. 내 집 살 때 장모님이 반 대주신 거 있죠."

사위는 표정 하나 변하지 않고 느긋이 말했다. 기염을 토할 일이다. 머리가 핑핑 돌았다.

"뭐라고? 반반씩 내서 함께 사자고 해서 그러자고 했잖아? 그리고 네 쫌팽이 같은 잔소리와 거지같이 쩐 내 나는 성격을 잘 알기에 살다가 싫으면 나가겠다고 분명히 다짐하고 주지 않았냐?"

명자는 어지러워 휘청거리다 주저앉으며 소리 질렀다.

"정 나가고 싶으면 나가세요. 헌데 이 아파트는 내 이름으로 된 내 것입니다."

사위는 눈 하나 까딱하지 않았다.

"사위도 자식이라 믿었는데 사위가 사기를 칠 줄은 정말 몰랐다. 내가 딸한테 말해야겠다."

명자는 그 자리에서 미국에 있는 딸에게 영상통화를 시도했으나 가슴과 손이 덜덜 떨려 자꾸 실패를 했다. 한참 만에 겨우 통화가 됐다.

"엄마는 뭘 그거 가지고 그래. 이나 저나 마찬가지 아냐? 언제고 나한테 올 건데. 엄마는 명동에 유니클로 상점을 세 개나 갖고 있으면서 뭘 그래?"

딸은 한 술 더 뜨고 있었다. 경우 바르고 명확하기로 이름났던 딸인데 정말 기가 막혔다. 세상이 갑자기 돌아버린 것 같다. 미국 회계사는 연봉이 몇억씩 한다는데 아이들 공부시키는 데 아무리 돈이 많이 들어도 그렇지 있을 수 없는 일이다. 무엇 때문인지는 몰라도 딸년과 사위 놈 둘이 짜고서 나를 이렇게 끌어들인 것 같다. 심한 배신감에 쓰러질 것만 같다. 남편도 없이 가난한 어미가 온갖 고생해서 저희들 번듯하게 키워 놓고 그만큼 살면 됐지. 늙어 병든 엄마 재산을 탐내다니 용서가 되지 않았다.

"너희들이 짜고 한 거지? 네 엄마 이제 늙고 병들어 돈 덩어리로 들어간다. 넌 그것도 모르지? 자식들 불편하다고 내가 말을 안 하고 혼자 다 하니까. 요새 코로나로 명동 상가들 다 문 닫았어. 유니클로는 더 말이 아냐. 돈 한 푼 안 나와. 너희들 그만큼 키워놨으면 됐지. 늙고 병든 어미 오도 갈 데 없이 집까지 뺏으려는 거냐? 나 너희들 절대로 용서 못 한다."

"그럼 불편해도 그냥 같이 지내세요. 집을 팔 수도 없고 전세 놔서 엄마 빼주면 그 사람은 당장 어디 가서 살아요."

딸은 어머니의 강경한 태도에 좀 미안한지 힘없이 말했다.

"너희들 속셈이 빤하지만, 난 도저히 이대론 못 산다. 되지 못한 잔소리 때문에 도저히 함께 살 수 없다. 요새 이 아파트도 배로 올랐다. 나는 이 아파트 살 때 내가 낸 돈만 받을 테니까 팔아서 내놔. 그럼 그놈도 전세 얻어 나갈 수 있을 거야."

명자는 조금도 물러서지 않고 사위 가슴이 찔리라고 전화기에 대고 고래고래 소리를 질렀다.

"아이! 그게 그렇질 않아요. 나도 몰라요. 둘이 잘 해결하세요."

딸은 전화를 확! 끊어버리고 만다.

"그거 보세요. 소용없다니까요."

사위는 비웃듯이 징그럽게 웃었다. 무엇이 어떻게 된 건진 몰라도 완전히 잘못된 것이다. 명자는 속이 확 뒤집어지고 말았다.

"그래! 좋다. 어디 해보자. 그렇게 억지를 쓰면 내가 재판하고 말 거다."

억지를 부리면 한판 붙어보겠다고 명자는 사위에게 버럭 고함을 질렀다. 그러면 좀 수그러들 줄 알았다. 그런데 사위는 돌보다 더 차갑고 단단했다.

"마음대로 하세요."

콧방귀를 뀌며 문을 쾅! 닫고 자기 방으로 들어가 버리고 말았다. 사기꾼이 무엇이 그리 자신만만하단 말인가?

명자는 분해서 밤새도록 한잠도 못 잤다. 부모에 대한 존경심이나 사랑이 없으면 자식도 남이다. 사랑이 없는 관계는 모두 다 헛것이다. 교회에서 노상 듣던 설교다. 다 알고 있는 줄 알았었는데 이제야 그 참뜻을 알 것 같다. 정의를 위해서도 이대로 있을 순 없다. 사위한테 한 말도 있고 해서 명자는 아침에 일어나자마자 법원으로 달려가 고소를 했다. 드디어 험난한 재판이 시작된 것이다. 명자는 돌아오는 길에 집으로 가지 않고 성당으로 갔다. 제대 뒤 벽에 십자가에 못 박힌 예수님을 바라보고 기도를 했다. 기도라기보다 신세타령에 원망이 쏟아져 나왔다.

"이럴 수가 있습니까? 자식들이 늙고 병든 어미한테 이럴 수가 있습니까? 저는 양보할 만큼 다 했습니다. 헌데 안 됩니다. 이건 인간들이 아닙니다. 그래서 제가 자식들을 상대로 고소를 했습니다. 저 못된 놈들 벌하십시오. 제가 잘못한 게 없으니 속히 바른 판결을 내

세상의 참된 모습을 보여주십시오. 그 집 없으면 저는 거리에 나앉게 됩니다. 주님! 이 불쌍한 늙은이 제발 가엾이 보시고 도와주십시오."

기도를 하다 보니 더욱 설움이 북받쳐 올라 눈물이 한없이 쏟아져 나왔다. 십자가 위에서 처참하게 고통을 겪고 있는 예수님이, 불쌍한 듯 내려다보고 계셨다. 그 모습에 더욱 설움이 북받쳤다. 이상하게 예수님의 십자가 고통은 하나도 들어오지 않았다. 예수님은 언제 어디서나 우리를 위해 존재하는 전능하신 하느님일 뿐이었다.

눈물로 기도를 하고 나니 마음도 좀 안정되고 힘이 솟는 듯했다. 명자는 정신을 차리고 변호사를 대서 재판을 착착 진행해 나갔다. 처음엔 젊은 변호사가 무척 똑똑해 보여 맘에 들어 안심을 했다. 그런데 점점 날이 갈수록 흐지부지 자신이 없어 보였다. 처음 사위가 했던 말과 비슷한 말을 하는 것이다.

"여기 내 통장에서 돈을 사위한테 보낸 증거가 이렇게 분명히 찍혀 있는데도 안 된다는 거예요?"

명자는 통장을 변호사 얼굴 앞에 바싹 들이밀고 소리쳤다.

"맞죠. 보낸 건 맞는데요. 그것만으로는 그냥 주어버린 게 될 수 있는 거예요. 사위하고 얼마씩 내서 집을 샀다는 각서 같은 게 있어야 해요."

"아니 그렇게 각서가 중요하다면 내가 통장으로 보낸 돈에 그냥 줬다는 각서 같은 것도 없는데 왜 그건 그냥 준 게 되는 거죠? 사실 모르는 일 아녜요? 그런데 왜 그것만 그냥 준 게 되는 거라고 우기는 거예요. 엄연히 아니라고 하는 사람이 이렇게 있는데, 나 참 법도 이상하고 멍청하네요."

아무것도 모르는 노인네가 파헤치고 마구 들어대는 논리에 변호사는 당황했다.

법은 지혜와 사랑으로 인간을 돕기 위해 만든 것이라 하지만 모든 것이 그렇듯이 완벽하지 않다. 그 허점을 이용하는 사악한 인간들로 법의 불합리성이 드러나게 되고 악한 자의 편이 될 수도 있는 것이다.

"어쨌든 아파트가 사위의 명의로 되어 있어서 돈을 대줬든 함께 살든 어쩔 수가 없어요. 제일 큰 실수는 집 명의를 공동 명의로 하지 않은 거예요."

변호사는 어려운 점을 침착히 말했다.

"그래서 변호사를 댄 게 아녜요? 가족이니까 순전히 믿은 것뿐인데 뭣이 잘못이에요?"

"법은 그렇질 않아요. 증거가 될 확실한 증인도 없으니 참 힘드네요. 하여튼 노력해서 재판을 기다려 봐야죠."

변호사는 자신 없이 말했다.

지지부진 끌던 재판은 여지없이 지고 말았다. 누가 뭐래도 엄연한 사실이 있는데 명자는 그대로 도저히 인정할 수가 없었다. 분해서 항소하겠다고 했다.

몸과 마음이 한없이 괴로웠지만 명자는 주일에 불편한 몸을 이끌고 성당엘 나갔다. 십일조는 안 해도, 몸이 아파 병원에 들어갈 때도 재판 중에도 은혜를 구하는 감사헌금을 없는 돈을 쪼개 열심히 냈건만 하느님도 내 편이 아니었다. 전능하시고 정의롭다는 하느님도 아무 소용이 없었다. 하느님이 원망스럽기만 하다. 원망스러운 하느님한테 투정이라도 실컷 하고 싶어 나갔는데 대모님을 만났다. 형편없는 몰골로 오랜만에 뵙게 되니 반갑기보다 뜨악했다.

"아유! 정말 오래간만이네요. 이젠 병이 다 나았어요?"

아무것도 모르는 대모님은 무척 반가워했다.

"네! 많이 나았어요."

명자는 머쓱해서 씁쓸히 대답했다.

"많이 수척해졌네요. 고생 많았어요. 찾아가 보지도 못해 미안해요."

그럴수록 대모님은 더욱 미안해하는 것 같았다.

"아녜요. 제가 오시지 못하게 한 걸요, 뭘. 금방 나으려니 했는데, 다른 골치 아픈 일이 생겨서 그랬어요."

나는 고개를 무겁게 떨어뜨리며 말했다.

"무슨 일인데요?"

대모님은 걱정스러운 눈으로 바라보았다. 명자는 그냥 쓴웃음을 흘리고 말았다.

"점심 먹으러 갑시다. 입맛도 없을 테니 내가 맛있는 거 사줄게요."

대모님은 나를 맛있는 고깃집으로 데리고 갔다. 오래간만에 음식 다운 음식, 맛있는 음식을 대하니 정신없이 먹혔다. 그 모습이 딱했던지 대모님은 이것저것 자꾸 권했다. 눈물이 날 것 같다.

"밥은 대모님이 샀으니 차는 제가 살게요."

명자는 대모님과 카페에 가서 그동안 생겼던 일을 대충 얘기했다.

"그랬었군요. 참 많이 괴롭겠어요. 자식들이란 게 그런가 봐요. 다 받아만 봐서, 당연한 걸로 아나 봐요."

대모님은 쓸쓸한 얼굴로 천천히 담담하게 말했다.

"제가 자식을 잘못 키웠나 봐요?"

"다 마찬가지죠. 우리는 언제나 홀로 외로운 사람들이에요. 기도

하세요.”

조용하게 말하며 나를 바라보는 대모님의 모습도 바다에 떠 있는 한 척의 외로운 쪽배처럼 보였다. 그래도 퍽이나 안정된 아름다운 모습이다. 기도의 덕분인 것 같다.

“그런데 나는 아무리 기도해도 안 돼요. 하느님도 내 편이 아닌가 봐요.”

명자는 그런 대모님 앞에서 하느님께 불평해야만 하는 자신이 한없이 비참하고도 슬펐다.

“이제 우리가 살면 얼마나 더 살겠어요. 죽은 다음에 가져갈 것들 미리 다-아 줬다 생각하고 그냥 마음 편안히 사는 게 어떨까요?”

대모님은 슬픈 얼굴로 조용히 나를 바라보며 말했다.

“그렇게 해 보려고도 했죠. 근데…….”

명자는 더듬거리며 눈을 내리깔았다.

“어렵죠. 네에! 그럼요. 모든 것 하느님 뜻에 맡기고 기도해 보세요. 예수님이 십자가에 못 박히면서 기도하신 것처럼. 결국 우리가 마지막에 의지할 곳은 하느님밖에 없어요.”

대모님의 목소리는 한결 더 낮게 소곤거리고 있었다.

명자는 자식들과 똑같이 자기 생각만 하고 있었던 것이 아닌가 하는 생각이 들었다. 자식들보다도 돈을 더 사랑했고 주님을 의지하고 믿기보다 사실 돈을 더 의지하고 믿은 것 같다. 그래서 돈 때문에 다니던 교회도 바꾸고 이 지옥 같은 생활을 하고 있는 것이 아닌가 하는 생각이 들었다. 눈물이 흐른다. 가슴을 억누르고 있던 무거운 돌덩이가 갈라지며 시원한 샘물이 솟아 흐르는 것만 같았다. 식당 창문으로 들어오는 햇살이 눈물에 반사되어 무지개처럼 빛나고 있었다. 대모님이 성모님의 부드러운 손길처럼 내 등을 어루만지고 계셨다.

명자는 대모님 말대로 미리 다 주었다 생각하기로 마음먹었다. 집을 나가겠다는 말도 돈을 해달라는 말도 없이 죽치고 살기로 했다. 한집에 살아도 두 사람은 점점 더 말이 없어지고 서로 부딪치는 것을 피했다. 완전히 남이 되어버린 것 같았다. 아니 남보다 못한 원수가 되어 버린 것 같다. 사위는 하루 이틀 안 들어오더니 회사 근처로 방을 하나 얻어 나가 살겠다고 했다. 잘 됐다 싶었다. 혼자 사니 마음 편하고 좋았다. 그대로 살면 되려니 싶었다. 그러나 그 행복도 오래 가지 못했다. 어느 날 갑자기 시커먼 옷을 입은 깡패 같은 사람들이 들이닥치더니 명자 방에 있는 모든 짐을 끌어내기 시작했다.

“당신들 도대체 누군데 남의 집에 함부로 쳐들어와서 마구 짐을 빼내는 거야?”

명자는 몸이 아파 누워 있다가 기겁하게 놀라서 벌떡 일어나 소리쳤다.

“집주인이 전부 빼내랍니다. 짐은 모두 고대로 창고에 갖다 맡겨 둘 거니까 나중에 찾아가면 되고, 이 집에서 어서 나가요.”

깡패들은 명자에게 더 큰 소리로 호령을 했다.

“그럼 난 어디서 살라는 거야. 길거리에 나앉으란 말이야? 안 돼, 안 돼! 날 죽이고 가라!”

명자는 머리맡에 놓인 백을 얼른 가슴에 끌어안고 소리치며 방바닥에 발딱 누워버렸다. 늘 불안 불안하여 통장이나 인감도장을 백에 챙기고 있었다.

“에이 참, 이 할망구가 왜 지랄이야. 아주 좋은 데다 모셔 드릴 테니 아무 걱정 하지 말고 가만히 있으라구."

검은 옷의 깡패들은 비양거리며 명자를 번쩍 들어 차에 싣더니 마구 달렸다.

"아니 내 옷도 신발도 하나 없이 이게 뭐 하는 짓이야?"

명자는 검은 옷의 깡패들을 발로 차며 몸부림쳤으나 아무 소용이 없었다. 그리고 알 수도 없는 어느 산골짜기 요양원에 내려놓았다.

"여기서 옷도 주고 밥도 주고 잠도 재워 줄 테니 아무 걱정 하지 말라고 이 노친네야."

그들은 한마디 던지고 쏜살같이 사라져버렸다.

깊은 산속에 멀리 떨어져 있는 요양원은 시설도 초라하고 빈약했다. 극빈자들만 받아들이는 지방에서 운영하는 시설인 모양이다. 마치 곧 병들어 죽을 범죄자들만 쓸어 몰아넣은 감옥 같았다. 소독약과 악취로 가득 차 숨쉬기조차 힘들었다. 요양보호사들은 마치 간수처럼 환자들을 욕하고 때리며 함부로 대했다. 하루에도 몇 명씩 죽어나갔다. 명자는 속이 뒤집어지고 토할 것 같았다. 없는 병도 생겨서 누우면 다시 일어나지 못할 것 같았다. 명자는 환자복도 절대로 안 입고 눕지도 않으며 자기는 환자가 아니라고 버텼다. 이곳에 있어서는 도저히 안 될 것 같았다. 그러나 어찌한단 말인가? 그래도 명자는 이곳에서 도망칠 생각을 놓지 않았다. 어떻게 도망칠까 매일 궁리를 했다. 한 달이 지나도 별도리가 없었다. 희망을 놓고 하루하루 죽어가고 있을 때다. 옆 침대로 새로 들어오는 노인에게 가족들이 함께 와 음식을 나누며 떠들썩하게 굴었다. 명자는 이때다 싶었다. 그들이 떠날 차비로 인사들을 하자 명자는 백을 옷 속에 숨기고 화장실을 가는 척 슬쩍 그들에게 끼어 밖으로 나왔다. 그들이 승용차에 타느라 정신없는 사이 산모퉁이 숲길로 마구 달렸다.

해가 어둑해질 무렵 어느 골짜기 마을에 다다를 때까지 쫓아오는 사람은 없었다. 빈 집 같은 것이 하나 보여 가보니 비운 지 얼마 안 된 듯했다. 귀신이 나올 것같이 험악하지는 않았다. 그리 무섭지 않았다. 거기서 하룻밤 쉬기로 맘먹었다. 부서진 장롱 속에는 이불 같은 것도 몇 개 남아 있었다. 하나 꺼내 바닥에 깔고 쭈그리고 앉으니 벌렁거리는 가슴이 좀 가라앉는 것 같다. 앞으로 어떻게 할 것인지 생각해 보았다. 요양소에서는 명자가 없어진 것을 알고 사위한테 연락할 것이다. 그러면 사위는 좀 골치 아픈 일이 생길지 모르지만 별로 상관할 것 없다고 생각할지 모른다. 찾아가도 문은 노상 잠겨 있을 테고 설혹 사위가 있어도 문은 절대로 안 열어줄 테니까. 그래서 그냥 놔두라고 할 것이다. 그러면 이제 어떻게 해야지? 우선 거처해야 할 곳을 마련해야 하는데 통장에 있는 돈이라곤 몇백도 안 된다. 그것으론 방 한 칸 얻기도 어렵고 먹는 건 또 어떻게 해결해야 한단 말인가? 한없이 막막할 뿐이다. 그나마 기대해 볼 건 딸이라 전화를 해봐도 전혀 받지를 않는다.

오만 생각을 하다 앉은 채 잠이 들어 모로 쓰러져 잔 모양이다. 어깨가 결리고 팔다리에 쥐가 나 눈을 떠보니 먼동이 트고 있었다. 도망치느라 신경을 쓰고 아픈 다리로 산길을 달리느라 몸과 마음이 완전히 탈진해버린 것 같다. 다리와 어깨를 한참 주물러 풀어주고 가까스로 몸을 일으켜 세웠다. 배에서는 사정도 모르고 주책스럽게 꼬르륵 소리가 난다. 혹시 무엇이라도 파는 곳이 있는가 싶어 마을을 한 바퀴 돌아보러 나갔다. 한없이 조용한 조그마한 마을이다. 가게 같은 것은 보이지 않는데 신기하게도 산 밑에 작은 공소(公所, 신부님이

상주하지 않는 본당 소속 작은 성당)가 보였다. 외지에서 반가운 이를 만난 듯 가슴이 벅차다. 명자는 공소 문을 살며시 밀어보았다. 문이 열렸다. 떨리는 마음으로 살며시 들여다보니 환한 감실의 눈이 조용히 반겨 주었다. 명자는 제일 앞으로 가 제대에 깊숙이 절을 하고 앉았다. 예수님을 똑바로 바라보고 마주 앉았다. 너무 절망한 탓일까. 그전처럼 하느님을 원망하는 마음도 자식들에 대한 미움도 도와달라는 절박한 심정도 별로 없었다. 그저 지금까지 있었던 자신의 모습을 사진처럼 있는 그대로 온전히 다 내어 보이고 있었다. 그렇게 멍하니 보고 있자니 제대 위 십자가에 못 박혀 있는 예수님의 고통스러운 처절한 모습이 너무나 선명히 가슴속으로 스며들어오는 것이다.

예수님! 당신은 도대체 왜 십자가 위에서 그러고 계시는 겁니까?

아무 잘못도 없이 더군다나 전능하신 하느님의 아드님이면서, 얼마든지 능력이 있으시면서 왜 그렇게 무서운 고통, 벌을 받고 계시는 겁니까? 그리고 왜 한마디 변명도 원망도 없으십니까? 명자는 예수님이 지금 자신과 똑같은 처지 같아서 눈물이 주루룩 흘러내렸다. 이제야 십자가의 예수님이 보인다. 전에는 십자가의 예수님은 안 보이고 전능하신 하느님만 보였는데 사실 하느님은 한없이 약하시고 힘겹게 버티고 계시는구나. 사랑 때문에 하는 생각이 가슴속을 파고들었던 것이다.

명자의 눈에서는 눈물이 그칠 줄 모르고 흘러내렸다. 공소 유리창문을 통해 비치는 아침 햇살이 명자의 눈물에 반사되어 무지개처럼 반짝이고 있었다.

누군가 공소 문을 열고 들어오는 소리가 희미하게 들렸다.

“우리 마을 분이 아니신 것 같은데 어디서 오셨나요?”

점잖은 노인의 목소리에 명자는 눈물을 닦으며 돌아보았다.

"제가 이곳 공소 회장입니다."

무슨 일이냐고 묻는 듯한 눈빛으로 바라보는 무던한 얼굴을 대하자 명자는 자신도 모르게 모든 것을 다 말해버리고 말았다. 회장은 서울 성당에서 명자의 교적을 옮겨 공소 신자의 자격으로 마을에 머물 자리와 기초연금을 탈 수 있게 해주었다. 기적 같은 일이 일어난 것이다. 명자는 감사하며 코로나가 해제되길 기도한다.

숲속으로 들어간 사람들

벌써 여름방학이 반은 지나가고 있었다. 글도 써야 하는데 수는 아무 일도 손에 잡히지 않았다. 얼마 전 학원에 다녀간 청년 때문에 자꾸 신경이 쓰이기만 했다. 그러니까 막 방학이 시작한 때였다. 몰려온 계몽대원들이 시끌벅적하게 떠들다 모두 각자의 일터로 돌아간 후여서 수는 한창 휴식을 즐기고 있었다. 사무실 창밖으로 적막한 산골 짙푸른 하늘에 피어나는 흰 구름의 아름다운 모양을 바라보며 멍을 때리고 있었다. 갑자기 사무실 문 앞에 한 청년이 불쑥 나타났다. 이곳에서는 처음 보는 도시풍의 깔끔한 청년이었다. 베이지색 팬츠에 하늘색 티셔츠가 잘 어울렸다. 신선한 모습이 수의 눈을 즐겁게 해주었다. 수가 그의 얼굴을 바라보고 웬일이냐고 눈으로 묻는 순간 그 즐거움은 확! 사라져버리고 말았다.

"여기 편지 온 것 있죠?"

청년은 화가 잔뜩 난 슬픈 얼굴로 퉁명스럽게 말했다. 마을 사람들은 편지를 찾으러 올 때 무척 상냥하고 겸손한 태도였다. 수는 좀 의아했다. 무조건 머리 숙이고 황송해하는 이곳 학부형들도 무안하고 당혹스러웠지만 대뜸 화내는 그는 더욱 민망하고 당혹스러웠다.

"네!"

수는 감정을 누르고 간단히 대답하며 약장 밑에 있는 편지 상자를 꺼내다 주었다. 그는 상자를 빼앗듯이 낚아챘다. 황급히 편지들을 뒤적이다 엽서 한 장을 집어 들고 잠시 눈을 고정시켰다. 곧 어깨가 위로 올라가더니 온몸이 우그러들며 울먹였다.

"아니 부고가 오면 빨리 본인한테 전해 줘야지 이렇게 놔두고 있으면 어떻게 해요?

아버지가 돌아가셨는데 가보지도 못하게-에!"

그는 폭발하는 분노를 참지 못하고 고래고래 소리를 질렀다. 그 눈에서는 함박 눈물이 주르륵 흘러내리고 있었다. 화부터 낸다 싶어 못마땅하던 수도 아버지 부고라는 말에 가슴이 찔렸다. 어머니가 돌아가셨을 때의 하늘이 무너지는 것 같던 절망감을 수도 너무 잘 알고 있기 때문이다. 어떤 죄책감 같은 것까지 밀고 들어서는 것이다. 어떻게 해야 좋을지 아무 생각도 나지 않았다.

"죄송합니다."

한참 만에 수는 힘없이 중얼거리듯 겨우 한마디 했다.

사실 수의 잘못은 아니었다. 학원은 읍 우체국에서 받아온 우편물들을 두었다 찾아가게 하는 간이역 같은 장소였다. 학생들이 공부하러 왔다 가는 길에 각 가정으로 전해주는 형식이었다. 그런데 방학이니 휴업 상태나 마찬가지였다. 마을 사람들은 지나가다가 각자 찾아가는 수밖에 없었다. 거기다 그 일은 같이 있는 김 선생님 책임이어서 수는 관심도 없었던 것이다. 오늘 처음 보는 그 청년이 어디서 사는지 어디서 일하는지는 전혀 알 수 없는 일이니 어떻게 전할 수 있었겠는가? 하지만 수는 그렇게 말할 수는 없었다. 그저 그의 아픔이 너무 크게 전해 와 청년에게 무조건 미안했던 것이다. 막연하게나마 어떤 위로가 되도록 기도하는 마음이었다.

청년도 선생님에게 어떤 책임이 있다고는 생각지 않았다. 그렇다고 모든 책임이 자신에게 있다고 하고 싶지도 않았다. 막연하나마 불합리한 사회적인 조직 체계, 보이지 않는 운명 같은 것에 항거하고 싶은 마음이었다. 그런데 선생님의 "죄송합니다"라는 말 한마디가 왠지 모르게 콱! 막혀있던 숨통을 그래도 좀 트여주는 것만 같았다. 모든 것은 그만의 잘못이 아니라고 말해주는 것 같았던 것이다. 청년은 흐르는 눈물을 주먹으로 훑어 뿌리면서 휙! 돌아서 운동장을 가로질러 갔다.

이곳은 그에게 마지막 벼랑 끝에 선 것 같이 막중한 책임이 담긴 고통스러운 곳이었다. 사업을 한다고 부모님을 졸라 빚을 내 시작했는데 사기를 당하고 말았던 것이다. 할 수 없이 수입이 좋다 하여 이곳에서 채벌하는 일을 하러 들어왔다. 이곳은 20세기가 아니라 아직도 원시다. 나무토막을 삼각주처럼 세워 오두막을 짓고 산다. 전기는 물론 아무것도 없다. 문명의 그림자조차 없다. 그런데 임금도 제대로 받지 못하고 있는 형편이다. 돈 한 푼 집에 보내지 못하고 화병으로 돌아가신 아버지조차 찾아가 보지 못했으니 이보다 더한 불효가 어디 있겠는가? 학원에 올 때는 그래도 집에 가보려고 깨끗한 옷으로 챙겨 입고 나왔었다. 막상 부고를 보니 장사는 이미 끝난 지 오래다.

도저히 집으로 갈 용기가 나지 않았다. 다시는 집으로 돌아가지 못할 것만 같다. 그는 늙은 아버지를 업고 자신도 함께 고려장을 지내러 가는 것처럼 눈물을 뿌리며 산속으로 산속으로 들어가고 있었다. 이젠 저 어둠침침한 깊은 숲이 오히려 평안한 마지막 안식처 같은 느낌이 드는 것이다.

수는 머리를 숙이고 멀어져 가는 그의 뒷모습을 지켜본다. 사람이 아닌 검은 바위가 움직이고 있는 것 같았다. 왠지 다시는 세상을 향해 돌아서 나오지 않을 것만 같다. 빨리 다시 기운을 차려 세상으로 나와야 할 텐데, 왠지 불안하기만 하다.

걱정과 불안, 고통과 분노, 절망은 탄원의 기도 같은 것이 아닐까? 내면의 깊은 곳에서 외치는 처절한 기도. 수는 그의 모습이 그림자처럼 스러질 때까지 끝까지 지켜보며 떠날 수가 없었다. 그들의 처절한 마음이 안개같이 구름같이 날아올라가 하늘에 닿는 기도가 되기를 바라고 바랐다.

오늘은 아침부터 봄비 같은 가는 실비가 조용히 내리고 있다. 열정으로 타오르기만 하던 해님도 오늘은 머리를 쉬고 시원하게 바캉스를 즐기려는 모양이다. 글쓰기에 좋은 날씨다. 실비가 바위를 거스르는 냇물 소리마저 조용히 토닥이며 소곤거리고 있었다. 아직도 산들은 자욱한 안개비에 가려 잠이 덜 깬 듯 졸고 있는 듯하다. 마음이 고요하고 평화로워진다. 정신이 한참 집중되어 있을 때였다.

"선생님! 선생님!"

밖에서 실바람같이 애처롭게 떠는 여인의 작은 소리가 들려왔다. 가슴 저리는 그 소리에 수는 벌떡 일어나 사무실로 뛰쳐나갔다. 사무실

유리문 앞에는 누렇게 바랜 나일론 적삼에 아기를 업은 여인이 서 있었다. 손바닥처럼 훤히 다 아는 이 촌에서 처음 보는 여인이다. 여인은 우산도 아무것도 쓰지 않아 실비에 머리서부터 온몸이 흠뻑 젖은 채 떨고 있었다.

"어서 들어오세요."

수는 얼른 사무실 문을 열어 주며 따듯이 말했다.

"애기가 아파서요."

여인이 들어서며 울 듯이 말했다. 눈물을 흘리고 있지는 않았지만 온몸의 세포 하나하나가 모두 울고 있는 듯했다. 비에 흠뻑 젖은 아기와 여인에게선 선창가에서 나는 비린내보다 더 짙은 비린내가 훅! 풍겨왔다. 바다하고는 거리가 먼 이곳이다. 보건소가 있는 읍내를 거슬러 바다의 반대쪽으로 찾아왔을 리는 없다. 이 여인은 도대체 어디에서 왔단 말인가? 곧 그 비밀이 깨우쳐졌다. 그것은 비 맞은 풀 비린내에 아기 젖비린내가 섞여서 나는 것이었다. 비 오는 날 바다와 숲속에서는 같은 냄새가 난다. 도대체 이 여인은 얼마나 깊은 산속을 헤쳐 나왔단 말인가? 아기는 젖은 머리로 죽은 듯이 자고 있었다. 예쁜 아기의 얼굴은 핏기 하나도 없이 온 기운이 삭아 내린 듯했다. 수는 손으로 아기의 머리를 만져보았다. 젖은 머리가 뜨거웠다.

"아기가 어디 아프죠?"

수는 포대기를 풀어 아기를 엄마에게 안겨주며 물었다. 그래도 아기는 미동도 하지 않았다.

"몰라요. 몰라요."

여인은 혼이 나간 사람처럼 힘없이 말하며 머리를 한없이 흔들 뿐이었다. 의사도 환자가 증세를 잘 말해줘야 병세를 정확히 진찰할 수가 있는 것이다. 수는 몹시 당황스러웠다. 이런 일에 능숙한 김 선생님이라도 있었으면 좋겠다 싶었다. 어디가 아픈 줄 알아야 약을 쓸 텐데……. 걱정이었다. 탈진한 것으로 보아 혹시 토사곽란이 아닌가 했다. 6·25 때 수제비를 먹고 토사곽란으로 죽은 조카의 모습이 그러했던 것이다.

"혹시 아기가 설사를 합니까?"

젖먹이 아기가 무얼 먹고 체하겠는가? 금방 생각이 들었지만 수는 당황스러워 그렇게 묻고 말았다. 여인은 여전히 머리를 흔들 뿐이었다. 그러다 갑자기 무슨 생각이 드는 표정이었다.

"하긴 설사도 했어요. 그리고 머리에 종기가 났어요."

힘없이 말하고 여전히 몸을 떨었다. 수는 얼른 비에 젖은 아기의 머리칼을 조심스럽게 헤쳐 보았다. 채 굳지도 않은 작은 머리에 노랗게 곪은 커다란 종기가 몇 개 보였다. 그 밑으로 빨갛게 승하고 있는 수많은 종기들이 열꽃처럼 피어 있었다. 아기의 고통이 전해와 수는 이맛살을 찌푸리고 눈을 감고 말았다. 무더운 여름에 매일 엄마의 등에 매달려 깊은 산속을 헤매는 동안 모기와 벌레에 물렸을 것이다. 그 상처에 땀과 흙먼지가 뒤덮여 종기가 되고 말았을 게 보지 않아도 빤한 일이었다. 아프다고 표현도 못 하는 아기의 머리에서 한 무더기의 구더기가 바글대며 사정없이 살을 파먹는 것 같은 느낌이어서 수도 몸을 떨었다. 어떻게 치료를 해야 할지 엄두가 나지 않고 두려웠다. 도무지 자신이 없었다. 아무래도 좀 멀긴 해도 읍에 있는 보건소로 보내야 할 것 같다.

"어머니! 아기 머리에 종기가 좀 심해서 저는 치료하기가 어려워요. 읍내 보건소에 가면 훌륭한 의사 선생님이 계시니까 거기서 치료를 받으세요."

수는 아기 엄마가 놀라지 않도록 되도록 조용히 부드럽게 말해주었다.

"안 돼요. 안 돼요! 선생님이 그냥 치료해 주세요. 거기까지 가면 우린 죽을지도 몰라요."

거의 스러질 것만 같던 여인이 얼굴을 들고 이상하게 완강히 부인하였다. 온몸으로 빌며 애원하는 것 같았다. 말이 끝났는데도 여인의 손과 온몸이 몹시 떨고 있었다. 새벽에 숲에서 나올 때 남편이 난리치던 일이 떠올랐던 것이다.

"그까짓 것 죽으면 고만이지, 먹고 죽을 것도 없는데 병원에 갖다줄 돈이 어디 있어? 죽는 것도 사는 것도 다 제 팔자소관이야. 병원에만 가봐라. 그냥 안 놔 둘 테니까."

남편은 마치 아이가 죽기를 바라기라도 하는 듯 고함을 치며 난리를 쳤다.

"병원엔 안 가요. 탑동 학원에 가서 약이나 좀 얻어 올 거예요."

여인은 숨이 막힐 것 같아 겨우 이렇게 남편 입을 틀어막고 도망치듯 움막을 빠져나왔던 것이다.

수는 여인의 완강한 태도가 참으로 이상할 뿐이었다. 하지만 무슨 사정이 있겠지 싶었다. 사실 무엇보다 이대로 읍으로 보냈다간 가는 길에 쓰러질지도 모른다는 생각이 들었다. 그만큼 엄마도 아기도 다 지쳐 보였다. 또다시 아버지 부고를 못 받은 청년처럼 무슨 사고라도 생기면 어쩌나 싶었다. 그녀 잘못은 아니라고 해도 못 견딜 것만 같았다. 그에게 사죄하는 마음으로라도 아기를 잘 치료해 줘야 할 것 같았다.

"나는 의사도 간호사도 아니지만, 여기서 할 수 있는 만큼 다 해 볼게요."

수는 두려움을 누르고 용기를 냈다. 일어나 약장에서 과산화수소수와 탈지면, 핀셋, 가위, 칼 약들을 꺼내왔다. 우선 노랗게 곪은 종기부터 터트려 고름을 빼냈다. 아기는 얼마나 탈진해 있는지 그 쓰리고 따가운 소독수로 상처를 닦아내도 소리 지르거나 꿈틀대지도 못했다. 수는 너무 안쓰러워 철저하게 닦아내기가 어려웠다.

"잔인하도록 해야 돼요."

두려워하는 수를 보고 이 일에 능숙한 김 선생님이 늘 하던 소리가 들리는 듯했다. 마음을 단단히 해도 주저하지 않을 수 없었다. 그 많은 종기들을 모두 고름을 짜내 고통을 준다면 아기에게 조금 남아 있는 맥마저 없어질 것만 같았다. 할 수 있는 한 되도록 아주 조심하면서 농익은 종기만 치료했다. 차츰 치료하는 일이 순해지고 마음의 여유도 생겼다.

"아기 머리가 어쩌다 이렇게 되었죠?"

여전히 떨면서 두려운 표정으로 아기 머리를 지켜보고 있는 여인의 마음을 풀어주려고 수는 부드럽게 말을 건넸다.

"아마 모기가 물어서 그렇게 됐나 봐요."

여인은 수의 부드럽고 섬세한 손놀림에 차츰 안심이 되는지 온몸으로 우는 듯한 떨림이 서서히 가라앉고 있었다.

"어딘데 모기가 무척 많은가 보군요."

이곳은 맑고 깨끗한 물들과 아침저녁으로 선선한 기후 탓에 모기가 별로 없다.

"저어 산속에요. 깊은 숲속은 몹시 무덥고 낮에도 모기가 들끓어요."

여인은 좀 신경질적으로 대답하며 괴로운 숲속의 일을 생각하는지 우울하고 슬픈 표정이 되었다. 아직도 그들에게서는 바다 비린내가 물씬 풍겨 나왔다. 빗물에 젖은 숲속에서는 바다와 같은 냄새가 난다. 그리운 바다 냄새. 수는 길게 심호흡을 했다. 수는 또 어쩔 수 없이 깊은 숲속으로 숨어버린 가여운 사람들을 찾아 헤매게 되는 것이다.

"몇 번 더 오셔서 치료를 했으면 좋겠는데, 집이 무척 먼가 봐요?"

치료를 끝내고 수가 바람을 은근히 말했다. 여인은 대답 없이 비 오는 창밖으로 먼 하늘을 바라만 본다.

"오기 어려우면 내가 가도 되는데요. 어디인지."

아무래도 한 번의 치료로는 어림도 없는 일이어서 수가 조심스럽게 여인을 지켜보며 다시 말했다.

"거긴 아무도 올 수 없어요. 여기서도 몇십 리 더 산속으로 들어가야 돼요."

여인은 무슨 비밀을 감추려는 것처럼 머리를 완강하게 저었다. 직감적으로 비밀히 하는 숯가마가 떠올랐다. 수에겐 그런 것을 감추지 않아도 되는데 하는 안타까움이 일었다. 허나 그런 곳은 수도 찾아갈 수가 없다. 그런 산속이라면 사람 그림자도 없이 주검 같은 외로움만 있을 것이다. 외딴섬 무인도 같은 곳일 게다. 여인의 절망감에 싸인 처절한 모습은 아기의 급박한 병 때문만은 아닌 것 같았다.

숯가마가 있는 곳이라면 연주네도 있을지도 모른다는 생각이 들었다. 연주는 아버지와 둘이 사는 장애아였다. 아이가 너무 어여쁘고 가여워 수는 정성을 다하여 보살폈었다. 그러던 중에 어느 날 갑자기 말 한마디 없이 어디론가 사라져버리고 말았다. 주위 아이들 말이 더 깊은 숲속 숯가마로 들어가 버린 것이라고 했다. 수의 실망감은 말할 수 없었다. 아이들 가르칠 자격이 없는 사람 같았었다.

그때 일로 수의 마음이 더욱 아파 왔다. 여인에게 위치를 알아내 찾아가 보고 싶다.

"아주 깊은 숲속이군요. 그런 곳에선 혼자만 살겠네요? 두 집만 돼도 서로 의지가 돼서 좋을 텐데."

수는 슬쩍 떠보았다.

"네. 우리 혼자뿐이에요."

여인은 사그라지듯이 말했다.

연주네는 거기에도 없는 모양이다. 작은 기대마저 사라지자 마음이 더 쓸쓸해진다. 도대체 연주네는 얼마나 더 깊은 데로 숨어들어가 살고 있단 말인가? 수의 시선이 뿌옇게 안개비 내리는 창밖 하늘로 간다.

'연주야 어디 있니?'

마음속에서 연주를 향한 부르짖음이 퍼져나가 하늘에 가득 차 일렁거린다.

'어디에서건 잘 살아라. 아무도 없는 깊은 산속에서 따스한 햇살 한줄기를 받으면서라도 행복하게 살아라.'

사랑하는 수의 마음 한 줄기라도 어딘가 깊숙이 숨어있는 연주에게로 화살처럼 날아가 지켜주었으면 좋을 것 같았다.

"많이 곪은 것만 고름을 빼내고 약을 발랐어요. 아직 곪지 않은 것들도 많은데 그것까지 건드리면 아기가 너무 힘들 것 같아요. 그거는 차차 보아가며 치료해도 될 것 같네요."

수는 치료를 마무리하며 여인에게 자세히 친절하게 말해 주었다. 아기를 안고 내내 슬프게 지켜보고 있던 엄마의 얼굴이 좀 안심하는 듯해 보인다.

"다른 곳이 곪으면 또 오셔야 해요, 아셨죠?"

수가 여인의 얼굴을 바라보며 대답을 요구했으나 여인은 아무 대답을 하지 못했다. 억지로 대답을 하려는 듯한 표정을 만들어낼 뿐이었다. 여인은 다시 무엇에 쫄리는 듯 초조하게 가려고 아기를 안고 일어선다. 수도 따라 일어섰다. 여인의 등에 업혀 주려고 아기를 엄마에게서 받아안았다. 다시 살펴보니 파르라니 핏기 가신 아기의 아름다운 얼굴이 여전히 미동도 하지 않는다. 수는 왠지 가슴이 섬뜩해 들었다. 아기가 좀 편안해진 몸으로 자고 있는 것인지 아주 기운이 빠져버려서 그런 것인지 알기 어려웠다. 엄마 잃은 조카가 죽던 순간 파르라니 붓꽃보다 더 청초하고 맑게 빛나던 얼굴이 아기의 얼굴에 겹쳐 보여 수는 머리를 흔들어버렸다.

"이 빗속에 그렇게 먼 산속으로 또 어떻게 가죠? 뭣하면 여기서 자고 내일 치료를 한 번 더 받고 가세요. 비 맞으면 아기한테 아주 안 좋아요."

수는 아무래도 아픈 아기 머리에 비 맞혀가며 가게 할 수는 없을 것 같았다. 또 내일 치료를 한 번 더 꼭 해주고 싶었던 것이다.

"아녜요. 가야 해요."

여인은 또 이상하리만치 완강하게 말하며 서둘렀다. 거의 신기에 가까울 만큼 한 곳에 집중한 표정으로 말했다. 그녀가 아기를 들쳐 업고 온갖 힘을 다해 이곳을 찾아왔듯이 이제 또 온갖 힘을 다해 꼭 가야 할 필요성을 느끼는 것 같았다. 가만있으면 아기가 죽을 것만 같아 반대하는 남편을 뿌리치고 미친 듯이 달려 나왔기 때문이다. 늦으면 남편이 여기까지 찾아와 더 난리를 칠 것만 같아 두려웠던 것이다.

수는 할 수 없이 축축한 아기 포대기를 둘러 업혀주며 마음이 무겁기만 하다.

“가만히 계세요. 아기 머리 덮을 것이라도 좀 가져올게요.”

문밖으로 나가려는 여인을 수는 다시 잡았다. 방 안으로 들어가 마땅한 것을 찾았으나 쓸 만한 것이 별로 없었다. 방에서 나와 복도 끝으로 가 본다. 아이들이 쓰고 다니는 커다란 포대라도 있으면 좋으련만 그런 건 없다. 할 수 없이 아이들에게 나온 구제품을 나눠주고 남은 것 중에서 커다란 가을 남방셔츠 하나를 골랐다. 젖은 아기를 싸줄 옷도 하나 들고나왔다. 아기를 마른 옷으로 감싸주고 다시 엄마에게 업혀 주었다. 그래도 아기는 여전히 자는 것처럼 아무 기척이 없다. 올 때보다는 조금 화색이 도는 듯도 하다. 조심스럽게 남방을 아기 머리에 둘러씌우고 팔소매로 엄마 목에 묶었다. 좀 더울지도 모르지만 빗속이라 괜찮을 것 같았다. 그리고 아끼던 마이신과 소염제 몇 알과 해열제, 과산화수소수와 종기에 바를 약도 듬뿍 덜어 내왔다.

“이 약들은 아기에게 한 알씩 먹이면 큰일 나요. 너무 독해서 안 돼요. 한 알을 셋으로 나누어서 젖에다 개어 하루에 세 번씩 먹이세요. 그리고 바르는 약은 하루에 한 번씩 바르세요. 먼저 이 병에 든 걸로 꼭 소독을 하고 닦아낸 다음 발라주셔야 해요.”

수는 약을 하나하나 들어 지적하면서 꼼꼼히 일러준 다음 싸주었다. 어쩐지 여인이 산속으로 들어가면 다시 나오기 힘들 것 같은 예감이 들었던 것이다. 그러고 나니 마음이 좀 놓였다. 아기도 별 위험은 없을 것 같았다. 아니 그렇게 믿기로 했다. 믿는 대로 된다고 하지 않는가?

“선생님! 고맙습니다.”

여인은 아직도 슬프고 허허한 빛이 감도는 표정이나 훨씬 안정된 목소리로 말했다. 이제는 전혀 몸을 떨지도 않았다. 그러나 간단히 고맙다는 인사를 남기고 나가는 여인의 뒷모습은 여전히 어둡고 무거워 보인다. 수는 사무실 문 앞에 서서 언덕 아래 가는 빗발 속으로 사라져 가는 여인을 바라본다. 여인의 어두운 모습이 보이지 않을 때까지 지켜본다. 여인이 보이지 않아도 떠날 수가 없다.

비 물보라가 차츰 안개처럼 산 중턱까지 뽀얗게 차오르고 저녁연기가 초가지붕을 떠나 산허리를 감고 올라가는 것이 선명하게 보인다. 산들은 비바람 속에 새파랗게 질려 있으나 사뭇 차분한 얼굴로 온몸에 흐르는 눈물을 받아 삭이고 있다. 비바람에 머리칼과 몸이 흔들거리는 나무들도 슬픈 표정으로 굳세게 버티고 서있다. 그 산속에서 누군가 자꾸 손짓해 수를 불러내는 것 같았다. 수는 비 내리는 허공을 지나 산속으로 산속으로 자꾸 여인을 따라가다 여인을 지나서 더 깊은 산 속으로 끌려간다. 그 깊은 산속 채벌장에는 얼마 전 아버지의 부고를 찾으러 와서 원망하며 울고 가던 젊은 남자가 있을 것이다. 어딘지 전혀 알 수 없는 곳에 있는 알 수 없는 그 남자에게 세상에서 가장 슬픈 사연을 전해주지 못한 죄책감으로 그녀는 아직도 슬픔을 느끼고 있다. 그리고 방금 떠나간 생사의 고비를 오르내리고 있는 아기와 어느 날 갑자기 훌쩍 떠나가 버린 불쌍한 어린 제자 연주도 있을 것이다. 연주는 언제나 그녀 마음 한가운데 슬픈 얼굴로 남아 있는 아이다. 그리고 또 수가 이곳으로 들어올 때 헤어지지 않으려 절절히 사무치게 울던 사랑하는 조카도 거기 함께 있었다. 그 외딴섬 무인도 같은 깊은 산속으로 수는 자꾸 끌려가면서 그들이 모두 무사하길 기도한다.

이튿날 아침은 하늘이 푸르게 빛났다. 수는 아침부터 왠지 그 아기 엄마가 다시 찾아오나 기다려졌다. 두어 번만 더 찾아주면 깨끗이 나을 것 같았던 것이다. 어제 여인이 갈 때는 다시 찾아오지 않을 것이란 생각이 들었는데도 왠지 자꾸 기다려지는 마음이다. 기다리는 것도 답답하고 지루해 수는 운동장으로 나갔다. 어제 비가 씻어낸 하늘은 막 세수하고 나온 아가씨의 얼굴같이 맑고 청초하다. 그 청초한 하늘에 둥둥 떠 있는 흰 구름이 여유롭고 한가로워 보인다. 수는 고개가 꺾이도록 젖힌 채 하늘을 바라보고 스커트 자락을 휘날리며 빙빙 맴을 돌아 본다. 자꾸 어지럽도록 도는 맴이 모든 걱정을 지워버릴 것만 같다.

불안과 걱정 고통과 절망은 탄원의 기도 같은 것, 깊은 내면에서 외치는 기도 같은 것이다. 수는 자꾸자꾸 맴을 돈다. 말로 드러내지 못하는 가슴속 깊은 탄원의 기도, 누구에게도 말하지 못하는 자신의 독백 같은 그 기도를 꺼내 자꾸 맴을 돌린다. 빙빙 맴돌던 그 기도가 하늘에 다다른 듯 바람결에 응답 같은 소리가 퍼진다.

"그래! 그래! 기다려야 한다. 기다려야 한다!"

하늘의 소리가 메아리처럼 울리는 것 같았다.

그렇다. 고통과 절망 불안은 끊임없이 인내하며 기다리라는 신호다.

기다리라는 신호등이다.

기다림은 희망이다.

기다림은 희망을 낚고 희망은 또 한세월을 낚는다.

그리고 끝내 보람을 낚아 올릴 것이다.

그리고 영원을 낚아 올릴 것이다,

수는 자꾸자꾸 맴을 돈다.

둥그런 원이 모든 것을 하나로 만들고 있는 것 같았다.
고통과 절망과 분노, 기도와 희망과 사랑, 모든 것을…….
원은 하나로 만들어버리는 것 같다.
원은 모든 것을 하나로 만든다.
원은 모든 것을 하나로 포용한다.
이 모든 것을 포용할 수 있는 것은 사랑의 힘이다.
사랑은 둥근 원이다.
수는 자꾸자꾸 맴을 돈다.
원을 그리며 자꾸자꾸 맴을 돈다.

새 하늘 새 땅

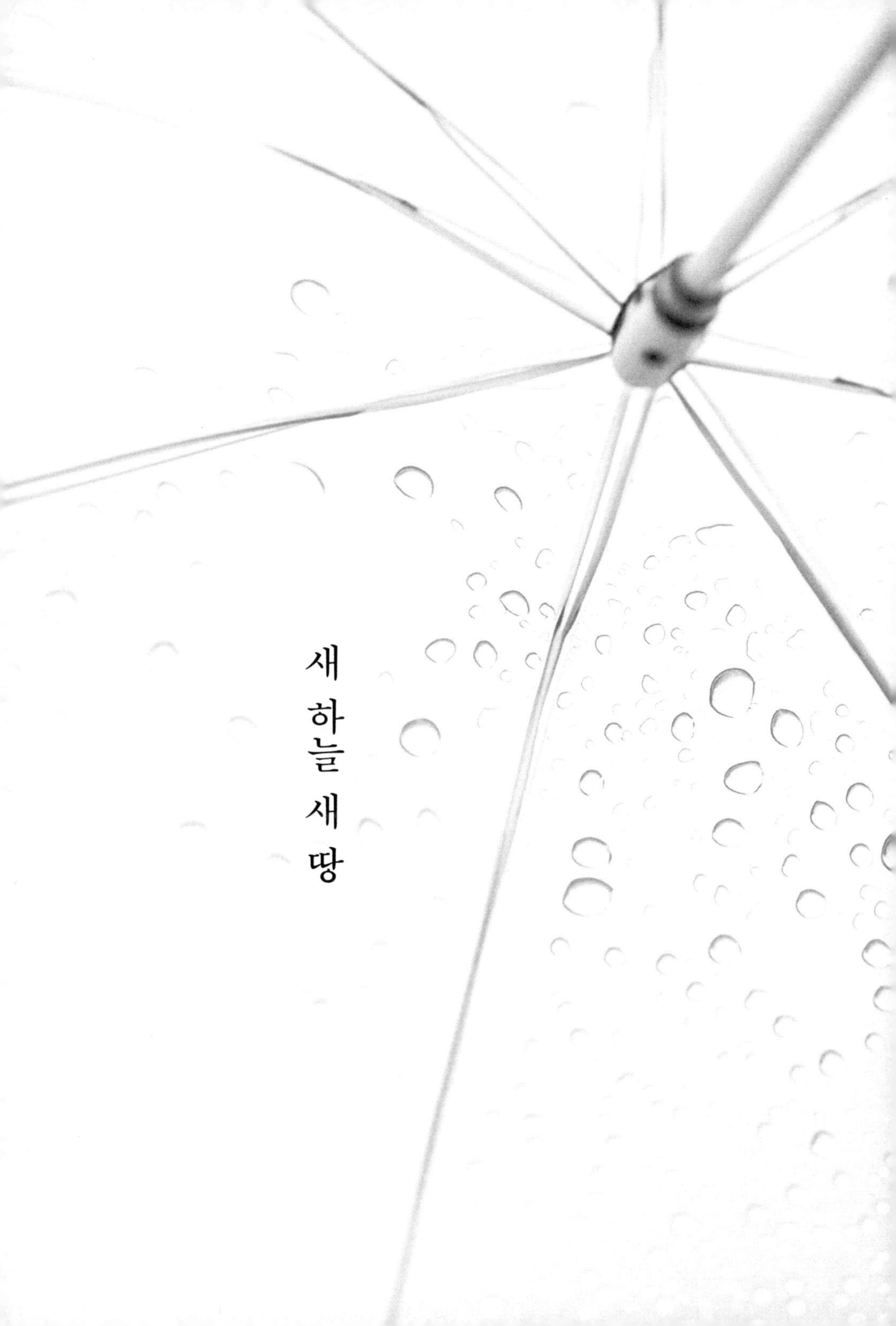

친구들이 거의 다 다녀온 유럽 여행을 윤하는 느지막이 아이들 손에 등 떠밀려 하게 됐다. 한번 가보았으면 하고 몹시도 부러워했던 여행이지만 마음이 무겁기만 하다. 95세의 시아버지가 노환으로 누워있게 된 지 7년째다. 치매 기운으로 88세에 멈춰있다. 88세까지는 소파에 앉아서 졸며 시간을 죽이고 있는 모습이 거대한 산만 같았다. 거대한 산이 버티고 앉아 내리누르는 것만 같았지만 그래도 괜찮았다. 차츰 거동을 못 하고 누워 대소변을 받아내게 되었다. 목욕과 대소변은 남편이 돌봐줘서 감사했지만 집을 좀 비우기라도 하면 사건이 발생했다. 시아버지는 기어 나와서 주방을 뒨장질하여 아무거나 꺼내 먹고 온 집안을 엉망으로 만들어 놓는 것이다. 한 번은 변을 본 기저귀를 차고 온 집 안을 돌아다녀 집 안을 똥밭으로 만들어 놓았다. 문을 열고 들어서는 순간 악! 소리를 치고 말았다.

"그대로 가만 놔둬. 내가 빨리 가서 치울게. 알았지, 응!"

전화를 받은 남편은 명동에서 금세 달려왔다.

시집은 김대건 신부님의 후예로 대대로 내려오는 가톨릭 집안이다. 시아버지는 아침저녁 기도와 묵주기도를 한 시간 이상씩 바치며 매일 미사도 한 번 빠진 적이 없다. 긴 연도(煉禱, 죽은 사람을 위한 기도)도 다 외워 그냥 바치고 초상이 나면 누구를 불문하고 장사까지 다 정성껏 돌봐주었다. 그리고 자신을 위한 죽음의 준비로 선종을 위한 기도도 매일 했다. 그런 분이 저 모양이다. 시어머니가 돌아가신 지 25년이 됐지만 작은아들네 집에 가서 한 번도 잔 적이 없다. 아침·점심·저녁 수발로 윤하는 집을 비울 수가 없었다. 그런 것 외에는 달리 윤하의 마음을 불편하게 해주는 일이 없는 좋은 시아버지였다. 그런 분이 요즘엔 나무 묵주도 입에 넣고 질겅질겅 씹어 부숴놓고 과일을 드린 접시에 똥 덩어리를 얹어 놓곤 한다. 윤하가 들어가면 뻔히 쳐다보고 "젖 좀 줘" 하기도 한다. 무서워서 시아버지 방에 들어가기가 싫다. 아무리 자연 현상이요 병이라고 이해하려 해도 괴롭고 두려웠다. 그런 시아버지를 보고 있으면 인간에게 정말 영혼은 있는 것인가 하는 생각이 든다. 치매나 정신적인 병은 완전히 뇌의 문제인가? 영혼과는 별개의 문제인가? 정신과 영혼은 어떻게 다른가? 인간은 완전히 뇌가 지배하는 동물에 불과한 것이 아닌가 하는 의문도 생기고 몸과 마음이 온전히 지쳐 있었다. 그러한 모습을 보다 못한 막내아들이 비행기표를 끊어 내몰다시피 했다. 모든 걸 잊고 훌쩍 떠나고 싶지만 잠시 잊고 편하자고 적다면 적고 크다면 크다고 할 수 있는 천여만 원의 돈을 들여서 다녀올 만한 가치가 있는 것인가 하는 생각을 뿌리칠 수가 없다. 돌아오면 제자릴 텐데, 여행은 바람 같은 것이라 생각됐다.

섬에 떨어진 커다란 비행기 같은 인천공항에 모인 여행 식구는 모두 14명. 남녀 노인 중년 대학생 초등학생까지 참으로 다양했다. 그중 커플로 목이 긴 구두를 신고 멋진 카우보이모자를 쓴 남편의 가슴에 꽃같이 안겨 있는 중년 아내가 유난히 눈에 띄었다. 다른 사람들은 전혀 염두에도 두지 않고 소곤소곤 얘기에 빠져 있다. 언뜻 보기엔 불륜의 사이가 아닌가, 의심스럽기도 했지만 가톨릭 신자들 여행에 그런 사람들이 낄 리도 없었다. 생각조차 미안해진 윤하는 얼른 눈을 돌려버렸다. 세 자매와 함께 남매를 데리고 온 단란한 가족이 눈에 들어왔다. 그들은 비행장이 온통 다 자기들의 것인 양 기쁨에 들떠 떠들고들 있다. 80세에 자녀들 효도 관광을 하는 할머니는 귀퉁이에서 혼자 사람들과 다른 방향을 바라보고 묵주기도를 하고 있었다. 60대 노년의 사진작가와 퇴직한 의사, 남편의 친구는 지나는 사람들을 할 일 없이 구경하고 있다. 휘둥그런 큰 눈에 검은 잠바를 입은 거구의 젊은 신부神父님이 그들을 모두 자기 팔 아래 병아리 모으듯 서성거리고 있다. 가이드가 자동문만 바라보며 애타게 기다리던 사람이 시간이 임박해 드디어 나타났다. 자그마한 키에 개량 한복을 입고 나타난 중년의 여인은 미안한 빛도 전혀 없이 태연하기만 하다. 그녀는 시인이라고 했다. 비로소 무언가 생각에 빠져 계산하며 왔다 갔다 하던 얌전한 새색시 같은 가톨릭신문사 기자 가이드가 안심한 얼굴이 되었다. 모두를 인솔해서 창구를 빠져나갔다.

윤하 부부는 운 좋게 비행기 창문 옆에 자리를 차지했다. 창밖을 보니 땅, 도시, 집들, 밭과 산이 선연히 내려다보인다. 이어 푸른 바다가 나타나더니 곧 뭉게구름 망망대해가 펼쳐졌다. 순간 신선처럼 구름 위를 걷고 있는 기분이 든다. 아무리 가도 더 이상 아무것도 보이지 않는 구름바다에 머무르게 되자 마음이 망막해들기 시작했다. 허무의 공간, 허무의 상황, 허무감에 매몰된다. 허공의 햇빛이 너무 눈부셔 창문을 내리고 눈을 돌렸다. 비행기 안은 어둡고 푸른빛이 일렁이는 수족관 안처럼 침침하다. 남편은 벌써 눈을 감고 침묵의 석상이 되어 있다. 무한한 허공을 향했던 윤하의 눈도 스르르 감겼다.

수족관 같은 비행기 안에서 꼼짝 못 하고 의자에 묶인 채 12시간 넘어 날아간 끝에 어스름 저녁 무렵에야 로마에 도착했다. 출구로 나가니 날씬한 30대의 지역 여 가이드가 반갑게 맞아주었다. 가이드를 따라 들어선 호텔은 아담했다. 가이드가 방 배정을 한 종이를 내주고 여러 가지 주의 사항을 말했다. 각자 자기 방을 찾아가 짐 정리를 대충 한 다음 식당으로 갔다. 늦은 시간이어선지 사람이 별로 없었다. 맛있는 음식을 한 접시씩 잔뜩 담아가지고 오는 사람들을 신부님이 긴 탁자에 둘러앉혔다.

"우리 여행 식구가 많지도 않고 적지도 않고 오붓하네요. 오늘 처음이지만 모두 하느님의 자녀들이니 서로 인사도 나누고 친하게 지냅시다. 나는 ○○○천주교회 주임신부인데 여러분들하고 성지순례를 하게 되어 참으로 기쁩니다. 순례하는 성당에서 미사를 하고 원하시는 분에겐 고해성사를 해 드리겠습니다."

맛있는 호텔 음식에 분위기가 무르익자 신부님이 말했다. 모두들 환호하며 박수를 쳤다.

"신부님! 이 와인 저희가 가족끼리 축하파티를 하려고 서울서 가져온 건데요. 여기서 우리 모두 함께 축하연을 하면 좋겠네요. 이거 1930년산 좋은 거예요."

세 자매와 가족이 함께 온 젊은 부인이 와인 병을 신부님에게 전하며 말했다.

"아! 1930년산이면 귀한 건데. 남편은 어째 함께 안 오셨어요?"

신부님은 와인 병을 받아 살피고 사람들에게 돌릴 잔에 따르며 말했다.

"남편은 원체 바빠서요. 와인을 대신 보냈죠. 호호!"

"바쁜 거보다 여기가 더 좋을 수도 있는데."

신부님은 자기 생각이라는 듯 커다랗게 중얼거렸다.

"아녜요. 신부님! 우리 아빠는요 우리하고도 잘 못 만나요. 매일 바쁘게 벤츠를 타고 다니면서 새 하늘 아래 좋은 새 땅을 사야 하거든요. 그래야 큰 복을 받는대요."

젊은 여인의 여덟 살짜리 아들이 성큼 나서서 자랑스럽게 소리쳤다. 옆에서 중학생 누나가 말하지 못하도록 옆구리를 쿡쿡! 찔렀지만 아랑곳하지 않았다.

"그래서 엄마 혼자 우리들과 이모들도 다 데리고 여행 온 건데요."

"아! 그렇구나—."

신부님은 꼬마를 보고 알았다는 듯이 느긋이 대답을 했다.

"얘! 그건 농담이야. 농담."

엄마가 좀 난처하고 민망한 듯 꼬마 입을 막으려 했다.

"엄마! 농담이 뭐야?"

"아빠가 너를 재미있게 해주려고 장난한 거라고."

"아냐. 그게 뭐 재미있어."

꼬마는 뿌루퉁하게 입을 내밀었다.

"그래! 아빠가 바빠서 더 재미있는 말을 생각 못 하셨나 보다."

신부님이 얼른 사태를 수습하였다.

사람들은 침묵을 지켰지만 농담이 아니라 진담이라 생각했다. 구석에선 땅을 사고팔아서 신흥 부자가 된 사람이라고 수근거리는 소리가 들리기도 했다. 젊은 사람이 어떻게 해서 그렇게 큰돈을 벌 수가 있을까. 부러움 반, 거부감 반이 뒤섞인 찜찜한 감정으로 분위기가 흐려지는 듯했다.

"참 보기 좋네요. 온 가족이 화목해 보여서."

윤하는 난처해지는 그들을 응원해 줘야 할 것 같아서 밝은 음성으로 말했다. 사실 배웠다는 사람이 사업하는 족족 망하기만 하는 남편과는 너무 달라서 부러움이 더 컸던 것이다. 그런데 이런 땐 반항을 해야 한다는 듯이 개량 한복을 입은 시인이 와인 잔을 높이 쳐들고 일어났다.

"중학생 딸과 둘이 사는 나는 오늘 말도 없이 여기 혼자 왔어요."

"예에?"

이건 뭣 하는 짓인가? 모두가 의아한 눈으로 시인을 바라본다.

"애가 혼자서 얼마나 걱정을 하고 놀라겠어요?"

"얼른 전화해 주세요."

여기저기서 곱지 않은 소리가 튀어나온다.

"괜찮아요. 난 늘 그래서 상관 안 해요.

이혼한 엄마가 혼자서 어린 딸을 키우느라 고생해서 그렇다고 이해한대요. 다 키웠다 했더니 저는 성당에서 더 좋은 엄마 성모마리아를 만나서 괜찮다고 하대요.

난 이러지 않으면 숨이 막혀서 살 수가 없어요."

시인은 말을 하고 나서 자유롭고 편안한 모습이 되었다.

"성모마리아는 모두의 좋은 어머니시죠."

신부님이 결론을 내리듯 말했다. 아무도 더 이상 말이 없었다.

“저희 아내는 많이 아파요. 그래서 루르드 성모님 기적의 샘에 침수해 보려고 왔습니다. 은총의 도우심으로 정말 기적이 일어나길 바랍니다. 병이 낫도록 모두 기도해 주시면 참으로 고맙겠습니다.”

고요한 분위기를 타고 카우보이모자의 중년 부부 남편이 일어나 기도하듯이 말하고 구십도 각도로 인사를 했다. 환자라는데 믿기지 않도록 부인은 아직도 너무 아름다웠다. 순식간에 분위기가 변했다. 참으로 아깝고 불쌍했다.

“기도하겠습니다.”

얼마나 간절하면 젊은 사람이 저럴까 싶어 모두 함께 진중히 대답을 했다.

“어떻게 기적까지 바라요? 믿음의 마음으로 다니다 보면 좋아지겠죠.”

아름다운 부인 환자는 폐가 되는가 싶어 미안하고 부끄러운 듯이 말했다.

“아네요. 소원은 구체적으로 기도하는 것이 좋다고 했어요. 그래야 들어지지 않았을 때 하느님한테 원망이라도 하고 덤벼들 수 있지 않아요?”

신부님이 농담처럼 말하자 모두들 유쾌하게 웃어 분위기를 바꿨다.

유쾌하게 퍼지는 웃음소리 가운데 카메라의 셔터 소리가 찰칵 들렸다.

“자아! 기념 촬영입니다. 제목은 로마에서의 첫 밤입니다.”

사진작가가 가장 멋진 순간을 포착해 먼저 셔터를 누른 후 말했다.

“여행은 미래의 새로운 하늘, 새로운 땅에 대한 호기심, 기대감,

설렘, 희망, 꿈같은 것 아니겠어요? 오늘 밤 편안히 주무시고 좋은 꿈 꾸시고 내일 아침 6시 이곳으로 모이세요."

가이드가 자신이 연출자라는 듯 사진작가를 밀어내고 말했다. 사람들은 군말 없이 모두 일어나 자기 방으로 향했다.

방에서 바라보는 도시 로마의 밤은 화려하지도 않고 어둡지도 않고 차분하다. 호텔 정원에 드리운 몽롱한 가로등 불빛은 오랜 역사의 깊은 사연을 지닌 듯 슬픔 머금은 눈빛으로 거리를 지키고 서있다. 도시답지 않게 밤의 청정한 공기와 향긋한 꽃내음이 가슴을 파고든다. 윤하는 뜨거운 물로 샤워를 하고 잠자리에 들었다.

잠시 시간이 지난 듯한데 프런트에서 보내주는 벨 소리가 울렸다. 남편하고 호텔 식당에 들어가 토스트와 커피로 간단한 아침 식사를 하고 나가니 모두들 버스에 타고 있었다. 가이드와 신부님이 차 앞에서 우리를 기다리고 있었다. 버스에 오르려는 순간 남편 혈압 약을 안 가지고 나왔다는 생각이 들었다. 다시 방에 가 약을 가지고 나오니 가이드가 늦어 야단났다고 인상을 썼다. 윤하는 머리를 들지 못하고 얼른 버스에 올라탔다. 바티칸시 베드로대성전에 도착하니 늦어 미사 드릴 빈방이 없었다. 윤하는 자기 탓인 것만 같아 몸 둘 바를 몰랐다. 다행히 사정을 들은 성전 관리인이 주교들만 할 수 있는 베드로 무덤 앞에서 미사를 하게 허락해 주었다. 오히려 영광스러운 미사가 되었다. 베드로 무덤 앞 주교들의 무덤 사이에서 드리는 미사는 형언할 수 없이 엄숙했고 영혼 깊숙이 스며드는 은총의 손길을 느낄 수 있었다.

윤하는 베드로 무덤 앞에서 얼른 사진 한 장을 찍고 베드로 사도 무덤 앞에 쭉 늘어서 있는 수많은 교황들의 무덤 앞으로 갔다. 환자

부부가 손을 꼭 잡고 윤하 뒤를 따라오며 무덤들을 유심히 살펴보고 있었다.

"무덤이 이렇게 교회 안에 있으니 참 좋네요. 가족이 자기 성당에 묻혀있으면 늘 같이 있는 것 같겠어요."

환자의 남편이 윤하에게 말하며 아내를 바라보고 동의를 구하는 표정이다.

"그렇겠네요."

윤하도 대답하며 그의 아내를 바라보았다. 그의 아내가 어린아이처럼 남편의 팔에 더 기대며 천천히 고개를 끄덕였다.

"우리 교회도 이랬으면 좋겠어요. 한국 사람들은 주검을 너무 터부(taboo)시視해요."

남편이 힘을 주어 말했다.

교회 안에 있는 무덤은 집 안에 있는 것과 같다. 신의 보호 아래 죽음과 삶이 하나인 것 같고 자연스러운 것 같다. 생각해보면 우리는 매일 매 순간 죽고 다시 산다.

"나는 부활이요 생명이니 나를 믿는 사람은 죽더라도 살 것이요. 살아서 나를 믿는 사람은 누구나 영원히 죽지 않으리라."

성서의 말씀이 떠오른다. 분명 죽음은 삶의 한 연장이요, 부활의 문인 것이다.

대성전의 중심, 교황 제단이 있는 곳이 바로 베드로 무덤 위라고 한다. 그 위에 저 유명한 미켈란젤로의 웅장한 원형 천정이 있다.

천정 받침 둘레에는 "너는 베드로이다. 내가 이 반석 위에 내 교회를 세우겠다"는 말씀이 새겨져있다.

교황 제단 우측으로 맨 먼저 성 베드로의 순교 제단이 보이고 좀 더 가면 미켈란젤로가 24세 때 조각했다는 저 유명한 삐에따 상이 나온다. 죽은 예수의 시신을 안은 성모님은 어머니라기엔 너무 젊어 보이나 깊은 고뇌에 찬 모습에서 어머니의 짙은 사랑이 풍겨 나오고 있었다. 주검의 무거운 고통을 안은 모습이 성스러워 보인다. 하느님의 아들인 예수님보다 죽은 예수를 안고 있는 인간 어머니 마리아가 더 거룩하고 더 고통스러우며 더 성스러워 보인다. 가엾은 분! 그토록 비참하게 돌아가셨으나 어머니 품 안에 안겨 있는 모습은 편안해 보인다. 두 사람은 그지없이 비참하나 깊은 사랑에 빠져 행복한 것 같다.

윤하는 떠날 줄 모르고 뚫어져라 삐에따 상을 쏘아보고 있었다.

어머니가 그립다. 그리운 어머니!

바로 옆에서 시인이 삐에따 상에 빠져있는 것이 보였다.

베드로 광장은 광활한 타원형으로 되어 있다. 284개의 기둥들 위에 대리석으로 만든 142개의 성인 조각상들이 아름다운 위용을 떨치며 광장을 내려다보고 있다. 광장 한복판에는 베드로 사도가 순교했던 네로 황제의 원형경기장에서 가져온 네 마리의 청동제 사자가 호위하는 오벨리스크가 25.88m 높이를 자랑하며 우뚝 솟아 있다. 맨 꼭대기의 십자가가 퍽이나 인상적이다. 네로 황제가 베드로를 죽였지만 죽은 베드로는 네로를 정복하고 온 세계를 지키고 있는 승리의 형상 같이 보인다.

죽음의 승리. 부활!

두 팔을 벌린 듯한 베드로 광장의 모습은 성모마리아가 전 세계 백성을 어머니처럼 두 팔로 인자하게 안고 있는 교회의 상징이라고 한다.

어머니의 사랑! 아! 그리운 어머니의 품 안!

베드로의 그 너른 광장은 정말 어머니의 팔처럼 그녀를 꽉 끌어안기 시작했다.

어머니가 없는 세상은 한없이 어둡고 추웠었다. 한여름에도 춥고 시리기만 했다. 세상이 무너진다는 소리가 한 치 과장 없이 온몸으로 체험되었던 것이다. 어머니가 떠난 후 일상에서 의미를 찾을 수가 없었다.

어머니를 잃은 사람들은 누구나 어린이처럼 늘 춥고 시리다.

느닷없이 광장을 맴도는 개량 한복의 시인이 딸과 대화를 하는 스피커폰 소리가 광장에 울려 퍼지기 시작했다.

"엄마! 어디야?"

"응! 여기? 새 하늘 새 땅 어머니 품 안이야."

"응? 어디라고?"

"여기 로마 베드로광장이야."

"응! 로마 베드로성당!"

"응! 그 광장 모양이 성모님이 세상을 두 팔로 껴안은 모습이래. 그래서 그런지 여기를 맴돌고 있으니 어머니 품 안에 안긴 것처럼 편안하다.

넌 학교 잘 다니지?"

"응! 걱정하지 마. 잘 됐어. 엄마도 엄마가 필요한 거야. 엄마도 엄마 품에 푹 안겨 어리광도 피우고 잘 놀다가 엄마 버리지 말고 꼭 모시고 와. 알았지. 나도 할머니가 새로 생겨 좋잖아, 호호호!"

"그래! 엄마도 엄마가 필요한 것 같다. 새 하늘 새 땅에도 엄마가 있어야 하나 보다. 그렇지 않으면 늘 갈급하거든. 가엽고 사랑스런

내 딸 내 전부!"

어머니의 사랑만이 아침 햇살처럼 신선한 희망이며 따스하고 푸근한 평화다.

시인은 딸이 옆에 있는 듯 마음을 다한 온전한 사랑으로 껴안는다. 딸을 이토록 진실한 사랑으로 껴안아 본 적이 언제인지 모르겠다. 그녀의 얼굴에 눈물이 흐르고 있었다.

들으려고 해 들은 것이 아니라 하늘의 음성처럼 타고 흐른 스피커폰 소리에 윤하의 마음도 활짝 펴졌다. 여기저기 미소 띤 여행 멤버의 얼굴들이 화면처럼 흐른다.

시인은 높고 짙푸른 하늘을 바라보며 감사 찬양을 하듯 광장을 건너간다.

성모마리아!

아이들의 어머니!

어른들의 어머니!

모든 인간들의 어머니! 우리 어머니의 어머니이신 어머니!

인간의 근원이신 어머니!

인간의 고향이신 어머니!

모든 사람들의 채워지지 않는 갈망을 채워주시는 분!

오! 어머니!

시인은 광장을 건너가며 마음 깊은 곳에서부터 퍼져 나오는 소리를 시를 낭송하듯 읊조리고 있었다.

반려 식물

코로나가 지구 전체를 감싸고돌 때는 인류의 큰 충격이었다. 눈에 보이지도 않는 바이러스가 만물의 영장이라는 인간을 순식간에 파멸시키고 있기 때문이다. 그 마의 힘이 아직도 여기저기서 화산처럼 분출하고 있다. 눈에 보이지도 않는 이 작은 괴물 코로나19 바이러스로 인하여 인간들의 삶이 말이 아니다. 자유롭고 즐거운 문화생활은 고사하고 가면 같은 마스크로 얼굴을 가리고 숨도 제대로 쉬지 못하며 집 안에 칩거해서 살아야만 했다. 이 괴물은 세계를 무법자처럼 휩쓸고 돌아다니며 사람들을 죽음으로 끌고 간다. 무슨 해결책이라도 되는 듯 모두가 서로 중국 탓, 미국 유럽 탓, 네 탓이라고 싸움들만 했다.

실상 "동산을 일구고 돌보아라. 생물들을 잘 다스려라"라고 명하신 하느님 창조의 법을 어기고 바벨탑만 쌓은 인간들의 탓이련만 반성의 기미는 별로 없는 것 같다.

코로나가 좀 주춤할 무렵이었다. 나는 오랜만에 주일 미사 후에 만난 친구 몇이서 카페에 앉아있었다. 커피를 마시면서 즐겁게 담소를 나누었다.

"우리 어디 여행 좀 가자."

한 친구가 불쑥 말했다.

"그래! 그러자."

코로나로 골방에만 갇혀 답답하던 터라 모두 같은 맘으로 선뜩 동의하였다. 즉석에서 일사천리로 여행 계획이 진행됐다. 피서철이 오기 전 유월 말경 월요일로 날을 잡았다. 한 친구 동생이 강릉에서 하는 펜션으로 가기로 했다. 주말만 빼면 얼마든지 가서 그냥 쉬고 놀아도 된다고 했다. 주말엔 아무래도 사람이 많아 복잡하고 코로나도 염려되는데 더욱 잘된 일이다 싶었다.

펜션 앞으로는 맑은 내가 흐르는 좀 깊은 산 계곡이지만 15분 정도만 나가면 주문진 바다가 있어 문어니 각종 회도 떠다 먹고 바다 구경도 할 수 있다고 했다. 산도 보고 바다도 보니 일거양득 좋은 일이었다. 단 이젠 모두 운전을 놓은 터여서 그것이 하나 흠이었다. 강릉까지 KTX를 타고 가서 택시로 움직이기로 했다.

마침내 그날이 돌아와 우리는 청량리에서 만났다. 소풍 가는 어린이들처럼 기분이 들떠 모두들 일찍 나왔다. 30분이나 기다려 강릉행 기차에 올랐다. 아직 코로나 거리 두기 시기인데도 빈자리가 하나도 없이 꽉 찼다. 좀 놀라웠다. 우리는 자리에 앉자마자 습관적으로 준비해온 것들을 하나씩 내놓았다. 손가락 두 개만 한 맞춤 쑥떡 두 개와 방울토마토 세 개 그리고 내린 커피를 골고루 나눠주었다. 아침도 제대로 먹지 못하고 나온 터였다.

"이 쑥떡 맛있네."

"맛있지? 이 떡집은 강화 쑥으로만 한대. 그래서 맛있어."

이런 때나 먹어 보는 별미 쑥떡을 맛있게 먹는 중이었다.

"아! 어르신들 여기서 음식 먹으면 안 되는데요. 얼른 먹고 마스크 쓰세요."

순회하던 승무원이 다가오면서 배려의 말을 남기며 훌쩍 지나간다.

아차! 우리가 큰 실수를 했구나 싶었다. 코로나 시기라 차에서 음식물 먹으면 안 되는 것이다. 뉴스에도 누차 공공장소에서 음식을 먹으면 안 된다고 했는데 깜빡 잊었던 것이다. 여섯 명이나 되는 사람 중에 한 사람도 그 사실을 말하지 않았으니 우린 확실히 늙은이인가 보다. 치매가 아닌가 탄식이 나왔다. 우리는 민망하여 얼른 음식을 치우고 마스크를 썼다.

마스크를 쓰니 말도 하기가 어려웠다. 하릴없이 차창 밖을 내다본다. 태백산맥을 가로질러 가야 하는 강원도행은 예로부터 험하고 아름답기로 유명해서 한 경치 바라볼 속셈이었다. 수려한 경관을 바라보면 그동안 코로나로 쌓인 스트레스도 확 풀릴 것 같은 기대감으로 넘쳤다. 그런데 기대와는 달리 바깥 풍경은 평범했다. 평지를 달리는 것 같았다. 굴도 별로 없었다. 기차표를 보니 금방 1시간 반 만에 강릉에 도착해버릴 예정이다. 참 빠르다. 얼마 전만 해도 강원도 길은 험하고 오래 걸렸다. 그러니 평창 동계 올림픽 때 남한에 와서 이 기차를 타본 북한의 김여정이 감격할 만도 하다. 우리나라 기술력이 한층 더 놀랍게 느껴졌다. 해도 굼벵이처럼 달리던 옛날의 철길 주변의 경관이 그립기만 하다.

"주위가 삭막하네."

나만이 그런 느낌이 아니었던가 보다. 옆에 앉은 친구가 창밖으로 시선을 향한 채 말했다. 마스크를 쓴 사람들이 빽빽이 들이찬 어둡침침한 기차 안은 무거운 침묵만이 흘렀다. 순간 영화에서 본 설국열차 맨 뒤 칸에 탄 것 같은 기분이 훅 든다. 일제시대 아오지탄광으로 잡혀가던 사람들 생각도 난다. 나는 얼른 차창 밖으로 시선을 돌렸다. 그래도 가끔 푸른 나무들이 지나가며 손을 흔들어줘서 고마웠다.

드디어 강릉역에 도착했다. 내려서 돌아가는 표를 예약하려는데 그 시간은 이미 꽉 차서 늦은 시각에 예약을 해야 했다. 코로나 시기지만 정말 사람들이 많이 여행 다닌다 싶어 또 한 번 놀랬다. 역 밖에는 서울에서 예약해둔 차가 와서 대기하고 있었다. 장례식 차 같은 검은 승합차였다. 우리는 동행 여섯 명이 함께 탈 수 있다는 것만으로 만족하고 몹시 행복했다. 곧바로 주문진으로 향했다. 주문진항으로 들어가니 바다가 보였다.

"바다 구경해야지."

우리는 약속이나 한 듯 차에서 뛰어내려 바닷가로 향했다. 끝없이 펼쳐진 푸른 바다가 우리를 덥석 안아 맞이했다. 참으로 거대한 평화 덩어리였다.

"야~아! 바다다."

우리는 소녀들처럼 양팔을 하늘로 치켜 올려 벌리고 소리쳤다. 한 번도 누려보지 못했던 것 같은 온전한 평화가 우리 안으로 밀물처럼 밀려들었다. 한참 바다를 보고 평화를 만끽한 후에 식당으로 향했다. 집에서는 먹기 힘든 생선구이와 물회로 점심을 먹었다.

다음은 수산시장으로 가서 구경도 하고 장을 볼 셈이다. 항구 수산시장에는 참 볼거리가 많다. 특히 동해는 더 그런 것 같다. 살아 팔딱이는 각종 물고기들이 눈을 사로잡는다. 홍게와 대게, 이상하게 생긴 입이 커다란 거무튀튀한 물고기, 대왕 문어와 각종 소라들이 사방에 널렸다. 어디로 시선을 줘야 할지 모를 지경이다. 즐겨 먹는 임연수어, 광어, 오징어들 모두 사 가고 싶다. 구경에 홀딱 빠져 시간 가는 줄을 모르겠다. 신기하고 다채로운 바다의 생명들. 살아 있는 생명들은 너무 아름답고 소중해 보인다. 깊은 바닷속에 잠수해 들어가 그들과 함께 헤엄치며 놀고 있는 듯한 기분이다. 황홀한 바다의 세계였다. 겨우 정신을 차리고 작은 문어 한 마리와 광어 한 마리, 오징어 몇 마리를 회 뜨고 필요한 식품을 사가지고 펜션으로 향했다.

냇물 소리가 들리는 펜션은 아름다웠다. 다섯 채가 각각 비밀스러움을 간직한 듯 서로 등을 돌린 채 멋진 모습으로 서 있었다. 잔디가 깔린 정원엔 살구 매실 자두 복숭아 등 갖가지 과실수가 적재적소에 자리를 잡고 아름다운 자태를 뽐내고 있었다. 그 나무들 사이 여기저기에는 크고 작은 바위들이 숨어 앉아 자연스러운 멋을 연출해 내고 있었다. 아름다운 정원이었다.

대충 밖의 구경을 끝내고 우리는 펜션 안으로 들어갔다. 너른 거실과 주방이 맘에 들었다. 복층으로 된 다락방과 침대가 있는 방도 널찍했다. 펜션 친구는 몸이 많이 불편한 친구와 허리가 아픈 내가 침대가 있는 방을 쓰게 했다. 그러자,

"나는 다리가 아파서 앉았다 일어나기도 어렵고 누웠다 일어서기는 더 어려워. 그래서 침대가 있는 방을 꼭 써야 해."

"나도 그런데, 침대 방이 두 개 있는 데 없어?."

여기저기서 침대가 있는 방을 꼭 써야겠다고 말했다. 여행을 하다 보면 언제나 방 배치가 문제다. 방이 아니면 사람이 맘에 안 들어서

문제다. 일행은 다 나이가 있어 몸이 안 좋고 허리가 아파 모두 침대가 있는 방을 원했던 것이다. 나는 미안한 감이 들었지만 운 좋게 얻은 자리를 내주고 싶지는 않았다. 선행을 한다고 자리를 내주고 고통스럽게 여행을 하기는 싫었다.

"여기는 구조가 다 똑같아. 그냥 요를 두툼하게 많이 깔고 자면 괜찮을 거야."

펜션 친구가 근심스러운 얼굴로 조용히 말했다.

"아휴! 안 돼! 여행 왔다가 병 얻어가지고 가면 어떻게."

아주 단호하다. 우리는 모두 난처하다는 생각으로 서로의 얼굴을 쳐다보지도 못하고 침묵을 지켰다. 나이가 들면 어쩔 수 없이 짐이 되고 누군가에게 불편을 끼치게 마련이다. 그래 자연히 천덕꾸러기 싫은 존재가 되고 만다는 생각에 이르자 우울한 기분이 슬며시 스며든다.

"알았어. 그러면 이 뒤에 있는 펜션 하나를 더 쓰자."

펜션 친구가 무언가 결심한 듯 힘주어 말했다.

"응! 그래도 되는 거야?"

일행은 휘둥그레진 눈으로 펜션 친구를 쳐다보았다.

"응! 올케가 요즘 코로나 시기라 손님도 없고 그러니 얼마든지 자유롭게 편하게 쉬다 가라고 했어."

"요즘 세상에 그런 올케가 어디 있니?"

진정 놀라웠다. 우리는 부러운 눈으로 친구를 바라보았다.

"응! 우리 올케는 나한테 잘해. 다 내 동생이 시켜서 하는 거지 뭐."

"요즘 여자들 남편이 시킨다고 다 해? 안 하면 그만이지."

내가 얼른 변론을 했다.

"그렇긴 해. 막냇동생이라 부모님이 안 계시고 하니까 큰누나한테 부모님 대신 하는 거 같아. 철철이 음식도 해 보내고 선물도 보내고 해. 여기 쓰는 건 얼마든지 쓸 수 있는데 내가 관리인한테 청소 시키는 것이 미안해서 하나만 쓰려고 했거든. 그런데 사정이 있으니 할 수 없지 뭐."

"그러면 우리가 관리인한테 돈을 좀 주지."

내가 친구들의 얼굴을 바라보며 동의를 구했다.

"그렇게 하면 좋겠네."

"괜찮아! 그럴 필요 없어. 너희들이 화장실 좀 깨끗이 쓰고 내가 쓰레기 갖다 버리면 돼."

펜션 친구는 우리가 돈을 쓸까 봐 단번에 거절했다.

"그럼 다리 아픈 너희 둘 빨리 짐 챙겨들고 이리 와."

머쓱해 있던 두 친구가 얼른 짐 보따리를 들고 그녀를 따라 뒤 펜션으로 갔다. 우리는 널찍하고 편하게 펜션 두 개를 사용하기로 해 무척 행복했다. 각자 짐을 풀어 정리해 놓고 밖으로 나갔다. 시원한 바람을 맞으며 문어를 삶아 먹기로 했다. 사 온 광어, 오징어 회가 싱싱할 때 먹고 싶었던 것이다. 맥주와 함께 문어를 초고추장에 찍어 먹으니 오들오들 달콤하니 입과 기분이 신세계를 접한 듯 환상의 춤을 춘다. 오징어와 광어는 신선해서 더욱 달콤했다. 배가 불렀다. 저녁을 안 먹어도 될 것만 같다.

우리는 바람을 쐬러 정원으로 나갔다. 물소리를 따라 자연히 냇가로 향하고 있었다. 냇가로 가는 뒤쪽은 오래된 굵은 적송들이 늘어선 숲이었다. 하늘을 향해 쭉쭉 뻗은 붉은 기둥들이 위압감을 주며 내려다보았다. 마치 궁궐을 지키는 조선시대 병정들처럼 산을 지키고 있는 것 같다. 그 우람한 붉은 기둥을 감싸고 늘어진 초록색 솔잎들이 우산처럼 하늘을 덮고 그윽한 솔향을 내뿜었다. 자꾸 심호흡을 하게 되는 상쾌한 곳이었다.

땅 위에 자라처럼 엎드려있는 바위들은 머리에 말라비틀어진 검은 이끼를 쓰고 있다. 바위들 사이에 놓인 수많은 솔방울들이 마치 다람쥐들처럼 뛰어놀고 있는 것 같았다. 몸을 웅크린 고슴도치처럼 귀엽고 앙증스럽기도 하다. 우리는 솔향 그윽한 공기를 마냥 심호흡하며 행복해했다.

냇물은 계곡 아래 깊은 곳에서 흐르고 있었다. 나는 내려가기가 힘들 것 같아 다음 날 가기로 하고 돌아왔다. 식당 탁자에 앉아 남아 있던 친구들과 앞의 산을 바라보며 얘기를 나누었다.

"매실은 사람들이 벌써 다 따 가 버려서 하나도 없어요."

냇가 아래까지 한 바퀴 돌고 온 젊은 친구들이 손에 들고 온 살구와 매실 몇 개를 탁자 위에 내려놓으며 말했다.

나는 노랗게 익은 살구 하나를 집어먹어본다. 새큼 달콤 맛있다.

"맛있지? 우리 개복숭아 따러 갈 거야. 냇가에 많아."

방금 돌아온 젊은 친구들이 장바구니를 들고 다시 사라진다. 나는 그런 것은 따고 싶지 않았다. 여기에 올 때부터 쑥이나 있으면 뜯을 요량이었다. 전에는 쉽게 뜯을 수 있던 쑥도 지금은 서울 근교에서는 뜯기가 어려웠다. 나는 장바구니를 들고 정원 가 밭두렁을 어슬렁거리기 시작했다.

"여기 매실 많아. 이리 와."

언덕배기 밭두렁 풀밭으로 향하는데 펜션 친구가 불렀다. 소리 나는 곳으로 가니 그 친구가 나무에 매달려서 매실을 열심히 따고 있었다.

나무에는 가지마다 튼실하고 큰 매실이 닥지닥지 붙어 있었다.

"이거 다 매실 아냐?"

나는 놀라서 커다랗게 소리쳤다.

"이렇게 매실이 많은데 왜 하나도 없다고들 그래?"

펜션 친구가 이상하다는 듯이 고개를 갸웃했다.

"매실이 아주 싱싱하고 실한데. 이렇게 좋은 매실은 처음 보네."

나는 얼굴에 함박 웃음꽃을 띠고 열심히 따기 시작했다.

"이거 얼른 다 따."

친구가 조용히 말했다.

"아휴, 엄청 많은데?"

나는 친구가 다른 사람을 부르지 않고 나한테만 선심을 쓰는 것 같아 좀 미안하면서도 은근히 기뻤다.

"괜찮아. 여기 그냥 두면 오는 사람들이 다 따가."

친구는 신이 나서 열심히 따주며 말했다. 금방 장바구니에 가득 찼다. 어둑해서 개복숭아를 따가지고 돌아온 친구들이 보고 놀랐다.

"이거 어디서 이렇게 많이 땄어요?"

젊은 친구가 들여다보고 만져보며 몹시 부러워했다.

"언덕배기 구석 나무에 잔뜩 열려 있던데, 왜 못 봤지? 이거 한 나무에서 다 딴 거야."

나는 좀 미안해서 말했다. 우리는 저녁을 간단히 해 먹었다. 상을 치우고 어딘가 기분이 이상하다는 것을 느끼면서 담화를 나누고 있었다.

"저거 아무래도 매실 아닌 것 같아요."

문득 젊은 친구가 말했다. 나는 무슨 말인가 싶었다.

"뭐라구?"

나는 의아한 얼굴로 그 친구를 바라보았다. 모두 이상하다는 표정이었다. 모두 한 귀퉁이에 놓여있는 매실 장바구니로 가 하나씩 꺼내서 유심히 들여다보았다.

"매실 같은데, 매실 같지 않은데."

의견이 분분했다.

"이게 뭐지?"

나도 좀 이상해서 살펴보았지만 잘 모르겠다. 그때,

"이거 자두야!"

유심히 살펴보던 친구가 확신에 찬 얼굴로 소리쳤다. 모두 매실 바구니로 다시 모여들었다.

"잘 모르겠는데."

누가 또 말했다.

"가만있어. 내가 동생의 댁한테 전화해 볼게."

펜션 친구가 폰을 열면서 말했다.

"올케! 그 경비실 옆에 첫 번째 있는 나무가 무슨 나무야?"

"네! 그거 자두나문데요. 아직 덜 익었을 거예요."

스피커폰으로 들려오는 소리에 우리는 아연실색했다.

"그거 자두래."

친구는 우리가 듣고 있는 줄 모르고 대화 중에 알렸다. 다시 가만히 살펴보니 입 모양이 확실히 자두다. 왜 그걸 몰랐을까? 조금만 더 찬찬히 살펴보면 금방 알았을 것을, 한심했다. 어처구니없고 미안하고 황당스러워 헛웃음만 나왔다.

"아휴! 어떻게 하지. 나는 그게 매실인 줄 알고 하나도 안 남기고 전부 땄잖아. 근데 아무래도 매실 같지 않다고 해서 지금 전화를 한 거야."

우리는 친구 올케 펜션 주인한테 미안하고 창피해서 목을 움츠리고 듣고 있었다.

"그러셨군요. 그럴 수도 있죠. 뭐."

"올해는 맛있는 자두를 하나도 못 먹게 생겼네. 미안해 올케!"

"괜찮아요. 즐겁게 잘 놀다 가세요."

폰에서는 불쾌한 느낌이 전혀 없는 부드러운 음성이 흘러나왔다.

"괜찮대!"

친구가 폰을 닫으며 안심한 표정으로 말했다.

"나도 자두를 다 따서 미안했는데 괜찮다니까 걱정하지 말어."

펜션 친구가 안심을 시켰다.

"세상에! 어떻게 저런 올케가 다 있어."

"참으로 착하고 좋은 올케네."

우리는 긴장했던 가슴을 쓸어내리며 칭찬을 아끼지 않았다.

"저 자두를 어떻게 하지?"

모든 문제가 다 해결된 듯싶었지만 나는 한 바구니 가득 자리를 차지하고 있는 매실 아닌 자두를 버려야 하나 걱정스럽게 바라보았다.

"청을 담가."

옆에 친구가 알려주었다.

"자두도 청을 담그나?"

나로서는 듣도 보도 못한 처음 겪는 일이라 이상했다.

"그냥 담그면 되지 안 될 게 뭐가 있어."

그 친구는 천연덕스럽게 담대하게 말했다. 뭐가 어떻게 될지 몰라도 그렇게 해 보는 수밖에 별도리가 없을 것 같다. 버릴 수도 없는 일이고 마음이 찝찝하다. 쓸데없는 우리들의 욕심이 화근이었다.

아침에 일어나서 창밖을 바라보니 자욱이 싸인 안개가 부슬비처럼 내리고 있었다. 앞산의 소나무 숲이 슬픔에 싸여 울고 있는 듯했다.

"안개에 싸여 있는 소나무 숲의 산이 너무 아름답네."

나는 운치를 그리는 안개의 묘기에 빠져 넋을 잃고 바라보고 있었다.

"경치가 참! 좋지? 저 산에서 송이버섯도 많이 나온대."

어느새 등 뒤에 와 서있는 펜션 친구가 말했다.

"그으래!"

송이버섯이 나올 산이라면 더 말할 것이 없을 것이다. 묘한 감탄이 절로 나온다.

"이 동네 사람이 아니면 아무도 못 딴대. 다른 사람은 산에도 못 들어간대."

"당연히 그러겠지."

확실히 동의하면서도 유혹의 감정이 동하는 것은 확실히 욕심의 뿌리일 것이다.

"암자와 저수지나 구경하러 갔다 옵시다."

펜션 친구가 말하고 밖으로 나갔다. 어제저녁에 각자 일어나는 대로 자유롭게 계곡 끝에 있다는 암자와 저수지를 다녀오기로 했던 것이다. 내가 거실로 나가는데 옆 펜션에서 잔 친구가 손에 산딸기 가지를 꺾어 들고 들어섰다. 가지에는 굵고 새빨간 딸기가 소담스럽게 붙어있었다.

"어머! 이거 산딸기 아냐? 이거 어디서 땄어?"

"저수지 절벽에, 아주 새빨갛게 뒤덮였어. 마치 꽃밭 같아."

그 친구는 얼굴이 상기된 채 신이 나서 말했다.

"우린 이제 가려고 하는데 다리 아프다고 하던 사람이 혼자 갔었어?"

"응! 나는 새벽같이 운동하는 습관이 있어서. 이거 먹고들 가. 아주 달아. 너무 아까워 꺾었는데 가시 때문에 혼났어."

우리는 우르르 몰려들어 딸기를 따 먹었다. 하나도 시지 않고 상큼하니 달달했다.

"우리도 따러 가자."

젊은 친구들이 먹기 무섭게 비닐봉지를 들고 달려 나갔다.

나는 어제 자두 사건도 있고 해서 무언가 찜찜했다. 그냥 산책 겸 가보자고 펜션 친구와 함께 천천히 걷기 시작했다. 길가에 풀잎마다 이슬이 투명한 보석처럼 영롱하게 맺혀 있었다. 발길에 채일 때마다 흘리는 눈물이 운동화를 촉촉이 적신다. 계곡을 타고 흐르는 냇물 소리 반주에 맞춰 노래 부르는 새소리, 아침의 신선한 공기가 온몸을 감싼다. 나도 모르게 노래를 흥얼거리며 걸었다. 도시의 오염이 온몸에 파고들어 일으킨 염증 통증이 씻은 듯 사라지는 것 같다. 입안이 개운하다. 내가 몇 년 전에 왔을 때 이 산길에는 큰 산초나무가 여러 개 있었다. 산초나무 잎은 아카시아 나뭇잎처럼 나란히 늘어서 있는데 훨씬 작고 귀엽게 생겼다. 그 잎을 따서 살짝 씹으면 참 입안이 향그러웠다. 나는 무식하게도 산초가 추어탕에 넣어먹는 짙은 향이 나는 향신료여서 인도산인 줄로만 알았다. 그런데 우리나라가 원산지고 낮은 산자락에 널리 분포돼 있다고 한다. 여러 가지 약재로도 흔하게 쓰이고 있다. 여기서 그 사실을 알고 처음 보게 된 나는 깜짝 놀라고 말았다. 너무 신기하고 귀중하게만 보이는 사랑스러운 나무였다. 나는 그 산초나무가 몹시 그립고 보고 싶었다. 그런데 저수지에 다 오도록 그 나무는 보이지 않았다. 아마 친구하고 얘기하고 오느라 못 보고 지나친 모양이다. 돌아갈 때 다시 찾아보리라 마음먹었다. 돌로 쌓아 올린 저수지 벽에는 정말 산딸기가 꽃처럼 피어 있었다. 참으로 장관이었다. 젊은 친구들은 그 속에서 열심히 산딸기를 따고 있었다. 나는 가고 싶어도 그 돌벽에 오를 수 없을 것 같았다. 그 황홀한 아름다움에 매료되어 그냥 바라만 보았다. 벽에 붙어 있는 친구들은 좀처럼 내려오질 않는다. 산딸기를 다 따려나 보다. 나와 펜션 친구는 하릴없이 저수지를 구경하고 발길을 돌려 다시 내려가기 시작했다.

나는 다시 산초나무를 찬찬히 찾아볼 생각이었다. 길가엔 질경이도 많았다. 질경이는 기름에 볶아먹으면 참 맛있는 나물이다. 나는 질경이를 뜯으며 유심히 나무를 살폈다. 여기쯤 가면 나타날까 저기쯤 가면 나타날까 어림짐작으로 짚어지는 곳에 이르러도 그 산초나무는 보이질 않았다. 참으로 이상했다.

"우리 산딸기 이만큼 땄어요."

저수지 벽에 매달려 감감이던 친구들이 빨간 산딸기가 가득 찬 봉지를 들어 보이며 나타났다.

"아휴! 엄청 많이 땄네."

우리는 엄청난 양에 놀라 소리쳤다.

"참! 많죠. "

그들은 행복에 넘쳐 환하게 웃어 보였다.

"아이, 아직도 더 딸 수 있는데 아까워."

그래도 미련이 남는 얼굴이다.

"이거 먹어봐요. 우리는 밥해야 하니까 얼른 먼저 내려갈게요."

그들은 하나도 못 딴 우리를 위해 따로 준비한 작은 봉지를 내밀고 줄달음질해 내려갔다. 우리는 맛있는 산딸기를 나눠 먹으며 천천히 걸어 내려갔다. 산에 자연적으로 씨가 떨어져 흐드러지게 맺는 열매지만 왠지 좀 찜찜한 기분이 든다. 산에 나는 것을 사람들이 다 갖다 먹으면 산에 사는 동물이나 새는 무엇을 먹고살겠는가 하는 생각이 들기도 한다.

나는 기분을 돌려 다시 산초나무를 찾아보기로 했다. 올라갈 때 그냥 지나친 게 분명하다. 나는 다시 유심히 살피며 걸었다.

"아! 저게 뭐야?"

그때 눈앞에 벌어진 광경에 나는 놀라 소리치며 멈춰 서고 말았다. 아름다운 나무들 사이에서 갈가리 찢겨 말라비틀어진 나뭇가지들이 흉하게 흔들거리고 있는 것이 보였던 것이다. 마치 상처 입고 부러진 팔다리가 흔들거리고 있는 것 같았다. 아름다운 모습의 거대한 나무가 아주 작살나 흉물스러운 물건으로 변해버렸던 것이다.

"아니 이 산초나무가 왜 이래?"

화가 나서 나도 모르게 또 소리치는 바람에 앞서 내려가던 펜션 친구가 서서 돌아보았다.

"좋은 약재라니까 깡그리 뜯어가서 그래."

내가 지켜보고 있는 산초나무를 바라보며 심난한 얼굴로 말했다.

"세상에! 이럴 수가 있어?"

내 입에서 다시 한탄이 새어 나왔다.

"그러니까 도시 사람들이 관광 온다면 뿌리째 다 캐 가서 시골 사람들이 비상이라잖아?"

"그러겠네!"

힘없이 대답하는 내 가슴속에서 너도 한몫 거들지 않았느냐 하는 따끔한 힐책의 소리가 들려왔다.

"지역 사람이 아니면 나물을 못 해가게 하고 벌금을 먹여도 소용없대. 숨어서 몰래 다 캐 간대,"

마치 스토커 같다는 생각이 든다. 자기가 좋아하는 사람을 자유롭게 놔두지 못하고 완전히 소유하려는 욕심……. 그래서 폭행하고 죽이기까지 하는 스토커 바로 그 같지 않은가? 사람이 아닌 식물 그 대상만 다를 뿐 틀림없는 스토커 행위다. 언제부터인가 우리는 자신도 모르게 스토커가 되어가고 있는 모양이다.

무엇이나 함부로 지나치게 사용해선 안 되는 것이다. 이 자연은 인간만 사용하라는 것이 아니다. 다른 동물 조류 곤충들까지 함께 사용해야 하는 것이다. 꼭 필요한 만큼 아끼고 사랑하며 써야 한다. 내 속에서 깊은 반성의 소리가 울렸다. 물이 부족하면 모든 생물들이 살기 힘들 듯이 식물 나무가 부족해도 인간은 좋은 공기도 마실 수 없고 굶어 죽게 되고 말 것이다. 그 빤한 이치를 모두가 간과하고 있다. 이거 하나쯤야, 나 하나쯤이야 하고…….

코로나도 이러한 사소한 것들을 저버린 인간들이 빚어낸 비극이 아닐까 싶다.

식물은 언제나 우리에게 좋은 음식 재료를 제공해 준다. 나무는 언제나 말없이 제자리에서 지구의 좋은 공기를 마련해 주고 우리를 반겨 준다. 우리가 가장 고통스러울 때도 침묵의 은혜로운 향기로 우리를 치유시켜 되돌려 보내준다.

식물은 우리의 참 좋은 반려자다.

박정순 소설집

몇 번째의 자세姿勢

초판 발행일 2025년 9월 30일

지은이 박정순
펴낸이 임만호
펴낸곳 창조문예사
등 록 제16-2770호(2002. 7. 23)
주 소 서울특별시 강남구 압구정로 404, 2층(청담동) (우 : 06014)
전 화 02) 544-3468~9
F A X 02) 511-3920
E-mail holybooks@naver.com

책임편집 김종욱
디자인 이선애
제 작 임성암
관 리 양영주

ISBN 979-11-91797-80-0 03810
정 가 12,000원

※ 잘못된 책은 바꾸어 드립니다.